AtV

ERWIN STRITTMATTER wurde 1912 in Spremberg als Sohn eines Bäckers und Kleinbauern geboren. Bis zum 17. Lebensjahr Realgymnasium, danach Bäckerlehre. Arbeitete als Bäckergeselle, Kellner, Chauffeur, Tierwärter und Hilfsarbeiter. Im Zweiten Weltkrieg Soldat, desertierte er gegen Ende des Krieges. Ab 1945 arbeitete er erneute als Bäcker, war daneben Volkskorrespondent einer Zeitung und seit 1947 Amtsvorsteher in sieben Gemeinden, später Zeitungsredakteur in Senftenberg. Lebte seit 1954 als freier Schriftsteller in Dollgow/Gransee. Er starb am 31. Januar 1994.

Romane: Ochsenkutscher (1951), Tinko (1955), Der Wundertäter I-III (1957/1973/1980), Ole Bienkopp (1963), Der Laden I-III (1983/1987/1992). Erzählungen und Kurzprosa: Pony Pedro (1959), Schulzenhofer Kramkalender (1966), Ein Dienstag im September (1969), 3/4hundert Kleingeschichten (1971), Die Nachtigall-Geschichten (1972/1977/1985), Selbstermunterungen (1981), Lebenszeit (1987), Vor der Verwandlung. Aufzeichnungen (hg. von Eva Strittmatter, 1995). Aus Tagebüchern: Wahre Geschichten aller Ard(t) (1982), Die Lage in den Lüften (1990). Dramen: Katzgraben (1953), Die Holländerbraut (1959).

Sechzehn Fenster sind hier geöffnet, durch die die Welt auf neue Art zu entdecken ist. Sie gewähren einen Ausblick auf ein Panorama mit Landschaften, Leidenschaften und ganz alltäglichen Begebenheiten: Lust und List, Starrsinn und Frohsinn, Träume und Enttäuschungen. In jeder dieser sechzehn Geschichten steckt ein Kosmos menschlicher Schicksale. Erwin Strittmatter nannte sie auch deshalb »Romane im Stenogramm«.

Erwin Strittmatter

Ein Dienstag im September

16 Romane im Stenogramm

Aufbau Taschenbuch Verlag

ISBN 3-7466-5406-8

2. Auflage 2001
Aufbau Taschenbuch Verlag GmbH, Berlin
© Aufbau-Verlag Berlin und Weimar 1969
Umschlaggestaltung Preuße & Hülpüsch Grafik Design
unter Verwendung eines Fotos von Bert Hülpüsch
Druck Elsnerdruck GmbH, Berlin
Printed in Germany

www.aufbau-taschenbuch.de

Inhalt

Meine arme Tante	7
Damals auf der Farm	11
Nebel	42
Die Katze und der Mann	46
Schildläuse	56
Hasen über den Zaun	60
Saubohnen	68
Zwei Männer auf einem Wagen	73
In einer alten Stadt	83
Kraftstrom	90
Auf dem Korso von Jalta	108
Eine Kleinstadt auf dieser Erde	133
Der Soldat und die Lehrerin	152
Der Stein	172
Bedenkzeit	184
Ein Dienstag im September	210

Meine arme Tante

Onkel und Tante waren Ausbauern, lebten seit der Erschaffung meiner Welt auf ihrem Hofe, und jedes Sandkorn dort kannte sie. Vorzeiten mochten die Kinder der Hofstelle aus der Erde gekrochen sein, doch Generationen von Heidbauern verfeinerten die Erdhöhle mit Gebälk und Gemäuer zu einem Gehöft.

Onkel und Tante beunruhigten ihre Äcker mit Pflügen und Hacken, reizten sie mit Tiermist zu Taten, und die Taten der Äcker waren Lein, Kartoffeln und Buchweizen. Onkel und Tante aßen Kartoffeln, brieten sich Kartoffeln und gequollenen Buchweizen in Leinöl und wurden wandelnder Sand von ihren Äckern.

Tante Maika war eine fromme Frau, doch ihr schwarzes Kopftuch konnte die roten Locken nicht bändigen. Onkel Liepe, hager und schwarz, eine geteerte Zaunsäule, rasierte sich sein Haar aus der niederen Stirn und legte Falten frei, die fortfliegenden Kranichen glichen.

Sie zeichneten ihre Arbeitsgeräte, um sie nicht zu verwechseln, und packte Onkel in der Eile doch den Rechen von Tante, warf er ihn weg. als ob er in Aussatz gegriffen hätte. Tante war eine taube Blüte, etwas Krankes für Onkel und den Sandhof.

Eine dritte Garnitur Handwerkszeug benutzten die wechselnden Mägde. Sie brachten Moritaten auf den Hof. „Ein kleines Kind, so zart, schon eine Waise ward, doch als es, klug genug, nach seinen Eltern frug..." Tante verbrauchte die Moritaten wie die Sandäcker den Dung.

Auf einem anderen Ausbauernhof wohnte der frauenlose

Tischler, ein Stotterer. Sein Gesicht war aus Honig und Wachs; denn er war der Obertan von sechzig Bienenvölkern, mit denen er Zucker gegen Honig tauschte, und die Zeit, die er benötigte, das Wort *Biene* wohlgeformt über die Lippen zu bringen, reichte zum Ausschlüpfen einer Arbeitsbiene. Er fertigte Särge auf Vorrat für alte Heidbauern, die in Herbststürmen oder in lauen Frühlingsnächten vergingen; Särge für junge Weiber, die im Kindbett blieben, oder für junge Männer, denen im Frühling die stallmutigen Pferde durchgingen. Die Särge lagerten im Bienenhaus, wo der Tischler in der Schwarmzeit schlief. Mich gruselte, wenn er sich morgens aus einem Sarg wälzte, doch er sagte: „Besser man gewöhnt sich beizeiten", und er brauchte zehn Minuten dazu.

Wenn er Särge fürs Begräbnis herrichtete, stopfte er Hobelspäne unter die weißen Papierlaken. Alle Toten ruhten auf Hobelspänen; niemand bestellte für das Lager seines *teuren Toten* Bettfedern.

Sein Tintenfaß war verschwunden. Er riß das papierne Laken herunter, durchwühlte das Ruhlager von Lehmanns Paul, zog das Tintenfaß aus den Hobelspänen, blies seine Klarinettistenbacken auf und schrieb die Rechnung.

Klarinettist in der Dorfkapelle – das war sein dritter Beruf. Auf dem angespitzten Holzrohr mit den vernickelten Klappen blies er seine Gefühle flüssig in die beredte Welt.

Die Feste auf dem Ausbauernhof befahl das Land: Fastnacht, die Zeit, in der es sich zu neuen Taten bereit erklärte, und Kirmes, das Erntefest, wo es die Ergebnisse seiner Taten ablieferte.

Die Verwandten rollten sich in gewaschenen Ackerwagen über die Heide auf den Ausbauernhof, und der vorjährige Truthahn erschien nackt, buttergebräunt und rotkohlumkränzt auf der Tafel. Fünfzig Hühner hatten ihre Eier in die Suppen fallen lassen, und ein schlafender Schweinskopf fraß Petersilienstengel von einer blaugeblümten Porzellanplatte.

Es wurde gegessen, getrunken, gerülpst, gelobt, und der Onkel prahlte: „Wollt ihr noch ein bißchen gebratenes Bullchen?" Die Tante wand vor Scham ihre Schürze. „Liepe, das Bullchen ist doch verkauft!"

„Ham wir verkauft? Da seht ihr's, wir haben zuviel!"

Die Gäste zwinkerten einander zu, und der Onkel sagte: „Maika, tuk spieln!"

Die Tante holte ihr Taschentuch aus dem Schürzenlatz, wickelte eine Mundharmonika aus, setzte sie an die frommen Lippen und entlockte den schwingenden Messingplättchen mit ihrem Atem das Lied vom *Guten Kameraden*. Zwischen den Tönen war viel Raum; jeder fand Zeit, sich zu entwickeln und auszuschwingen, während die Tante den nächsten suchte. Bei der zweiten Strophe sangen die Männer mit. Sie hatten sich mit *Cottbuser Korn* in Schwingungen gebracht, waren mit der Strophe früher fertig als die Tante und hatten noch Zeit, einen *Cottbuser* nachzugießen. Nur der Onkel tanzte mit der Magd durch die musiklosen Zeiten zwischen den Strophen: „Eine Kugel kam geflogen..."

Um Mitternacht holperten die Teile des Truthahns in verschiedene Richtungen über die Heide.

Die Butter der Kühe, die Eier der Hühner brachte Onkel mit dem Fuchswallach, die Hufe mit Stiefelwichse geschwärzt, ins Städtchen und prahlte dort vor den Frauen: „Wollt ihr Kirschen, wollt ihr Pflaumen? Holt euch, wir haben! Wollt ihr Birnen, wollt ihr Apfeln? Holt euch, holt euch, wir ham alles!"

Lose Stadtweiber erschienen auf dem Sandhof. und Onkel half ihnen auf die Bäume, half ihnen ins Heu.

Die Tante hatte keine Kinder, der Onkel hatte viele, jedes zweite Jahr eins von einer Magd, doch bevor es ankam, suchte er einen *Magdmann* gegen Entgelt, und die

9

Magd wurde verheiratet. Onkels Vermehrungsdrang fraß auf, was der kleine Hof abwarf.

Niemand aus der Verwandtschaft sagte: „Die armen Mägde!" Alle sagten: „Die arme, arme Tante, wie sie es trägt, und wie sie es aushält!"

Der sonntägliche Kirchgang und der christliche Abreißkalender hielten das Herz der Tante in Demut: „Wo Glaube, da Liebe; wo Liebe, da Segen; wo Segen, da Gott; wo Gott, keine Not!"

Im Frühling kam eine neue Magd auf den Sandhof. Zur Zeit der Frühkirschenernte wollt ich sie mir ansehen. Es war Sonntag, eine Stunde vor dem Mittag. Die Schwalben würzten das Gesumm der Bienen mit Gezwitscher, und das Strohdach der Scheune ruhte auf dem Rücken brütender Spatzenweibchen. Ich sah die Magd nicht, doch beim Häckseltürchen stand der Onkel mit Hacheln im Haar und offener Hose, und die Kraniche auf seiner Stirn verschwammen in der Ferne. Die Tante war in der Kirche, ich sollte ihr entgegengehn.

Unterwegs sprang ich beim Tischler zu, um ihm guten Sonntagmorgen zu wünschen. Er saß vor einem Sarg voll Hobelspänen und feierte Sonntag mit einem Klarinettenliedchen: „Schäfermädchen, Kuckuck, zeig mir deinen roten Rock!..." Auf seinem Schoß saß die Tante und begleitete ihn auf der Mundharmonika.

Damals auf der Farm

Ein Mann hatte die Taschen seines Jackettanzuges zu Handschuhen gemacht, er hatte die Hände bis zu den Gelenken hineingestopft und kämpfte sich auf der Landstraße windan. Wo er herkam, war er überflüssig gewesen; wo er hinging, würde er überflüssig sein; doch der Wind schob Wolkensäcke vor sich her, Europa drehte der Sonne den Rücken zu, und der Abend sickerte in die Waldlichtungen.

Ein Fuhrwerk, drittältestes Fortbewegungsmittel der Menschheit, klapperte heran, und ein Pferd schnaubte dem Manne die Vision eines warmen Stalles in jene Hirnzellen, die Hoffnungen produzieren. Er schob seine Ballonmütze aus der Stirn und sah sich um: Ein Grauschimmel schälte sich aus der Dämmerung.

Zwei Umstände fielen sich zu, ein Zufall wurde erkennbar: Ein Kutscher wollte rauchen, hatte kein Feuer und vermutete es bei einem frierenden Mann. Das Fuhrwerk hielt, der Kutscher sprang vom Bock, und eine heisere Mädchenstimme bat um ein Streichholz.

Der Mann wickelte Streichhölzer und eine Reibfläche aus seinem grauen Taschentuch. Das Mädchen zerbrach eine Zigarette und steckte dem Mann eine Hälfte zwischen die Lippen. Er enthülste seine Zigarettenhälfte und stopfte sie in einen angekohlten Pfeifenkopf. Behutsam rieb er ein Streichholz an, das drittletzte einer Anzahl Spänchen, die ihm in Frostnächten das Leben gerettet hatten. Als das Hölzchen aufflammte, sah er eine Baskenmütze, Hosen mit Lederbesatz und geflickte Reitstiefel.

Der Mann tat kräftige Pfeifenzüge gegen den Hunger und mißachtete die Zeitungsrubriken *Unser Hausarzt hat das Wort;* der Zigarettentabak war gut, mindestens *Atikah,* zu sechs Pfennig das Stück.

Das Mädchen pfiff, wie man pfeift, wenn man Pferde beschleunigt, winkte mit dem Daumen nach hinten und lud den Mann zum Aufsitzen ein.

Auf der Ladefläche des Pritschenwagens lag Stroh. Im Stroh stand ein Käfig. Im Käfig saß eine Ratte, die Ratte war groß wie ein Läuferschwein.

Der Mann hatte verlernt, sich zu wundern. Er sprang auf und bohrte seine Beine ins Stroh, verstärkte die Isolierkraft des abgewetzten Hosentuches mit ausgedienten Getreidehalmen. Die Ratte preßte ihren Fang mit den gelben Hauern gegen das Gitter; gesponnenes Eisen begrenzte ihre Neugier. Das Pferd zog an. Der Rauch der geteilten Zigarette vereinigte sich über den Köpfen der Fahrenden, wurde vom Wind ergriffen, zersetzt und zu den Wolken hinaufgetragen.

Nach einer halben Stunde durchfuhren sie ein Portal aus Birkenholz, fuhren durch Raubtier- und Fleischgeruch in ein umhegtes Gelände, auf ein Licht zu. Das Licht kam aus einem Holzhaus, und die Wärme, die dort drinnen zu vermuten war, machte den Mann elend. Der Pritschenwagen hielt, das Mädchen pfiff auf zwei Fingern, der Mann sprang ab, wollte sich bedanken, doch das Mädchen sagte: „Bleib!" und duzte ihn.

Stiefelschritte brachten eine Stallaterne heran. Die Laterne beleuchtete einen Jägerhut und eine Metallhülse. In der Metallhülse steckten die schillernden Spielfedern eines Birkhahnes; der Hut behütete ein Mannsgesicht. Das Gesicht war schmal wie die Schneide einer Axt.

Das Mädchen sagte: „Larson, allez, der Mann, den du suchst!" Der Mann mit dem befiederten Hut beleuchtete die Ratte, schnalzte ihr zu, beleuchtete den Fremden, knurrte was, überlegte, wischte sich eine Träne vom rechten Augenlid und sagte: „Also!"

Das Mädchen trug die Laterne. Die Laterne verwandelte fünf Kubikmeter Dunkelheit in Schummerlicht, und die Männer schleppten den Käfig. Die Ratte war ein Nutriabock. Der Nutriabock kam aus Südamerika. Sie schleppten ihn ins Sumpfbiberquartier, und das war die erste Arbeit des Mannes auf einer Pelztierfarm.

Er erhielt zu essen und ein Nachtlager im Karakulschafstall. Satt lag er auf dem Strohsack und hörte das Rumpeln des Windes am Dach. Er hieß Robert Rix, war ein arbeitsloser Bergmann aus dem Ruhrgebiet und seit dem Frühling unterwegs. Er hatte hier und da ein paar Tage Arbeit gehabt und kannte die gröberen Handgriffe von mindestens zehn Berufen, doch in den letzten zwei Monaten hatte er nicht die kleinste Handvoll Arbeit erhalten. Die Arbeitsmöglichkeiten standen in geheimnisvoller Verbindung mit den Baumblättern und flogen dahin. Die Menschen hatten sich zivilisiert und schlossen einander etwas umständlicher als die Hunde vom Fressen aus.

Nachts fiel Schnee. Am Morgen lag er locker wie Baumwolle auf den niederbayerischen Hügeln hinter der Farm, zierte die Drahtgitter und milderte die Zerstörungen der Fröste. Aus einer warmen Stube, aus einem Mantel gesehen, war die Welt romantisch.

Im Holzhaus des Farmleiters gab's einen Schrank voll abgelegter Herrschaftskleider: Anzüge mit Brandlöchern von gräflichen Festzigarren; Jagdjoppen mit Schrotlöchern von Ministerflinten, durchschwitzte Smokings und fast neue Sportanzüge. Die Sportanzüge hatte die geruchsempfindliche Gräfin auf die Farm bringen lassen. Sie rochen nach Mädchenkammern.

Farmleiter Larson öffnete den Schrank: „Also, kleiden Sie sich, kleiden Sie, geschenkterweise!"

Robert Rix, mit Brateiern, Brot und Tee von innen erwärmt, versah sich mit einer Jagdjoppe, verpaßte sich einen grauen Hut, eine sogenannte Glocke, und nahm Ohrenklappen und Schaftstiefel mit dicken Sohlen und Zwecken drauf.

„Also, Lohn wern wir Sie nach Leistung geben, gerechterweise." Lohn sollte vorerst ein wöchentliches Taschengeld, gute Verpflegung und der warme Verschlag im Schafstall sein.

Der dicke Lodenstoff der Joppe verstärkte Rix' runden Bergmannsrücken. Er verließ das Farmleiterhaus wie ein zu einer Treibjagd herausgeputzter Oberlehrer.

Vier Hektar Land mit tausend Tieren bepflanzt. Tiere haben keine Wurzeln. Man reduziert ihren Auslauf bis auf das Lebensminimum, trennt sie voneinander durch Maschendraht, nimmt ihnen den Futterfang ab, reguliert ihre Vermehrung und schützt sie mit Drahtwindeln vor ihren Exkrementen. Das Menschengeschlecht breitet sich über die Erde aus und bemißt den Tieren, die es für nützlich hält, Lebensraum und Futterquanten.

Die Karakulschafe drängten sich im Winterstall. Noch in der dritten Generation trugen sie die warme Welt Bucharas in sich. Sie prellten zurück, wenn sie hinter der geöffneten Tür die verschneiten Weiden sahen. Rix beunruhigte, daß sie durch ihn hindurchsahen und seine Nachbarschaft nicht suchten.

Die Silberfüchse dösten an den Schlupflöchern ihrer Boxen und stimmten ihre Pupillen auf das Glitzern des Schnees ein. Die Blaufüchse kreisten schleichend in der kalten Baumwolle, und die guten Winterjagdzeiten ihrer Vorfahren dämmerten in ihnen auf.

Waren die Tiere, waren die Menschen, die sie versorgten,

Gefangene? Rix irrte zwischen den Käfigen umher. Noch waren die regelmäßigen Mahlzeiten Festgelage, und auch die dicke Lodenjoppe erfreute ihn noch. Er war geschickt, ließ sich gut an, und Farmleiter Larson schien zufrieden mit dem *Zugelaufenen* zu sein. „Also, der Herr Graf kommen bestimmt, vielleicht, Sie wern ihm sehn, glücklicherweise."

Der Graf kam nie, wenn der Farmleiter ihn ankündigte. Larson kündigte den Grafen an, um die Tüchtigkeit der Farmer zu steigern. Die meisten Farmer waren ehemalige Landarbeiter vom Gutshof, und der Graf hatte ihnen die Häuser reparieren lassen. Der Graf war sozial.

Er kam unverhofft, geschmeidig, schwarzhaarig bis in die Wangen, Zähne wie Würfelzucker, feines Lächeln um den wulstigen Mund, ein Mann, dem alle Dinge zum besten gerieten, Graf Karoly.

Farmleiter Larson hob den neuen Biberbock am kahlen Schwanz aus der Box. Der Bock war ein Wildfang, zappelte und biß um sich. Larson spuckte ihm auf die Nase, verzauberte ihn und erreichte, daß er ergeben am Schwanz hing. Der Graf blies in das Bauchfell des Bibers; ein kleiner Trichter aus blauer Unterwolle entstand, und Farmleiter Larson klappte mit den Hacken. „Also, ein sär, guter Bock, unzweifelhafterweise."

Der Graf lächelte geschmeichelt. Er hatte den Bock gekauft.

Rix hackte Eis von den Schwellen der Sumpfbiberbecken, damit die Tiere beim Aussteigen nicht abrutschten, unfreiwillig lange badeten, klamm wurden und ertranken. Jede Tierart hatte ihre Wünsche; Rix lernte die Wünsche erfüllen. Larson packte ihn und zog ihn zum Grafen. „Also ein sär, ein anstelliger Mensch, zufälligerweise." Robert Rix wurde ein zweites Mal zusammen mit diesem Biberbock vorgestellt. Der Bock war wie ein Schicksal für ihn.

Der Graf gab Robert Rix die Hand. Ins Bauchfell konnte er ihm nicht blasen, er nickte, lächelte und ging zu den Blaufüchsen.

Robert Rix hatte bisher nur gezeichnete Grafen im *Wahren Jacob* gesehn, karikierte Adlige mit Monokeln, Lackstiefeln und Sporen. Im Jugendverband nannten sie diese Menschensorte Großagrarier und *Grüne Pest.* Graf Karoly paßte nicht auf jene Muster; er hatte Rix die Hand gegeben, hatte gelächelt. Den Besitzer der Zeche, seiner früheren Arbeitsstelle, hatte Rix nie gesehn.

Graf Karolys Leutseligkeit hatte ihre Gründe: Auch er war einmal nichts als ein Schlucker gewesen, ein ungarischer Rennreiter ohne Pferde. Aber dann wurde er vom verrückten Vater der Gräfin zur Blutauffrischung nach Deutschland geholt. Ein Biberbock auf seine Weise. Nun hatte er Nachzucht geliefert, zwei dunkeläugige Söhne mit blonden Haaren, und begann sich zu langweilen. Er war auf die deutschen Grafengüter gefallen wie die Fliege auf die Butter und konnte sich nicht dreinfinden, ihre Erträge aristokratisch zu verbrauchen. „Erlaucht Karoly ist ein wenig plebiziert, verseucht vom Erwerbssinn bürgerlicher Krämer", beliebte die Gräfin zu sagen.

Graf Karoly hatte gehört, daß Kapital, wenn man es bewegt, Wärme erzeugt und sich vermehrt. Er setzte das Kapital der deutschen Grafenfamilie in Bewegung.

Auf den Höhen der Gesellschaft war es kühl, man gierte nach Pelzen, zog sie den Tieren vom Leibe. Pelze kamen aus nordischen Ländern und aus Rußland. Sollte man Welschländern und Kommunisten das Pelzgeschäft überlassen? Autarkie war eine patriotische Pflicht, und das deutsche Klima war rauh genug zum Züchten von Edelpelzen. Graf Karoly stürzte sich auf diese Pflicht und zog Silberfüchse und Blaufüchse, Nutrias und Waschbären, Nerze und Karakulschafe. Kleinere Zuchtunternehmer wollten an der Edelpelzkonjunktur teilhaben. Graf Karoly verkaufte ihnen Zuchttiere zu hohen Preisen. Der Patriotismus warf etwas ab.

Graf Karoly fuhr nicht nur einen *Ford,* er wollte auch so etwas wie ein Ford sein und zahlte seinen Farmern Prozente für erzüchtete Tiere und rauche Felle. Prozente förderten die Farmertüchtigkeit, und die Farmertüchtigkeit schlug zu Buche. „Also, ein sär, ein simpathischer Betrieb, vorzüglicherweise!" Farmleiter Larson erhielt den Hauptanteil der Prozente und versuchte Robert Rix klarzumachen, daß der in eine *Goldgrube* gestürzt wäre.

Weiche Hügel bildeten das Tal. Im Sommer waren sie grün, und die Karakulschafe weideten auf ihnen. Am Ende des Tales stand das Schloß und sah mit fünfhundert Fenstern zur Farm, und die Farmer sahen aus ihrem Käfiggewimmel zum lilienweißen Grafensitz hinüber.

Sefa Berling war, wie Rix auf der Farm, im Schloß zugefallen. Diese Zufälle! Viel zu groß, ihre Rolle im Leben der kleinen Leute!

Sie war die Produzentin gewagter Reiterkunststücke, hatte sie in vielen Ländern verkauft, war weit gereist und hatte wenig gesehn. Andere Leute, zu arm, um zu verreisen, kauften sich für drei Stunden Gelegenheit, im Zirkus Merkwürdigkeiten aus aller Welt zu bestaunen: Sefa Bing, einzige Dame der Welt, im Salto von Pferd zu Pferd!

Der Zirkus stirbt, wenn den schaulustigen Leuten Arbeitsmöglichkeiten und Verdienst wegkalkuliert werden. Sefa erhielt die letzten Gagen nicht ausgezahlt, als ihr Zirkus einging. Sie nahm sich das Pferd, mit dem sie zuletzt gearbeitet hatte, und war der Bettler, der sich einen Hund hielt. Andere Arbeitslose hatten nur für sich zu sorgen. Aber Sefa wußte, was sie wollte. Sie wollte im Training bleiben und produzierte sich: Kosakenreiterei in versteckten Win-

17

keln von Jahrmärkten, bis der Ortspolizist erschien. „Gewerbegenehmigung, Madame?"

Sefa mußte weiter. Sie lebte von Tingelpfennigen aus den umgedrehten Taschen anderer Arbeitsloser, von Fünferstücken aus den feuchten Händen begeisterter Kinder, und der Beifall ersetzte ihr die Butter aufs Brot.

Wo geritten wurde, war der dunkelhäutige Erneuerer eines deutschen Grafengeschlechts, der volkstümliche Graf Karoly. Er bewunderte Sefas Reiterei und dachte an seinen schlecht zugerittenen englischen Fuchshengst. Er dachte wirklich nur an seinen Vollbluthengst, als er Sefa überredete, mit ihm zu gehn.

Sefa war dreiundzwanzig Jahre alt und arbeitete im Schloß als Stallknecht und Zureiterin, durfte in einer Kutscherstube wohnen und erhielt zu essen. Sie benutzte die Wanderpause, um abends in der Reithalle eine neue Zirkusnummer einzustudieren. Eine Vergünstigung!

Das Leben an einem festen Platz fiel ihr schwer. Ihr Leben im Schloß war ein Leben im Schatten. Sie brauchte ein Publikum.

Drei Tage, vier Tage; zwei Wochen, drei Wochen – die Zeit verging, auch wenn man seßhaft war, sie ging vorüber. Der Winter wuchs sich aus: Der Baumwollschnee verkrustete, körniger Treibschnee zischte heran, und knackende Fröste kamen.

Farmleiter Larson trachtete den Zufall aus seinem Leben auszuschließen. „Also den Zufall muß man sich zuspielen, fixerweise!" Er tat es mit unsicherem Erfolg. Sein Vater war ein wandernder Schwede gewesen. Er selber hatte in der Kindheit polnisch gesprochen und war als Fallensteller und Pelztierfänger bis nach Alaska gezogen. Aus dem Pelztierfänger Larson wurde ein Pelztierzüchter. Er war da mit seinen Erfahrungen, als die Geldleute Pelztierfarmen gründeten, er wurde benötigt und konnte auf den Zufall als Paten verzichten.

Er war bedürfnislos, konnte zur Not vom Abfallfleisch leben, von dem seine Tiere lebten, legte Groschen zu Groschen und Mark zu Mark für die eigene Farm. Er wollte klein und ohne Personal, höchstens mit einer Frau, beginnen. Noch ein, zwei Jahre fremdes Brot, „denn mach ich mir selbständig, selbständigerweise".

Es wurde Zeit für ihn, sich nach einer passenden Frau umzusehn. Sein Blick fiel auf Sefa Berling. Sie verstand was von Tieren, „leider nur von langbeinigen Pferden, leidigerweise". Er bot ihr, mit dem Hut in der Hand, den Posten des Allesmachers auf der Farm an. „Also, mer wern dich an den Pelzprozenten beteiligen und wern uns glücklich schätzen, glücklicherweise."

„Go on!" Sefa belachte Larsons Angebot. Sie war eine Reiterin.

Gedanken wie schwarze Käfer krochen zwischen Larsons Hoffnungen umher. Tag für Tag ging er aufs gräfliche Rentamt, um nach Bestellungen auf Zuchttiere zu fragen. Es liefen nur spärlich Bestellungen ein. Kam die Krise? Larson hatte sie in Schweden und Norwegen erlebt, und er hatte es nicht an Warnungen fehlen lassen: „Also, sollen Erlaucht nicht Tiere und Tiere verkaufen und sich also Konkurrenz wie Schlangen am Busen machen, unnötigerweise."

Graf Karoly hatte wie stets gelächelt. Er war dafür, Geschäfte zu machen, wenn sie sich machen ließen. Er schien keine Krise zu fürchten, hatte es wohl nicht nötig. Aber Larson mußte sie fürchten; die Krise würde seine Aussicht auf die eigene Farm in die Ferne rücken, in eine flimmernde Ferne.

Der halbe November ging herum, und es blieb dabei: So gut wie keine Bestellungen von Zuchttieren. Die Pelze waren überreif wie der Weizen im August; Larson mußte sich entschließen, wertvolle Zuchttiere in den Schlachtraum zu liefern.

Die Wärter aus allen Quartieren waren auf den Beinen. Es wurde geschossen und geschlagen. Der kleine Fuchswärter schoß seine Lieblinge mit einem Teschingrevolver ins Ohr. Erst streichelte er sie, aber dann schoß er. Der Fuchs schien zu überlegen, was geschehen war, hörte dann wohl den Knall und wollte fliehen. Seine Vorderbeine versuchten Boden zu gewinnen, doch sein Pfleger hielt ihn bei den Hinterbeinen hoch, und aus der Flucht wurde nichts als leeres Gezappel. Der Fuchs versuchte sich hochzuziehen und den Pfleger in die Hand zu beißen. Er strengte sich an, erreichte sein Ziel nicht, und Blut tropfte ihm aus Nase und Ohren. Seine Bewegungen wurden matter, sein Freiheitsdrang erstarb, er gab seine Fluchtversuche auf, röchelte und war tot.

Farmleiter Larson schlug die Füchse mit einem harten Rundholz ins Genick. Die meisten Füchse waren von dem unverhofften Schlag nach einer Liebkosung so benommen, daß sie keinen Fluchtversuch mehr unternahmen. Manche wachten auf, wenn ihnen das Fell am Hinterlauf bis zum Schwanzwirbel aufgeschnitten wurde. Dann mußte der kleine Fuchswärter herbei und sie doch noch ins Ohr schießen. Irgendeine Unternehmersgattin wartete auf ihren Silberfuchspelz.

Der Nerzwärter, ein Mann mit einem maushaarigen Teufelsfleck am Kinn, hatte eine andere Methode, den Füchsen die Pelze vom Leibe zu ernten: Er packte sie bei den Hinterbeinen und beim Genick, legte sie auf die Fliesen des Pelzraumes und kniete sich auf das Fuchsherz, kniete so lange, bis der Fuchs sich nicht mehr regte. Das Fuchsfell wurde nirgendwo von Blut verschmutzt oder beschädigt.

Der Nerzwärter hielt seine Methode für die beste, aber

auch Larson und der Fuchswärter schworen auf ihre Methoden.

Sie waren sehr beschäftigt, und sie waren froh, daß sie einen guten Allesmacher auf der Farm hatten, der ihnen die laufenden Arbeiten bei den Tieren abnahm.

Farmleiter Larson schickte Rix auf das Schloß. Er sollte beim Leibkutscher ein altes Kutschpferd und den Pritschenwagen bestellen. Die Fuchsfelle mußten zur Bahnstation gebracht werden.

Einmal hatte Rix in einem Kloster übernachtet. Die Stille im Schloß erinnerte ihn daran. Die Portaltüren knarrten, als säßen die Seelen verstorbener Diener in ihren Scharnieren. Er ging durch eine Vorhalle mit vielen Bildern. Bärtige Grafen schienen ihm aus vergoldeten Kaninchenboxen nachzublicken. Er erreichte eine Glastür und wurde von einem Diener abgefangen. Der Diener stand auf Bohnerbürsten, haarigen Schlittschuhen, und sah weder freundlich noch feindlich auf Rix herab. „Erlaucht lassen bitten, den hinteren Eingang zu benutzen!"

Der Diener folgte Rix auf seinen Bohnerbesen durch die Vorhalle. Er wischte die Tapfen des Verirrten aus.

Rix fand den zweiten Eingang, die lange Unterführung, durch die Kutschen und Reitpferde den Schloßhof verließen. Seine Schritte hallten wie Schläge auf Kesselpauken durch diesen Gang.

Im gekachelten Pferdestall traf er auf den lahmen Leibkutscher. Der Leibkutscher trug einen grauen Halbbackenbart, saß auf einem Futterkasten, saugte sich eine Prise Schnupftabak in die schwarzen Nasenlöcher und schickte Rix zu Sefa Berling.

Die Kutscherstube war gewölbt wie ein Bierkeller. An einem eisernen Haken hing ein Schwebereck. Am Schwebereck hing Sefa, hing an den Zehen, erwiderte Rix' Gruß kopf-

21

unter, tastete sich, unbeirrt auf ihr Gleichgewicht bedacht, mit den flachen Händen an den Schenkeln zur Reckstange hinauf, drehte eine Welle, schrie: „Hepp!" und sprang ab.

Als Rix seinen Auftrag von der Farm vortrug, erkannte Sefa ihn an der Stimme, betastete den Stoff seiner Jagdjoppe und war zutraulich und merkwürdig wie am ersten Tage.

Im Kachelofen knackten Buchenscheite; es roch nach Bratäpfeln und dem Schweiß der erhitzten Sefa. Gemütlichkeit mit kleinen Webfehlern. Sefa spuckte Apfelschalen in die Stube. Rix fragte nach ihrer letzten Tournee durch Frankreich. Sie wußte nicht viel. In Frankreich war's wie überall: arbeiten, reiten, probieren, Leben im Wohnwagen, aufbauen, abbauen, weiterreisen.

„Wie leben die Proletarier in Frankreich?"

„Proletarier?"

„Leute wie du und ich, Besitzlose."

Sefa war nicht besitzlos, sie besaß ein Pferd, „bietschän", sie hatte eine Nummer, sie machte eine neue Nummer, „bietschän", Besitz genug und „fertisch".

Am Farmtor lauerte Larson auf Rix. „Also, Sie warn recht lange, unnützigerweise."

Der Schlafatem von hundert Schafen. Das Geknispel von Mäusen, die nach Körnern suchten. Rix lag wach auf seinem Strohsack im Verschlag. Weit draußen die Straßen, die er bewandert hatte. Eine Weile dachte er an diese Sefa, ein Weib aus einer Welt, die er nicht kannte. Dann dachte er an eine, die Hanni hieß, eine Textilarbeiterin mit flinken Fingern, lebenslustig und arbeitslos. Er war ihr entflohen, wollte nicht, daß sie ihm das war, was man des armen Mannes Zubrot nannte. Ein Kind konnten sie sich nicht leisten.

Der Winter zeigte eine weiche Seite. Es taute, und es tropfte allenthalben. Die Nerze mußten ihr Leben lassen.

Sie starben auf dem elektrischen Stuhl, starben amerikanisch. Den Hinrichtungsstuhl hatte Farmleiter Larson gebastelt. Das Prinzip hatte er in Alaska gestohlen.

Der Nerzwärter mit dem Teufelsfleck am Kinn hatte im Sommer Freude an der Gesundheit der Jungnerze gehabt. Jetzt legte er sie auf den Schlachttisch. Farmleiter Larson führte ihnen eine kurze Ahle in den After und nahm einen isolierten Stab, seinen *Zauberstab*. An einem Ende des Stabes gab es einen Druckknopf, am anderen Ende einen unisolierten Ring. Larson schob den Ring vor das zierliche Nerzmaul. Der Nerz biß in den blinkenden Ring. Larson drückte den Knopf am Stab. Ein Stromkreis schloß sich. Der Nerz erstarrte. Eine Kontrollampe zeigte an, ob der Nerzmord gelang.

Aber die Tiere rächten sich im Tode. Beim Pelzen entströmte ihren Stinkdrüsen der Geruch getrockneten Katzenurins. Der Gestank zog aus der Tür des Pelzraumes, stand wie eine Wolke über dem Farmleiterhaus, stand über der Farm und den Käfigen. Die anderen zum Töten bestimmten Nerze empfingen die Drüsensignale ihrer Artgenossen, wurden unruhig und kreisten auf dem gespannten Maschendraht wie Uhrwerke vorm Zerspringen der Federn. Die Farmer warteten auf einen barmherzigen Wind. Wenn er kam, lag auch das weiße Schloß in einer Wolke von Nerzdrüsengestank, und die feinnervige Gäfin verreiste.

Die Nerzschlächter banden sich Mullbinden vor die Nasen, tränkten sie mit Pfefferminzöl und anderen Wohlgerüchen, doch die Nerzdrüsen wurden in kurzer Zeit mit den von Menschen hergestellten Duftstoffen fertig, löschten sie einfach aus.

„Also, der Herr Erlaucht ist und bleiben sozial: keine Zuchttiere verkauft und bleiben sozial, erfreulicherweise, zehn Flaschen Schnaps für die Nerzpelzer!"

Die Männer betäubten ihre Geruchsnerven mit Alkohol,

bis die Messer ein Eigenleben zu führen begannen. Die Einschnitte an den Hinterteilen der Nerze wurden unsicher, die Ernte drohte unbrauchbar zu werden. Farmleiter Larson bot Feierabend und schickte die randalierenden Farmer, die das Pelzen zu einem Fest machen wollten, heim. In einer Wolke Nerzgestank zogen sie zu ihren Katen, und die getöteten Nerze straften ihre Frauen und Kinder.

Rix mußte wieder ins Schloß um ein Fuhrwerk für die Nerzfelle. Sefa plagte sich mit einem Gestell für ihr Schwebereck. Es sollte auf das breite Panneau eines Pferdes gesteckt werden, doch es war grob und schwer; der Gutsschmied hatte es angefertigt. Rix half Sefa, das Gestänge in die Laschen am Panneau zu passen. Sie feilten, raspelten, pfiffen und fluchten, und Rix fand, daß die merkwürdige Sefa eine handfeste Kameradin sein konnte.

Auf einmal stand Larson in der Kutscherstube, wischte sich die Träne aus dem Auge und nahm den Spielfederhut ab. Larson im Sonntagsanzug. Den Nerzgestank hatte er auf der Farm gelassen, doch er roch nach Nerztöterschnaps und hatte den Schluckauf. Mißbilligend sah er auf den feilenden Rix herab. Er wollte Sefa allein sprechen, „alleinigerweise", und setzte sich in einen alten Ledersessel, kämpfte mit dem Schluckauf, seufzte und blieb sitzen, bis Rix ging.

Larson zog Maschendraht zwischen Rix und Sefa. Rix wurde nicht wieder ins Schloß geschickt. Am nächsten Abend erhielt er Arbeit im Waschbärenquartier. Die Bären hatten Winterschlafzeit, doch es gab dort Unruhe. „Also, spelunsen Sie, also, und melden Sie mir, was ist!" Larson hatte sich wieder mit Freischnaps begossen und ging selber ins Schloß, das Fuhrwerk bestellen und wer weiß was noch? „Also, gute Verrichtung, Herr Larson, sefarigerweise!" rief Rix ihm nach. Er empfand große Lust, unter einem Vorwand ins Schloß und zu Sefa zu gehn, um Larson ein wenig zu

24

stören, aber dann ging er doch ins Bärenquartier. Er stieß auf die Unruhstifter: Ein alter und ein junger Bär kämpften um die Zuneigung einer Bärin. Der junge Bär kratzte am Gitter, geiferte und reizte, und der alte Bär packte ihn durch das Drahtgeflecht bei der Nase. Rix mußte mit einem Stock dazwischen. Der junge Bär rollte mit blutender Nase klagend in seine Höhle. Rix schloß die Box und nannte den Bären Robert. Der alte Bär, Larson, saß noch lange und lauerte. Er hatte die Unruhe des Siegers errungen.

Die Gräfin fragte an, ob der Nerzgeruch das Schloß noch umwehe. „Es stinkt noch nach Nerzen", antwortete der Graf.

Graf Karoly streunte umher, kam nach Hause, wechselte die Sportanzüge und ließ sie gleich selber auf die Farm bringen. Er wurde in Coburg und in München gesehn; seine Geschäfte beschäftigten ihn.

Die Farmer lachten, wenn Larson behauptete: „Also, der Herr Erlaucht kommen sicherlich, vielleicht, gottseidankerweise."

Der Graf wirkte gedunsen und hatte blaue Schatten unter den Augen, als er kam. Er betrachtete die Silberfüchse, sah sie und sah sie nicht.

Er schlief zwei Tage, dann ging er durch den Pferdestall, besuchte Sefa in der Reithalle und sah zu, wie sie seinen englischen Fuchs mit leisen Gertentupfern veranlaßte, sich hinzulegen. Er kannte seinen Hengst nicht wieder, lobte Sefa und erntete ihr zufriedenes Lachen, ihr Danklachen ins Publikum. Der Graf blähte die Nasenflügel, glaubte was zu wittern und wünschte am Nachmittag mit Sefa auszureiten.

Der neue Biberbock, der Südamerikaner, wurde heimisch. Er stellte sich auf die Hinterpfoten und versuchte über die gemauerte Trennwand zu den Metzen hinüberzuspähen. Sein Vermehrungsdrang regte sich.

Rix verteilte unter Larsons Aufsicht Erlzweige auf die Bibergehege und war guter Laune. Die Landstraßen waren verschneit. Wer jetzt in dünnen Schuhen dort waten mußte! Rix bedauerte den Briefträger und sah ihm nach, daß er ihm bisher den Brief nicht gebracht hatte, den er erwartete.

Zwei Reiter galoppierten hügelan: Sefa auf ihrer Araberstute voraus, der Graf auf dem Fuchshengst hinterdrein. Eine Schneewolke, ein weißer Eichkätzchenschweif, drehte sich hinter den Reitern. Rix sah auf die Schneewolke, sah, wie sie sich drehte und glitzerte. Er wollte Robert Kix heißen, wenn es nicht diese Schneewolke war, der er nachstarrte. „Reitet nicht schlecht, die Gräfin", sagte er. Larson wischte sich die Träne mit dem Joppenärmel. „Es ist Sefa, leidigerweise."

Abends im Schafstall. Das Petroleumlicht verschwieg die Dürftigkeit seines Verschlags. Ein Kreis gelblichen Lichts auf der Büchenholzplatte des Tisches; zu sehn waren nur seine Hände. Sie schnitzten. Einen Rahmen aus Birkenholz. Aus seiner kunstledernen Brieftasche nahm er ein ausgeschnittenes Zeitungsfoto aus dem *Ruhr-Anzeiger*. Auf dem Foto war er zu sehn. Das Foto von einer Arbeitslosendemonstration. Er war nicht allein drauf. Neben ihm ging eine, die Hanni hieß, und rechts ging einer, der hieß Walter. Hinter ihnen gingen andere vom Jugendverband.

Was war das nun für eine Eitelkeit, wenn er den Birkenholzrahmen mit dem Foto über seine Pritsche hängte? Eitelkeit? Nein, er konnte in seinen halbblinden Taschenspiegel schauen, wenn er sich Auskünfte über den Abnutzungszustand eines gewissen Robert Rix verschaffen wollte. Also hängte er den Zeitungsausschnitt dieser Hanni wegen auf? Nicht nur – es schien ihm, als ob er zu jener

26

Zeit, mit all den anderen jungen Menschen, etwas Unübersehbares gewesen war.

Dann pelzten sie die Sumpfbiber. Larson spie ihnen auf die Nasen, beruhigte sie und schickte viele gute Zuchtmetzen in den Schlachtraum. Viele Käfige leerten sich, und die Höhleneingänge waren Löcher, aus denen man den Boxen die Seelen herausgerissen hatte.

Hinter den Hügeln, wo die Wälder begannen, wünschte der Graf zuweilen im Schritt zu reiten. Waldluft genießen! Er erzählte Jagdgeschichten, schnitt Fratzen, bellte wie ein Dackel und führte Jäger im Jagdglück vor: Ein Schuß, zwei Hasen auf einen Schuß! Aus Mangel an greifbaren Jagdfreunden klopfte er Sefa auf die Schulter. Keine Spur von Eindruck bei Sefa.

Der Graf versuchte es mit Witzchen, war auf Sefas großes Lachen aus. Sefa verzog nicht einmal die Lippen.

Ein Heustadel am Wege. Der Graf wünschte die gute Luft mit Tabakrauch zu würzen. Der rauchlustigen Sefa war's recht. Aber der Graf wollte nicht allein im Heu sitzen. „Sie hintertreiben, daß ich hier ruhig niedersitz und rauch." Es lag nicht in Sefas Absicht, den Grafen ums friedliche Rauchen zu bringen. Sie setzte sich. Sie rauchten. Der Blick des Grafen fiel auf Sefas geflickte Reitstiefel. „Ja, ich muß mich schämen!" Er fingerte an den Stiefelrüstern.

Sefa hatte nichts dagegen, sich vom Grafen ein Paar neue Reitstiefel schenken zu lassen. Konnte sie zulassen, daß sich ein Mann wie Graf Karoly schämen mußte? Außerdem arbeitete sie Tag für Tag, war sein Stallknecht und Bereiter und bekam nichts als das Futter für sich und für ihre Stute als Lohn.

Dann waren die neuen Stiefel da. Braune Reitstiefel mit blinkenden Schnallen im graugrünen Heu. Der Graf steckte seinen Zeigefinger in den Stiefelschaft. „Wirklich nicht zu eng?" Schwarzer Blick. Sefa rauchte. Der Graf hatte auch etwas an Sefas Reithose auszusetzen. Seine sorgende Hand machte sich an Sefa zu schaffen. Eine Ohrfeige flog ihm ins Gesicht. Er schüttelte sich nicht, er rieb sich die Wange nicht, er sah wie aus einem Keller zu Sefa hinauf.

Sefa erschrak. Ihre neue Nummer war nicht fertig. Sie sah sich mit ihrer Stute über die Landstraße ziehn, spürte den Hunger, der sie wieder überfallen würde, sprang auf, rannte zur Stute, warf die Zigarette in den Schnee, galoppierte eine Runde, ließ sich aus dem Sattel hängen und hob die Zigarette mit den Lippen auf.

Der Graf schüttelte sich vor Begeisterung und applaudierte. Sefa saß ab, lachte dankbar, verbeugte sich und küßte dem Grafen die Hand.

Die Gräfin kam zurück. Der Graf war nicht zu sprechen, nicht zu sehn. Sefa wurde nicht entlassen. Ein Diener brachte ihr eine neue Reithose. Die gräfliche Familie reiste in die Schweiz.

Die Waschbären lagen im Winterschlaf, aber die Nutrias erkannten den deutschen Winter nicht an. Sie fuhren fort, sich ihre Nachzucht einzupflanzen, und sie taten es mit viel Geschrei.

In Larson, der sein Leben selber zuzureiten wähnte, war viel Mißtrauen. Aber Vertraulichkeiten leistete er sich. Hatte Sefa nicht neue Reitstiefel, braune Stiefel aus heiterem Himmel, sonderbarerweise? Hatte sie ihr Pferd verkauft für eine neue Reithose? Larson sah sich gezwungen, Rix auch mit anderen Sorgen, die ihn plagten, in die Vertraulichkeit zu ziehen. Da war die Krise, die irgendwo in der Farm knisterte. „Eine Krankheit des Geldes, rätselhafterweise."

Rix wurde munter: Eine Krankheit des Geldes, ja, aber von Menschen hervorgerufen.

Krise hin, Krise her, die noch lebenden Sumpfbiber wurden gefüttert und wollten sich vermehren. Der neue Bock, der Südamerikaner, wollte zeigen, was an ihm war. Im Land am *Parana,* wo er herkam, hatte er sich willige Metzen suchen können. Auf der Farm teilten Larson und Rix sie ihm zu.

Larson setzte den Importbock ins Gehege einer Metze. Die Metze fiel über den Bock her. Larson packte den Bock am geschuppten Rattenschwanz und hob ihn heraus.

Sefa hüpfte auf neuen Stiefeln ins Biberquartier und winkte. Larson erblaßte und grüßte nicht. Er setzte den Südamerikaner zu einem brünstigen Tier, das den Bock erwartete. Der Bock wurde mutig und schickte sich an zu tun, was er zu tun hatte. Die Metze witterte den Geruch der Fremde, fuhr herum und verbiß sich. Sefa sah zu wie bei einem Wettkampf und kaute auf einem Strohhalm. Der Bock schrie auf und kegelte durch den Käfig; die Metze verfolgte ihn und quäkte wie zehn Hasen im Todeskampf. Die Metzen in den Nachbarboxen stimmten ein; Quäken und Plärren, ein Turm aus Bibergeschrei erhob sich über der Farm, und Sefa hielt sich die Ohren zu.

Larson hob die Metze aus der Box und trug sie am Schwanz zu Sefa. „Also, wie brünstig, aber sie wartet auf einen, der paßt."

Unter Sefas schwarzem Schläfenhaar schwoll eine kleine Zornader auf. Sie spuckte Larson ins Gesicht, sprang zu Rix, küßte den flink und rannte davon.

Rix fühlte den Kuß noch lange. Es war ein Zufall und ein Glück, ein glücklicher Zufall, daß der Postbote ihm am Nachmittag einen Brief brachte, einen Brief von einer, die Hanni hieß. Der Brief führte ihn fort von der Farm und ihren Menschen.

Der Winter ließ sich nicht lumpen: Massen von Schnee und immer noch hängende Wolken. Jeden Morgen schaufelten die Farmer ein Netz von Wegen zu den bewohnten Gehegen. Die ausgepelzten Gehege versanken im Schnee.

Weihnachten und Neujahr – keine überwältigenden Feste. Das Schloßpersonal feierte für sich, die Farmer feierten für sich. Der knauserige Larson hatte eine Anwandlung von Großzügigkeit: Er lud Rix zur Silvesterfeier ins Farmerhaus. Elektrisches Licht und an den Wänden die Bilder preisgekrönter Silberfüchse. Ein Glasschränkchen mit Spulwurmpräparaten, blinkenden Fläschchen und blitzenden Tätowierzangen. Zivilisation. Sie tranken den Rum aus ehemaligen Senfgläsern und redeten von Larsons Thema Nummer eins, der Krise. Er hatte einen Brief aus der Schweiz erhalten. Der Graf hatte sich umgetan: An den Absatz von Zuchttieren, auch im Ausland, für die nächsten Jahre nicht zu denken! Keine grauen Haare, lieber Larson! Freundlich Graf Karoly, Herr zu Temburg und so weiter.

Der Brief beunruhigte Larson trotz der freundlichen Empfehlungen.

Aber nun war Silvester, und der Jahreslauf zwang ihn zu einigen Spesen. Die erste Flasche Rum war leer. Larson bewies, daß sein Haus gut bestellt war. Er holte ein braunes Kästchen aus dem Medizinschrank. Rix hielt es für ein Verbandkästchen, aber es war eine Spieluhr, und kein anderer als Larson zog sie auf. Töne, wie Schmetterlinge, flatterten sich zu einer Melodie zusammen. „Also, das Lied der Prärie!" Larson entkorkte die zweite Flasche. „Also, jetzt Gras und Wind und Wind und Gras, einsamerweise." Larson belebte die Steppe: Skunks und Erdhörnchen, Klippschliefer, sogar Chinchillamäuse huschten umher. Larson, ein Gott der Prärie, wischte sich mehrmals die Träne mit dem Ärmel, trank zwischendrein und schuf Pelztiere, immer neue Pelztiere. „Also, jetzt der Fallensteller, also, wie er schleppt: Zwanzig Chinchillas im Sack. Also, keine Krise in der Prärie." Larson fiel aus den göttlichen

Schöpferhöhen in die Welt der rechnenden Menschen zurück.

Es ging auf Mitternacht. Rix war nüchtern, obwohl er nicht weniger getrunken hatte als Larson. Er dachte zu jener schwarzen Zechenstadt hin, die seine Heimat war. Larson ließ ihm keine Zeit. Die Spieluhr klimperte. „Also, man könnte tanzen, wenn es Weiber gäbe, aber gibt es Weiber? Für eine hübsche, also, kleine Farm, beispielhafterweise?"

Auf Larsons Reisekiste rasselte der Wecker. Zwölf Uhr, das neue Jahr begann. Larson holte eine doppelläufige Jagdflinte aus dem Schrank und versah sich mit Munition.

Sie gingen hinaus. Dicke Schneewolken, keine Aussicht auf ferne Welten, Sterne genannt. Larson schoß in die Schneewolken. Wie ein Widerhall krachten Schüsse aus dem Schloß. Die Diener schossen die gräflichen Jagdgewehre ab. Aus den Gutsarbeiterhäusern schoß man auf alten Stubenschlüsseln. Larson packte der Ehrgeiz. Er schoß aus beiden Läufen, lud wieder, gab Rix die Flinte, riß eine Pistole aus dem Hosensack, warf sich in den Schnee und feuerte zum Schloß hinüber. Er schoß das Magazin seiner Pistole leer, aber das Schloß stand wie ein weißer Elefant, der nicht einmal mit den Ohren wackelte.

Februar. Ungebärdige Winde in kahlen Bäumen. Ausgesternte Nachthimmel. Die Sterne unangerührt, ohne Jahreszeiten vor lauter Ferne.

Die Ranzzeit der Füchse begann. Die künftigen Jungfüchse trieben ihre Erzeuger zueinander und bereiteten ihr Spiel in der Junisonne von langer Hand vor.

Rix saß zwölf Meter über der Erde im Häuschen des Wachtturms. Ausblick nach allen Seiten in die Nacht. Er war nicht beauftragt, die Sterne zu zählen. Vier elektrische Scheinwerferlampen wölbten eine helle Höhle am Fuße des dunkelblauen Nachtgebirges. Rix saß in dieser Höhle und

31

beobachtete das Liebesspiel der Füchse im Scheinwerferlicht. Seine Arbeit: Wünsche erfüllen, Wünsche von Weibern gutsituierter Männer. Silberfuchspelze als Bezahlung für menschliche Liebesspiele; Silberfuchspelze als Schweigelohn; Silberfuchspelze als Putzlappen für eingerostete Liebesbeziehungen.

Rix dachte an eine, die Hanni hieß, die sich keinen Fuchspelz, aber ein Kind wünschte. Für das Kind war kein Brot vorhanden.

Leises Winseln in einem Gehege. Ein Fuchsrüde und eine Fähe hatten sich gefunden. Sie standen Hinterteil an Hinterteil, ihre Schwänze ein Strauß aus Grannenhaar; Bestürzung in den Gesichtern; die Ohren wie bei Kämpfen angelegt. Wieviel Ausdrucksformen hat, was der Mensch Liebe heißt? Rix notierte sich die Nummer des Fuchsgeheges.

Die Füchse lösten sich. Rix öffnete den Eingang zu einer künstlichen Höhle. Der Rüde sah das Loch in die Freiheit, schlüpfte hinein und rannte ins Gehege der nächsten Fähe.

Es war ein importierter Rüde. Er sollte sich amortisieren und viele Fähen belegen. Sein Samen hatte einige Tausender gekostet. Der Rüde benahm sich nicht wie ein teuer eingekauftes Produktionsmittel. Er legte sich auf die Box der Fähe, rollte sich zusammen und schlief ein.

Um zwei Uhr in der Nacht wurde Rix vom Nerzwärter abgelöst. Der kleine Mann fluchte verschlafen auf den Fuchswärter, der seinen Tieren noch immer nicht beigebracht hätte, sich am Tage ineinanderzuhängen.

Der Importrüde verschlief den zweiten Teil der Nacht, und als er sich am Morgen regte, keifte die Fähe im Innern der Box. Der Rüde belagerte sie den Tag über.

In der nächsten Nacht übernahm Larson die Fuchsturmwache. Um Mitternacht sprang die Fähe aus der Box, ging

32

den Rüden an und würgte ihn. Der kostbare Rüde verwandelte sich in einen kläglichen Liebhaber.

Larson hastete vom Turm. „Also, heilige Madonna, also!" Er verfehlte die Leitersprossen, stürzte, wälzte sich im Schnee, stand auf, rieb sich die Knochen, humpelte wie ein lahmer Storch zum Gehege und kam zu spät. Die Fähe hatte die Liebesausdünstungen einer Nebenbuhlerin wahrgenommen und den Eliterüden erdrosselt. Larson warf seinen Hut nach der Mörderfähe. „Hätten wir ihn also mit Petroleum eingerieben, vorsichtigerweise!" Niemand hörte Larsons Seufzer, niemand sah, wie er den toten Fuchs im Wald vergrub; niemand gewahrte, wie er den toten Importrüden durch einen gut gesilberten Jungrüden ersetzte.

Diese Karakulschafe! Es empörte Rix, daß sie durch ihn hindurch in die Ferne sahen. Er stopfte sich Hafer in die Taschen, setzte sich in den Stall, und die Tiere drängten zurück. Im leeren Rund glänzte der festgetretene Mist im Schein der Stallaterne. An der Größe des Kreises, den die Schafe mieden, glaubte Rix zu erkennen, wie weit seine Ausstrahlung in den Raum reichte. Er legte sich Haferkörner auf die Hand und versuchte diesen Raum zu verkleinern. Am dritten Abend schnoberten ihm die ersten Schafmütter die Körner aus den Händen, da feierte er einen Sieg.

Über den Sieg schrieb er an eine, die Hanni hieß. Er hatte im Laufe des Winters drei Briefe von ihr erhalten. Kein Zeichen verkümmernder Liebe in ihnen. Sie war seiner so sicher, daß es ihn reizte. Aber von seinem Freund und Jugendgenossen Walter schrieb sie nichts. Er schrieb zurück, und Tintenkleckse verrieten seinen Zorn: „Schreib, was Walter von mir denkt!"

Er wurde beim Schreiben gestört. Sefas heisere Stimme: „Go on!" Sie hatte sich das Haar hochgebunden. Knoblauchduft strömte aus allen Nähten ihrer zerwaschenen Kostümjacke. Sie zitterte, hockte sich vor das Kanonenöfchen, knöpfte sich die Bluse auf und zog einen Block Schreibpapier heraus.

Sefas neue Nummer war fertig. Rix sollte ihr Gesuche an Zirkusdirektoren schreiben.

Zwei Abende schrieben sie Briefe an Direktoren, anpreisende Briefe wie Zirkusplakate: „Recknummer zu Pferd, einzig und allein auf ganze Welt!"

Sefa bewunderte Robert Rix' *Schreibkunst*. Sie küßte ihm dankbar die Hand. Rix schüttelte sich. „Füttern sie dich mit Knoblauch im Schloß?"

Aber als Sefa gegangen war, hörte er die Stille rauschen. Oder war es die Einsamkeit? Es sah aus der Stalltür und sah sie zwischen den Fuchsgehegen verschwinden.

Schritte im quietschenden Schnee hinterm Schafstall. Larson ging wie ein Spürhund in Sefas Tapfen zum Farmhaus. Die Sterne knisterten grün und unangerührt.

Sefa wartete auf ein Engagement. Nur einige Briefe wurden beantwortet. Die Antworten begannen mit „Leider ..." Niemand hatte Verwendung für Sefas Arbeit aus hundert Winterabenden. Das Publikum hatte sich abgewandt. Es war mit seiner Not beschäftigt.

Warme Winde fielen ins Grafental. Die Luft war voll Schmelzwasser. Die Hügelfichten schimmerten blau. Die Erde zeigte ihre Narben und Schründe. Sie lebte noch.

Die Wildgänse zogen nordwärts. Der Graf kam zurück. Er kam allein. Die Gräfin war in der Schweiz geblieben. Sie malte Bilder in Sankt Davos: Alpengipfel und blauen Schnee. Die vorübergehenden Damen bewunderten ihren Persianermantel. Sie war so empfindsam, die Gräfin, sie wollte nicht daheim sein, wenn man die Karakullämmer pelzte.

Der Graf inspizierte die Farm nicht wie sonst. Larson wurde unruhig. Sein Auge tränte heftiger. Nach drei Tagen ließ er sich zur Audienz melden.

Schlechte Nachrichten: Der Graf hatte die Lust an der Pelztierfarm verloren, dachte daran, sie aufzulösen. Er wollte sich mit der Zucht von Rennpferden befassen. Der Sport wäre krisenlos.

Larson stolperte zur Farm zurück. Sein Leben drohte in den Zufall zu entrutschen. Er mußte es zu packen kriegen.

Ein Jägerhäuschen im Buchenwald. Davor eine Bank. Weiße Farbspritzer auf dem Braun des vorjährigen Buchenlaubs – die Buschwindrosen. Auf der Bank saßen der Graf und Sefa.

Der Graf erzählte von Pferden, der Graf schwärmte von Pferden, der Graf würde Rennpferde züchten.

Sefa rauchte, rauchte und war mit sich beschäftigt. Sie dachte an die Absagebriefe, und der Graf spielte seinen Trumpf aus: Hätte Sefa nicht Lust, sich an der Zucht zu beteiligen? Sollte sie ihre Stute nicht vom Fuchshengst des Grafen decken lassen?

Eine Hoffnung, ein Weg? Sefa hatte nichts dagegen, daß der Graf sie in seiner Begeisterung umfaßte.

Rix fütterte die Schafe und hörte ein dünnes Meckern. Er drang in die Herde ein und fand zwei sargschwarze Lämmer. Lackglanz lag auf ihren Fellen, und ihre künftige Wolle war noch straff gerollt wie die geplatzte Rinde junger Birken.

Mittags meldete er den Zuwachs im Schafstall Larson. Larsons Axtgesicht rötete sich, er riß das böse Auge auf, ein Regen von Tränen fiel heraus. „Also, zu spät, zu spät melden Sie mir das, nichtsnutzigerweise!" Er schliff ein

35

Messer, kam in der Hast mit dem Daumen an die Schleifscheibe und fluchte.

Jetzt lammten viele Schafmütter. Im Karakulstall brach ein Blutbad aus. Larson und der Nerzwärter betrieben den Lämmermord mit mystischem Eifer. Sie verhängten die Fenster. Jeder Lichtstrahl lockerte nach Larsons Meinung eine Locke am künftigen Persianer. Am liebsten hätte er den Schafmüttern die Lämmer aus den Bäuchen geprügelt, um der straffsten Pelzlocken gewiß zu sein.

Das dünne Meckern der neugeborenen Lämmer! Kaum hatten sie die ersten Tropfen der Muttermilch erhascht, wurden sie von blutigen Männerhänden gepackt, aufgehoben und auf den Schlachtbock geschleppt. Die Männer bogen ihnen den Kopf zurück und brachten ihnen einen Längsschnitt in der Gurgelgegend bei. Manchmal schrie eines der Lämmer, dann hielt ihnen eine Männerhand das kleine Maul zu. Das Lämmerblut dampfte und rann in eine Wanne unter dem Bock.

Die Schlächter arbeiteten drei, vier Stunden, bis sie das in einer Nacht im Schafstall entstandene Leben vernichtet hatten. Geschwitzt und blutverschmiert traten sie vor die Tür. Die Märzsonne erwärmte die Erde. Das Gas ihrer Mineralien stieg auf, die Erde duftete. Die Schlächter atmeten tief und lobten den zeitigen Frühling. Der kleine Teufelsmann schob ein neues Stück Kautabak ein. Larson starrte zu den sanftgrünen Hügeln hinüber und wischte sich sein böses Auge: Der Graf und Sefa ritten Seite an Seite.

Alle hatten ihren Frühling: Wenn Rix aus dem Sumpfbiberquartier in seinen Verschlag kam, fand er dort auf dem Tisch einen Stoß gesalzter Lämmerhäute, den Frühling der Karakulschafe – zwei Persianermäntel.

Alle Schafmütter hatten gelammt, alle Lämmer waren geschlachtet. Ob alle Wünsche auf Persianermäntel befriedigt waren, wußten die Farmer nicht. Die Zucht von Rennpferden begann sie zu beschäftigen.

Ein Diener kam aus dem Schloß gerannt. „Erlaucht lassen bitten, zwei, drei Farmer zum Schloß!"

Larson, Rix und der kleine Teufelsmann gingen zum Schloß. Gerenne, Aufregung und Gewieher auf einer Parkwiese hinter dem Pferdestall. Sefas Stute wehrte sich gegen den Hengst des Grafen. Der Graf war ungehalten. „Überrossig das Biest und hat sich wer weiß wie!"

Der Hengst blähte die Nüstern und näherte sich der Stute. Die Stute schlug hinten aus, traf den Hengst gegen die Brust, und es klang wie Faustschläge gegen ein gefülltes Faß. Der hinkende Leibkutscher war besorgt um den Hengst. Er stopfte sich Schnupftabak in die Nasenlöcher und redete auf den Grafen ein. Der Graf befahl, einen Deckstand zu zimmern. Hin und Her mit Balken, starken Stangen und Bohlen. Etwas wie ein Turnbarren entstand. Sefa führte die Stute zwischen die Holme des Deckstandes. Man versperrte den Deckstand vorn mit Querstangen und verriegelte ihn hinten mit Bohlen. Die Bohlen reichten der Stute bis unter den Schweifansatz. Ihre Antipathien wurden in eine Kiste verpackt.

Der Graf, erhitzt, den Hut im Genick, führte den Hengst heran. Der Hengst stutzte: Die Bohlen. Der Graf lockte, beklopfte ihm den Hals; der Hengst schnaubte, hob die Oberlippe, bleckte die Zähne, stieg – und die Stute krümmte den Rücken zu einem Bogen. Mit einem Schlußsprung schnellte sie aus dem Holzpanzer. Ihre Hinterhand blieb hängen. Ein Holm zerbrach, und seine Splitter drangen der Stute in die Weichen, rissen ihr den Leib auf, und das Gedärm quoll heraus.

Man hielt den Hengst mit Mühe von der stöhnenden

Stute ab. Der Graf ging davon. Er lächelte nicht. Er klatschte mit den ausgezogenen Wildlederhandschuhen gegen seine Reithosen.

Rix schlug mit einem Stein gegen die zerbrochenen Holmteile. Sie lösten sich nicht. Der Teufelsmann rannte nach einem Vorschlaghammer. Die Herzschläge der Stute übertönten das Vogelgezwitscher. Larson nutzte die Pause auf seine Weise: „Also, es hat Grundsätze, so ein Tier, und mehr sag ich also nicht."

Sefa girrte der Stute ein Zigeunergebet ins Ohr, war blaß bis in die Finger und spie von Zeit zu Zeit aus. Sie weinte durch den Mund.

Der Nerzwärter brachte den Hammer. Sie schlugen die Holme los und zogen sie aus dem Stutenleib. Das Stöhnen faßte den Schmerz nicht mehr, die Stute schrie. Die Männer sahen dankbar auf Farmleiter Larson. Larson fingerte seine Pistole aus der Hosentasche. Er wartete auf Sefas Einverständnis. Sefas Rücken zitterte. „Go on!"

Dem Pistolenschuß folgte ein weicher Aufschlag, dem Aufschlag ein langes Stöhnen, dem Stöhnen ein zufriedenes Schnauben.

Sefa nahm der Stute den Zaum ab und schlug ihn Larson um die Ohren.

Graf Karoly fuhr weg. Er kaufte zehn englische Vollblutstuten. Als er zurückkam, sollte die Pelztierfarm verkauft werden.

Aufregende Tage für Larson: Er bat den Grafen, ihm das Farmgelände und die Käfige zu verpachten und einen kleinen Zuchttierbestand zu verkaufen. Der Graf willigte ein.

Larson mußte auch (zum Importpreis!) einen ausgezeichneten Silberfuchsrüden kaufen, der nicht mehr lebte.

Sefa begrub ihre Stute am Fuße eines Hügels hinter der Farm. Alle Hoffnungen auf die große Nummer begraben.

Am Abend kam der Leibdiener des Grafen in Sefas Kutscherstube. „Erlaucht lassen bitten, ihn in einer halben Stunde zu empfangen!"

Der Diener ging ohne Sefas Antwort. Sie stopfte Kleidungsstücke in die Packtaschen ihres Sattels.

Rix saß und grübelte. Es war wieder ein Brief gekommen, ein Brief voll Frühlingsgirren von einer, die Hanni hieß, aber kein Wort über Walter. Der Freund hatte ihn fallenlassen.

Es raschelte am Fenster, und es klopfte leise. Eine Fledermaus auf Nachtfalterjagd. Rix ordnete sein Lager und begann sich auszuziehn. Wieder das Klopfen. Er stieß das Fensterchen auf: Sefa mit ihrem Sattel im Genick, den gerollten Woilach unterm Arm. Er ließ sie ein. Sie legte den Sattel auf die Bank aus Birkenästen und schüttelte sich.

Der halbblinde Spiegel an seinem Schrank. Sie rieb ihn mit dem Jackenärmel, doch sie sah nicht hinein. Sie holte ihr Nachtzeug aus der Satteltasche und zog sich aus. Sie bat ihn nicht, sich umzudrehn oder hinter den Schrank zu treten.

Sie wickelte sich in ihren Woilach und klopfte mit der flachen Hand auf den freien Teil der Pritsche.

Er blieb sitzen, bis sie schlief. Der Mond kroch hinter die Krokushügel, da legte er sich zu ihr.

Am nächsten Tag: Sie ging ins Schloß, arbeitete im Pferdestall und war am Abend wieder da.

Die Gräfin kam aus der Schweiz zurück. Sie empfing die Nachricht von der Auflösung der Pelztierfarm mit Wohlwollen. Sie war froh, daß der Graf sich nicht mehr an unschuldigen Tieren vergehen wollte, und ihre Gnade floß über. Der Graf verweilte die Nacht in ihrem Schlafzimmer. Auch am Vormittag ging die Dienerschaft auf Zehenspitzen und flüsterte sich Neuigkeiten zu.

Am dritten Morgen kam Larson, noch ehe Sefa gegangen war. Er wischte an seinem kranken Auge und wußte nicht, wie beginnen: Er käme im Auftrag des Grafen. „Also, Erlaucht befürchten, daß man ihn der Zuhälterei verdächtigen könne, unschuldigerweise", er sähe sich gezwungen, Sefa ins Schloß zurückzubitten, wenn sie nicht entlassen werden wollte.

Sefa schob Larson beiseite und ging hinaus. Larson folgte ihr, erreichte sie am Farmtor und redete auf sie ein. Rix konnte sehn, wie sie ausspie und das Farmtor zuschlug.

Er umwickelte seine löcherigen Wanderschuhe mit dem alten Jackettanzug, er steckte einige Briefe und das Zeitungsfoto aus dem Birkenholzrahmen zu seinen Winterersparnissen in die kunstlederne Brieftasche.

„Also, ich seh, daß Sie gehn wolln, störrischerweise", sagte Larson und tippte auf Rix' Langstiefel und die Joppe. Hatte er die abgelegten Grafenkleider mitgepachtet?

Rix kleidete sich um, aber er ersparte sich jeden Abschied. Er ging zum hinteren Farmtor hinaus. Er ging vorsichtig. Es war der Krokusblüten wegen. Es konnte sein, daß die Blumenwiesen in seinen Erinnerungen stehenbleiben würden.

Sie rief ihn und rief, aber es war so viel Vogelgezwitscher in den Büschen, daß er es nicht hörte. Sie holte ihn ein. Er sah, daß sie weinte. Er nahm ihr den Sattel ab.

Bei Coburg trafen sie auf ein Zigeunerlager. Er hatte sich an ihrem Sattel müde geschleppt und kaufte ihr von seinen kleinen Ersparnissen einen wintermageren Schimmel.

Sie küßte ihn, küßte ihn immer wieder. Er hätte alles haben können, was sie besaß.

In der Frühfinsternis verließ er den Heustadel, in dem sie genächtigt hatten, und wandte sich nach Norden, den Städten zu.

Nebel

Als der Schornsteinfeger den Kamin der Wirtshausküche verlassen hatte, kroch, noch ehe sich die tanzenden Ruß-flocken gesetzt hatten, Fleischermeister Boll hinein. Der Schornsteinfeger hatte Boll sein Mundtuch angeboten, doch Boll hatte es abgelehnt und hatte sich sein rotgewürfeltes Fleischertaschentuch wie einen Knebel in den Mund ge-steckt. Boll kroch in einer grünen Lodenjoppe, unter der er die gestreifte Fleischerjacke trug. Das gehörte zu den Bedingungen. Leichte Wetten reizten Boll nicht. Er hatte die langschäftigen Stiefel ausgezogen, aber die weißen Schafwollsocken hatte er anbehalten; denn der rechte Schafwollsocken mußte ihm helfen. seinen Klumpfuß vor den neugierigen Blicken seiner Saufkumpane zu ver-stecken.

Als das dicke Hinterteil des Fleischers im Kamin ver-schwunden war, schloß der Gastwirt die Tür des Einstiegs und rannte mit den anderen nach draußen.

Es war ein träger Spätherbstnachmittag, die Sonne stand schräg, und die Saufbrüder mußten ihre Augen mit den Händen beschatten, um das Ende der Feueresse auf dem Hausdach beobachten zu können. Dort oben mußte Boll erscheinen, wenn er die Wette gewinnen wollte.

Als nach zehn Minuten am Schornsteinrand nur schwarze Rußwolken walmten und immer noch kein Fleischermeister Boll erschien, rannten einige Zechkumpane in die Wirts-hausküche zurück und öffneten die Einstiegtür. Ruß wir-belte ihnen in die Gesichter, und sie sahen nichts, aber sie hörten, wie sich Boll in die Höhe schuftete. Da rannten sie wieder hinaus, um das Schauspiel, das sich ihnen auf dem Dache bieten sollte, nicht zu versäumen.

Endlich erschien Boll auf dem Sims der Esse, und das einzige, was noch rein und weiß an ihm war, waren seine Augäpfel, und er rollte sie, setzte sich auf den Rand der Esse, ließ die Füße mit den ehemals weißen Schafwollsocken aufs Dach hinunter baumeln, nahm einen Hieb aus einer Taschenflasche und prahlte auf den Schornsteinfeger nieder: Endlich habe er erfahren, wie leicht gewisse Leute ihr Geld verdienten und sogar Staatsangestellte würden.

Die Kumpane radauten und ließen Boll hochleben. Vorübergehende Dorfleute blieben stehn und versäumten nicht, sich den Fleischermeister als Kaminfeger anzusehn. Am Abend würden sie daheim in ihren Stuben die sein, die das neueste Kunststück von Boll erzählen konnten.

Boll wohnte drei Dörfer weiter, aber die Leute in seinem Heimatdorf kamen nicht in den Genuß seiner *Kunststücke,* dafür sorgten sein Weib und seine Verwandten. Die Bolls hielten sich für ehrsame Handwerksleute, denn die Dorffleischerei lag bereits in den Händen der dritten Generation. Die vierte Generation, die eigentlich an der Reihe war, befand sich noch in der Gefangenschaft, in die sie beim letzten Krieg geraten war. Alt-Fleischermeister Bernhard Boll hatten seine übereinandergewachsenen Zehen dem Kriege entzogen, und der Klumpfuß war sein Glück.

Boll verschönte sich die Wege durch die mageren Kriegszeiten: Weizen, Wolle, Weiber und Wetten – alles war für Wurst zu haben: Eine Kuh wurde mit Möhren auf den Schanktisch der Gastwirtschaft in Mulmendorf gelockt und gemolken: Ein Schnittglas Milch als Gegenmittel für Alkoholvergiftungen – zehn Mark. Die Wette und die Kasse gewann Boll.

Wettreiten auf einem Eber in der Dorfaue von Ziltendorf. Wer hält's am längsten auf einem Schweinerücken aus? Diese Wette verlor Boll, weil er sich mit seinem Klumpfuß nicht recht klammern konnte.

Wettfliegen von Hähnen, denen man die Köpfe abgehackt hatte. Wer hält einen lebenden Vierpfundaal am längsten mit ausgestrecktem Arm? So und ähnlich sahen die Wetten aus, die Boll erheckte.

Die Kaminwette hatte er jedenfalls gewonnen, obwohl sein Abstieg in die Wirtshausküche mehr ein Rutschen, Rumpeln und Plumpsen gewesen war. Der Schornsteinfeger, der aus Gründen der *Sicherheit* geblieben war, ging beleidigt davon.

Die Saufkumpane zechten noch lange und feierten die glückliche Kaminfahrt Bolls, und als alle schwarz und rußig waren, weil Boll nicht versäumt hatte, sie im Laufe des Abends brüderlich zu umarmen, wurde man müde. Boll verlangte nach einem Mietauto aus der Kreisstadt. Es wurde telefoniert und gewartet, aber es fuhr kein Auto vor. Der Mietautofahrer wollte mit dem Fleischer nichts mehr zu tun haben, weil ihn Boll vor Wochen dazu mißbraucht hatte, mitten in der Nacht nichts als die lederne Fleischermütze heimzufahren, da ihr Träger sich ermuntert hatte und weitertrinken wollte.

Die Mietdroschke kam also nicht, und Boll beschloß, den Nachtzug der Kleinbahn zu benutzen. Die Geleise der Kleinbahn streiften den Dorfrand, doch es gab keinen Bahnhof an dem Ort, in dem Boll seine Kaminfahrt glücklich hinter sich gebracht hatte. Es gab aber einen unbeschrankten Bahnübergang, den die Züge langsam mit Geklingel und Gepfeife überquerten. An dieser Stelle war es Boll früher schon einige Male gelungen, die Lokomotive mit einem Geldschein in der erhobenen Hand anzuhalten.

Die Zechbrüder zogen die Köpfe ein, als Boll seine Absicht äußerte. Man warnte. Es seien neue Zeiten, nicht mehr gemütlich wie früher, neue Leute, keine verläßlichen Beamten mehr, nur Angestellte bei der Eisenbahn. Einer der

Saufkumpane wollte sogar den Lokomotivführer kennen, der den Nachtzug fuhr, einen scharfen Genossen, der sich an Bolls Geldschein nicht kehren würde.

Aber Boll war für Warnungen nicht zu erreichen: Was hieß hier neue Zeiten? Für Geld wäre zu jeder Zeit alles zu haben, sogar Priester- und Pastorenseelen, behauptete er und verzankte sich mit den Kumpanen, nannte sie „Angsthasen" und „Jammerlappen" und war pünktlich und halb betrunken um die elfte Nachtstunde am unbeschrankten Bahnübergang in der Feldmark des Dorfes. Er sah die Lichter der Lokomotive wie Glühwürmer im linden Nebel auftauchen, stand zwischen den Schienen und fuchtelte mit einem Fünfzigmarkschein. Die Glühwürmer wuchsen. Boll wurde unsicher, zog einen zweiten Fünfziger und winkte mit beiden wie ein signalisierender Matrose und schrie: „Boll hier, Fleischermeister Boll, hier!"

Als er die Bremsen knirschen hörte, war er sich seiner Sache und der gewonnenen Wette sicher und prahlte: „Ich hab's euch gesagt, ihr Jammerlappen, Geld regiert...", und die Maschine packte ihn wie ein eiserner Hengst und schlug ihn nieder, und das Zugpersonal zog den zertrümmerten Fleischermeister hinter dem dritten Waggon von den Schienen.

Es war ein grauer Novembertag, und die Zechkumpane Bolls hatten sich versteckt, denn es fühlte sich keiner außer Schuld. Und der oder jener berief sich darauf, daß er Boll gewarnt habe, und einer behauptete, Boll habe die Wette von Rechts wegen verloren, denn es wäre gekommen, wie er vorausgesagt hätte: eine Zeit, in der Lokomotivführer Geld ausschlügen wie früher die Pfarrer ein Teufelsgeschenk. Aber andere hielten ihm entgegen, daß der Lokomotivführer doch erwiesenermaßen gebremst hätte, und als einige Zeit vergangen war, wurde immer häufiger davon gesprochen, daß der Nebel am Tode Fleischermeister Bolls schuld gewesen wäre – ganz allgemein – der Nebel.

Die Katze und der Mann

Das ist die Geschichte von einer zehn Zentimeter langen Katze, die in das Leben eines sechzehnmal längeren Mannes eingriff: Der Mann hieß Hardel, war ein verwitweter, noch rüstiger Rentner, lahmte auf dem linken Bein, zog sich damit von Kind an den Spott unvernünftiger Zeitgenossen zu und war aus diesem Grunde mißtrauisch, auch gegen Menschen, die sich ihm mit freundlichen Absichten näherten.

Glückspunkte in seinem Leben waren, nach dem Tode seiner Frau, die Tochter und ein Gärtchen vor der Stadt. Zum Gärtchen eilte er nach der Schicht, als er noch in einer Fabrik arbeitete, und er legte seine kleinmenschliche Schöpferkraft in diesen Erdflicken. Die Gartenlaube baute er nach und nach zu einem Fachwerkhäuschen aus, bezog es und sparte die Miete für die Stadtwohnung. So wohnte er am Stadtrand und ein wenig am Rande der Ereignisse. Er hoffte, das Kleinhaus würde auch das künftige Familiennest seiner Tochter werden – leider. Es kam ein Mann, der sie nahm und beherrschte, und die Tochter verschmähte das Kleinhaus.

Eine Zeitlang ging Hardel bekümmert umher. Die Glücksperlen seines Alltags waren verblichen. Aber kein Mensch kann so leben. Der Mensch braucht Hoffnung. Hardel begann zu hoffen, sein Enkel, der Gras, Blumen, Bäume, Hütten und Unterschlupfe liebte, wie viele Kinder, würde ihm einst für das Häuschen danken und den Großvater für die Vorsorge über das Grab hinaus loben.

Er hütete den kleinen Besitz mit Altmänner-Wunderlichkeit. Bröckelte aus den Mauerfugen der Mörtel, so vernarbte er die Schründe mit Speis, strich die Steine im Frühling rot und zog die Fugen mit Schlämmkreidenbrei nach.

Wenn Vorübergehende das schmucke Häuschen lobten, war das für Hardel vorläufig, und, wie er glaubte, bis der Enkel reif sein würde, die einzige Anerkennung seiner Arbeit, und das tat ihm einen Augenblick lang gut, aber dann stürzte er sich wieder verbissen in den Kleinkrieg mit den Wettern, die mit den Mäusen und den Holzwürmern um die Wette am Häuschen nagten; besonders die hereingewanderten Feldmäuse vergällten ihm oft die Wintertage.

So kam's, daß er zum Winter hin in einer Vorstadtstraße eine Katze auflas. Sie war nicht ausgewachsen, ließ den kahlen Schwanz hängen, hatte verklebte Augen, und ihr Fell war wie von Motten zerfressen – eine Herbstkatze, ein Kümmerling.

Sie fraß sich an Hardels Mittagsmahlresten heraus, doch ihr Kopf blieb außergewöhnlich klein, und ihr Maul unter der platten Nase schien, wie der Mund bornierter Menschen, mit einem ewigen Lächeln behaftet zu sein. Sonst war das Katzending schwarz bis auf die Krallenbehälter an den Pfoten, die waren weiß – alle vier. Die vier Weißpfoten unterstrichen die Katzenkümmerlichkeit – das kleinköpfige Tier ging barfuß.

Sie lebten mehr neben- als miteinander, der knurrige Rentner und die artgemäß auf sich bezogene Katze. Der Mann belauerte das Tier; das Tier belauerte den Mann. Hardel schickte die Katze nicht fort, als er gewahr wurde, daß sie Mäuse am sichersten vernichtete, wenn er sie ihr in der Klappfalle fing. Ein Mausweibchen setzte seine Jungen in den wenig benutzten Einkaufskorb. Nichtsahnend nahm Hardel den Korb. Im Vorstadtkonsumladen sprangen die Jungmäuse der Verkäuferin gegen den weißen Kittel. Großes Geschrei. Hardel nahm auch das hin, ohne die Katze geringer zu schätzen.

47

Der Winter verging. Maizeit kam. Der Mehlsuppenteller unter der Ofenbank blieb zwei Tage unangerührt. Am dritten Abend kam die Katze zurück. Sie war mager, ein verkohltes Brett, und schien Geschwüre unterm Bauch zu haben. Aber als Hardel sie hochnahm, gewahrte er, daß es sich um ein armseliges Gesäuge handelte.

„Hast du gelammt?" Hardel betonte jede Silbe, als ob er mit einer Ausländerin spräche. Seine lauten Worte trafen auf den Perpendikel der alten Wanduhr. Er schien für einen Augenblick langsamer zu pendeln.

Hardel hinkte ums Haus, durchsuchte den Holzstall und das Kaninchenheu auf dem Stallboden, durchstöberte den Garten, sah unter den Hecken nach und vergaß auch den Brunnenschacht nicht.

Die Katze leckte sich die Mehlsuppenreste vom Bart, schlüpfte in den Hof und belauerte den suchenden Mann. Hardel fühlte sich gekränkt: Seine Katze verbarg ihm etwas. Hatte er Mißtrauen verdient?

Er riß ein liniertes Blatt aus einem Oktavheft, und während er noch ächzend Druckbuchstaben formte, sprang die Katze aus dem Spalierapfelbaum gegen die Giebelwand und erklomm das offenstehende Bodenfensterchen.

Hardel heftete den Zettel mit Blaukuppen an die Latten der Gartenpforte: *Katze Jungen verschleppt. Finder hier melden! Der Eigentümer.*

Die Bewohner der Laubenkolonie lasen und lächelten.

Als die Apfelbäume verblüht waren und der Löwenzahn seine Samenbällchen in den Mittmaiwind hielt, vernahm Hardel von unter der Bodentreppe her Katzenquieken. In der dunkelsten Ecke des Treppenwinkels lagen drei Jungkatzen. Sie krochen spreizbeinig auf den verstaubten Dielen umher.

Freude glomm in Hardel auf: Seine Katze zog ihn also ins Vertrauen, und das war kein geringes Erlebnis in seiner Einsamkeit.

48

Aber der Altkatze ging's nicht drum, ihre Nachzucht bewundern zu lassen. Ihr dürftiges Gesäuge gab nicht mehr genug Milch für die wachsenden Jungen her. Sie waren im Bodenversteck unruhig umhergekrabbelt, und die beunruhigte Mutter hatte sie dorthin geschleppt, wo sie ihre Nahrung fand, in die Nähe der Küche.

Als Hardel seine drei neuen Hausgenossinnen betastete, kam die Altkatze zurück. Sie sah die knotigen Mannshände im neu eingerichteten Nest, wurde mißtrauisch und packte ein Junges, um es davonzuschleifen. Hardel griff zu und mischte sich in das Katzenleben.

In der Holzluke unterm Küchenherd richtete er im Einkaufskorb ein zivilisiertes Katzennest her, und er hielt die Küchentür verschlossen, bis die Altkatze es angenommen hatte.

Das Katzenleben unter dem Herd erheiterte Hardel. Er war zufrieden und sang sogar ein verstaubtes Liedchen.

Beim Schlafengehen, als er sich in der Bodenstube in seine speckige Steppdecke wickelte, hörte er hinter der Dachschräge über seinem Lager dünnes Jungkatzenfiepen. Zwirnsfadendünne Schreie drangen aus dem Hohlraum zwischen Dachsparren und Deckenbelag.

Voll Mißtrauen gegen die Katze stieg Hardel hemdig in die Küche hinunter. Alle drei Jungkatzen lagen schlafend im Korb.

Hardel legte sich wieder. Er war wohl ganz verrückt mit seinen Katzen und hatte das Wimmern im Erstschlaf erträumt, wie? Er lachte laut über sich selber, und es klang irr, wie der alte Mann da in der Maimondnacht im leeren Hause lachte. Aber da taute das Katzenwimmern wieder auf, erst leise, dann lauter.

Hardel kletterte in den Firstraum über der Bodenstube und leuchtete mit einer Taschenlampe in den toten Winkel zwischen Sparrenraum und Stubenaußenwand. Der Lampenstrahl drang nicht bis auf den Grund, und Hardel fuhr mit dem rechten Arm in die Höhlung, und obwohl er ihn bis an die Achsel hineinsteckte, erreichte er den Grund des Spaltes nicht. Da ließ er eine Latte hinunter. Sie verschwand auf zwei Armlängen im Sparrenraum, ehe sie auf Grund stieß. Hardel glaubte das leise Tasten von Krallen am Holz zu spüren, fühlte wie ein Angler, wenn der Fisch anbeißt, aber als er die Latte vorsichtig herauszog, hing kein Kätzchen dran.

Er stieg zur Küche hinunter, packte die Mutterkatze, nannte sie „kleinköpfiges Rabenvieh", schalt sie ob ihrer Vergeßlichkeit, schleppte sie in den Firstraum und setzte sie an den Rand der Dachschräge.

Die Katzenmutter spitzte die Ohren, doch sie kroch nicht in die finstere Schräge. Da ergriff Hardel sie beim Genick und zwang sie in den Spalt hinein, doch als er sie losließ, krallte sie sich aus der Höhlung und erschien wieder am oberen Rand der Luke.

Die Stube war von unsicherem Mondlicht erhellt. Hardel stand ratlos und fühlte sich matt. Er hatte sich im Firstraum müde gearbeitet und gierte nach Schlaf. Vom Katzenwimmern war nichts mehr zu hören. Vielleicht zeigte sich nach gelungener Nachtruhe eine Möglichkeit, die Katze zu retten. Er legte sich, atmete tief und schlief ein.

Zur halben Nacht erwachte er, denn die Katze wimmerte wieder. Er erhob sich, um das Gekreisch nicht gerade über seinem Kopfe zu haben, und pantoffelte in der Stube umher. Schüchtern kam ihm der Gedanke, das Dach abzudecken. Aber sollten ihn die Nachbarn für verrückt halten?

Wieder warf er sich aufs Bett und suchte an schlimmere Augenblicke seines Lebens zu denken:

Im *großen Kriege* hatte man ihn seines Gehfehlers wegen nicht an die Front geholt. Er wäre Soldat der Heimatfront, sagte man ihm, und er nahm's ein wenig schmunzelnd hin.

Er bediente in einer Zellwollfabrik zwei jener großen Rührmaschinen, in denen aus Zellstoff, Schwefelkohlenstoff und Ätznatronlauge der honiggelbe Brei hergestellt wurde, den man Viskose nennt. Er arbeitete zwölf Stunden täglich und wußte nicht mehr, wie Sonntage aussahen. Es ging heiß her an der *Heimatfront*. Bei jedem Fehler, der einem Arbeiter unterlief, lag's in der Hand der Oberaufseher, ihn für einen Sabotageakt auszulegen.

Hardel hatte der Sozialdemokratischen Partei angehört. Das stand in seinen Papieren, er war belastet, ihm durfte kein Fehler unterlaufen. In einer Nachtschicht mußte er die Maschinen eines erkrankten Kollegen mit bedienen. Er hinkte kontrollierend zwischen vier Maschinen hin und her, und da geschah's, daß er in einer Rührmaschine die Ätznatronlauge auf den Zellstoff gab, ohne ihn vorher mit Schwefelkohlenstoff geröstet und zersetzt zu haben. Statt seimiger Viskose brodelte in seiner Maschine eine weiße, klumpige Masse.

Als Hardel sein Versehen gewahrte, befiel ihn Furcht. Er meldete sich, bevor entdeckt wurde, was er unabsichtlich verdorben hatte, bei seinem Schichtführer krank und eilte in sein Häuschen. Er wollte nicht verhaftet werden, ohne seiner Tochter Lebewohl gesagt zu haben.

Er lauerte die Nacht lang hier in der Stube, im selben Bett wie jetzt liegend, seiner Verhaftung entgegen. Eine schlimme, schlimme Nacht!

Als der Morgen kam, pochte es bei der Haustür. Er verabschiedete sich bleich und zitternd von seiner Tochter und öffnete:

Ein Mann der Werkspolizei, ein SS-Mann, stand draußen. Hardel erwiderte den Hitlergruß, um den er sich sonst als alter Sozialdemokrat gedrückt hatte. Er schlug sogar ungeschickt die Hacken zusammen.

Der Uniformierte fingerte etwas aus einer Ledertasche

an seinem Koppel. Die Pistole, hatte Hardel gedacht und hatte ergeben zu Boden gesehen. Was der Werkspolizist jedoch aus seiner Tasche zog, war ein Brief vom Schichtleiter, dem Hardels Versehen nicht entgangen war, der jedoch fürchtete, unter dem Vorwand verletzter Aufsichtspflicht, mit in die Sache hineingezogen zu werden.

„Alles in Ordnung. Kannst arbeiten kommen, wenn du nicht zu krank bist", stand in dem Brief. Hardel wußte die Worte noch jetzt nach zwanzig Jahren auswendig. Der Schichtführer hatte den verfahrenen Inhalt der Rührmaschine heimlich in den Abfall gedrückt.

Dann schlief Hardel doch ein, schlief bis in den halben Vormittag und fuhr hastig auf, weil das Kleinvieh noch nicht versorgt war. Er fütterte die Ziege, die Hühner, die Kaninchen, und an das Katzenereignis in der Nacht dachte er zunächst nicht, doch als er beim Frühstück saß, klopfte es, und ein Junge aus der Nachbarschaft trat ein.

Das erste, woran Hardel dachte, als er den Jungen sah, war, daß sein Enkel so groß sein müßte wie dieses Nachbarkind, und es rührte sich etwas wie Zärtlichkeit in ihm. Aber der Junge war aufgeregt, stotterte und forderte den Alten auf, mit ihm auf die Straße zu gehen und zu hören, Hardels Katze müsse sich unterm Dach verklemmt haben.

Hardel hieb mit der Faust auf den Küchentisch und fluchte halblaut: „Satansbraten, verpfuschte Kreatur!", und es war schwer zu erkennen, daß sich sein Geschimpf auf die Altkatze bezog. Der Junge erschrak jedenfalls, schlug betroffen die Tür zu und rannte davon.

Nun war schon die Nachbarschaft alarmiert. „Genug mit der Katzenduselei", zischte Hardel, kletterte in den Firstraum, lauschte, hörte das Wimmern, nahm die Latte und stieß sie bei geschlossenen Augen mehrmals in die Dachsparrenhöhlung. Das Wimmern verstummte. Hardel zog das

52

Vierkantholz aus der Höhlung und warf es ins Bodendunkel. Das Dunkel antwortete mit Gepolter.

Humanität – er hatte in Zeitungen darüber gelesen. Was war humaner: zuhören, wie die Jungkatze langsam, langsam starb, oder ihr die Todesqualen abkürzen? Er fand keine Antwort. Was konnten seine Gedanken jetzt zu seiner Beruhigung produzieren – die Erinnerung an den Tag, an dem er seinen Enkel zum Fröschefangen abholen ging?

Er ging selten in die Wohnung der Tochter, weil er sich für den Schwiegersohn keine Freundlichkeit abgewinnen konnte. Er klopfte nie an, sondern rüttelte an der Klinke der Wohnungstür, bis ihm aufgetan wurde. Bei Kindern klopft man nicht an, war seine Meinung.

Hardel hatte in seinem Garten ein kleines Terrarium für den Enkel eingerichtet und wollte mit dem Jungen Frösche fangen gehen. Er rüttelte an der Wohnungstür, doch sie war unverschlossen und tat sich auf. Lärmend schleifte er sein lahmes Bein durch die Zimmer: Unverschlossene Schubfächer, unabgewaschenes Geschirr in der Küche, Fliegen, die sich an Kuchenkrümeln letzten, Unordentlichkeit überall, und unter einer halb gefüllten Kaffeetasse lag ein Zettel: „Wir sind fort. Man kann hier nicht leben." Kein Gruß keine Unterschrift. Man kann *hier* nicht leben. Hardel war beleidigt. *Hier* lebte er. *Hier* stand sein Häuschen. *Hier* sorgte er für den Enkel.

Und als Hardel an den Enkel dachte, setzte er sich aufs Kinderbett und weinte. Er weinte, als ob Kummerblasen aus seiner Brust aufstiegen und an der Mundöffnung glucksend zerplatzten.

Sein Trost war, daß den Zettel weder sein Enkel noch seine Tochter geschrieben hatten.

Hardel wurde damals in die Kaderabteilung seines Betriebes bestellt. Man befragte ihn ungeschickt, und Hardel glaubte den Verdacht herauszuhören, daß er die Landsflucht seines Schwiegersohnes begünstigt hätte. Er wies das wütend zurück. „Niemals!" Hätte er sonst den Enkel zum Fröschefangen abholen wollen?

Er durfte gehn, aber er hatte das Gefühl, daß man ihm nicht recht glaubte. Dieses Mißtrauen, das er sich in seiner Altmannsstarrheit vielleicht nur einbildete, machte ihn krank und unzurechnungsfähig. Er kündigte, verließ den Betrieb und lebte fortan von seiner Rente.

Und wie Hardel so lag und sich zerdachte, hörte er etwas, erhob sich mit einem Ruck, und sein lahmes Bein versagte. Er packte seinen Gehstock, richtete sich an ihm auf und lauschte: Das Katzenwimmern war wieder da, kläglich und leise.

Hardel biß sich in den Kleinfinger. Ein weinerliches Kleinkinderlächeln zupfte an seinen Lippen und entblößte die Zahnlücken. Er hatte nicht getötet. Das Katzenwimmern hinter der Dachschräge war ein *Vivat* aufs Leben.

Er stolperte in den Garten, holte die Leiter vom Holzstall, bestieg sie und riß die Ziegel vom Dach. Er nahm sich nicht die Zeit, mit jedem von der Leiter zu kriechen. Er warf sie auf die Hecke, und manche Steine glitten von den federnden Zweigen zu Boden und zerklirrten auf dem Kiesweg. Andere Dachziegel zerbrachen schon in seinen Händen, weil der Kalk sie an die Nachbarziegel gebacken hatte. Hardel zerrte keuchend und hatte nur die Katze im Sinn.

Als er die Hälfte des Daches abgedeckt hatte, war noch immer nichts von der Katze zu sehen. Er tastete, leuchtete mit der Taschenlampe – nichts. Er rief, gab der kümmerlichen Katze Kosenamen, doch es rührte sich nichts. Hardel begann an seinem Verstand zu zweifeln, stieg von der Leiter, hockte sich auf den Kompost unter dem Kirschbaum, schnaufte, ließ die Arme hängen und war ein Häufchen alter Mann.

Aber da hörte er wieder ein leises Zirpen – einen Heuschreckenton, und er stieg auf und fand endlich die Katze. Sie kauerte am Trempel in einem von Holzwürmern ausgefressenen Loch eines Tragbalkens.

Klamm lag das unverletzte Tier in der Mannshand. Hardel rieb es mit seinen schrumpeligen Altmännerdaumen, führte das Katzenmaul an seinen Mund und versuchte diesem Plüschläppchen Leben einzublasen. Er blies und blies, und das Häuschen hinter ihm sah aus, als hätte es ein Wirbelwind besprungen.

Als Hardel abließ, seinen Atem mit der Katze zu teilen, sah er, daß sie sich auf seiner Handfläche wohlig streckte, wie Katzen es tun, wenn sie in Sonne baden. Erst streckte sie ein Hinterbein, dann ein Vorderbein, und dann – war sie tot.

Hardel krümmte sich vor Kummer. Hing sein Leben von dieser lumpigen Katze ab? Hilflos sah er sich um. An der Hecke stand der Nachbarsjunge. Hardel sah ihn an und reckte sich. „Ich hab sie nicht umgebracht!"

Der Junge schniefte.

„Wie?"

Der Junge schüttelte den Kopf.

„Nicht wahr, ich hab sie nicht umgebracht." Der Alte nahm das Kopfschütteln wie einen Freispruch entgegen und legte seinen Arm um die Schultern des Jungen. „Es kommt eben vor, daß sie eins verschleppen. Verschleppen einfach die Kinder, verstehst du?"

Schildläuse

Als noch Schildläuse genug vorhanden waren, ließ sich die Ehe des Professors immer wieder reparieren.

Der kleine Professor war reinlich und vermochte seine Nüstern zu blähen wie ein erregtes Shetlandpferd. Er war mit einer Arbeit über den sozialen Gehalt der Verba dicendi in zeitgenössischen Romanen beschäftigt.

Seine brünette Frau, ein Wesen mit Gazellenbeinen und durchschnittlichen Bedürfnissen, war nicht in der Lage zu ermessen, was ihren Mann an den Verba dicendi reizte. Sie sammelte Bekanntschaften, Bekanntschaften von Leuten, deren Namen in Tageszeitungen genannt wurden, wie Schauspieler, Dichter, Leistungssportler und Aktivisten, die zum Auslösen ökonomischer Kampagnen herausgesucht worden waren.

Sie war ungehalten, wenn der Professor, der stets in eine Arbeit vertieft war, mit der er der modernen Literatur Impulse zu vermitteln meinte, die Empfänge versäumte, zu denen es Einladungen ins Haus regnete: Empfang bei der Bulgarischen Botschaft zu Ehren von Cyrill und Method; Empfang des Kulturministeriums zu Ehren des Shakespearejahres; Galaball der Neuerer und Knobler; Empfang der Akademie zu Ehren Holot Kul Axandas, des Verfassers des berühmten Werkes über die Eingeborenenlyrik im vierzehnten Jahrhundert, und so weiter.

Es konnte sein, daß dem Professor, der schon im weißen Perlonhemd mit der vorgeschriebenen hellgrauen Krawatte steckte, statt der Manschettenknöpfe ein paar Verba dicendi in die Hände fielen, die in seinem Werk noch keine Ausdeutung gefunden hatten. Dann wurde nichts mit der Teilnahme am Empfang zu Ehren Marcel Marceaus in der Akademie. Dann gab es Kräche, weil man es trotz allen Fortschritts noch nicht so weit gebracht hatte, daß eine meritenlose Ehefrau ohne lästiges Anhängsel in Gestalt eines Professors auf einem Empfang, den die Akademie gab, erscheinen konnte.

Nach den Auseinandersetzungen, die der Professor zuweilen in Unterhosen (weil er schon beim Umkleiden gewesen war) mit seiner Frau führte, war er stets erregt, und Erregung hielt er für Gift für alle Arten schöpferischer Tätigkeit.

Der Professor fing seine Erregung mit Schildläusen ab, die er von den Blumenstöcken im Fenster seines Arbeitszimmers absammelte. Er suchte in den Blattachseln der Zimmerblumen, und wenn er eines dieser Schmarotzerinsekten, eingewoben in einen weißen Kokon, fand, mußte sich seine Hand mit der Pinzette notgedrungen beruhigen, um das Flöckchen vom Blumenstengel heben zu können.

Sodann übergab er die eingesponnene Schildlaus mit Hilfe der Pinzette an Daumen und Zeigefinger seiner linken Hand. Sobald er spürte, daß er dort aus der vollgesoffenen Laus einen rötlichen Brei verfertigt hatte, sellte sich das Gefühl bei ihm ein, die Pflanzenwelt von einem Schmarotzer befreit zu haben, und das förderte seine Ruhe.

Wenn der Professor eine genügende Anzahl von Schildläusen zwischen Daumen und Zeigefinger zerquetscht hatte, dachte er nicht mehr an seine Frau, die grollend in ihrem Zimmer saß, und er machte sich daran, die Verba dicendi, die ihm beim Suchen der Manschettenknöpfe unterkommen waren, aufzuarbeiten.

Aber dann las der Professor in einer Wochenzeitschrift, in der Spalte *Die Feinde deiner Fensterblumen,* daß man Zimmerpflanzen des öfteren mit Wasser besprühen müsse, um die Schildläuse von ihnen fernzuhalten. Der Professor tat es. Er hätte es nicht tun sollen; die Schildläuse zogen sich zurück.

Es war nach dem Empfang für einen achtzigjährigen Komponisten, der seinen Gastgebern in der Akademie seine neunundzwanzigjährige Frau vorführte. Er war ein gefeierter Komponist, berühmt in ganz Europa, und es fiel eine Menge Abglanz auf seine neunundzwanzigjährige Frau.

Die Frau des Professors glaubte Möglichkeiten zu erkennen, sich berühmt zu heiraten, aber dazu mußte sie frei und nicht mit einem Professor der Philologie verheiratet sein, dessen Werke nicht einmal von denen, die sie angingen, den Dichtern und Schriftstellern, wahr- und ernst genommen wurden.

Forthin ließ es die Frau Professor nicht an Andeutungen fehlen, daß sie ihre Jugend einem Mann weihe, der es nimmermehr zur Berühmtheit bringen würde; und eines Tages gab sie zu verstehen, daß sie willens wäre, sich von ihrem langweiligen Manne zu trennen.

Das erregte den Professor, das erregte ihn sehr und machte ihn unfähig, bei seiner Arbeit über den *kollektiven Helden* im zeitgenössischen Roman sitzen zu bleiben. Aber da waren keine Schildläuse mehr, die er zerdrücken konnte, um sich zu beruhigen. Andererseits ließ die Frau nicht nach, auf ihn einzureden und sich über ihn, den reizlosen Philologen, zu beklagen.

Der Professor, der jahrelang hingenommen hatte, von seiner Frau unverstanden zu sein, fühlte jetzt, wie die Frau an seiner Würde zerrte. Er wurde immer erregter und dachte schon nicht mehr daran, daß er sein Beruhigungsmittel, die Schildläuse, mit Wassersprühgüssen vertrieben hatte. Und er ging auf seine Frau los und preßte ihr die Oberarme. „Hast du nicht alles, was du brauchst?"

„Nein!" schrie die Frau. „Eine Niete habe ich!"

Der Professor merkte nicht, wie sich seine Hände zum Hals der Frau hochtasteten und wie er ihr den Hals zu drücken und zu quetschen begann. Und die Frau stieß ihn vor die Brust, stieß ihn von sich und schrie um Hilfe, schrie beim geöffneten Fenster, bis Leute von der Straße kamen.

Am Abend bat der Professor seine Frau um Verzeihung, doch es war keine zu erlangen.

Und die Frau ließ sich vom Professor scheiden. Es ging alles sehr leicht, und dem Professor wurde die Scheidung sehr teuer, weil er doch ein gewalttätiger Mensch war und man es einer Frau nicht zumuten konnte, weiterhin in seiner Nähe zu leben.

Aber, als noch Schildläuse vorhanden waren, ließ sich die Ehe des Professors immer wieder reparieren.

Hasen über den Zaun

Der Winter zog zeitig ins Vorgebirge. Schnee fiel und war fein wie weißer Wegstaub, und er häufte sich an den trockenen Rainfarnstengeln zu Wehen. Der Ostwind wetzte sich an dem kleinen Holzhaus am Berghang und trieb den Schnee hinten im Garten gegen die Obstbäume.

Es ging auf den Abend zu, und der Alte mit dem weißen Knebelbärtchen sah in den Obstgarten. Hinter ihm saß seine Frau am Ofen und schliß Gänsefedern, und ihre Schulterblätter standen wie Flügelstümpfe in die Dämmerung. Der Alte sog schmatzend an seiner Tabakpfeife und sah dem Gestöber zu. „Ostwind!" murmelte er. „Einwandfreier Ostwind!"

Die Frau erhob sich, blickte flink aus dem Fenster, und ihre Augen tränten ein bißchen. Weiße Federchen wirbelten in der Stube umher, und draußen tummelte sich der Schnee, und der Unterschied zwischen draußen und drinnen wurde von der Ofenwärme bestimmt, von der Ofenwärme. „Möglich, daß es aufhört zur Nacht", sagte die Alte. Der Mann fuhr gereizt herum. „Aufhören? Bei Ostwind?" Er war ein Streithammel, und je älter er wurde, desto rechthaberischer wurde er. Manchmal behielt er wirklich recht, dann triumphierte er, und wenn er nicht recht behielt, zeterte er über die Zeiten, die so wären, daß man sich auf nichts verlassen könnte. Die Alte kannte das seit sechsundfünfzig Jahren, und es machte ihr keinen Spaß mehr, selber recht zu haben und ihn zu reizen. Sie trug ihren Federkorb behutsam in die Kammer, als säßen schlafende Schmetterlinge drin. In der Kammer legte sie Wetterzeug für den nächsten Tag bereit, denn es konnte sein, daß der Alte wirklich recht behielt.

Der Alte rauchte im Bett noch eine Pfeife, sah in die aufgestocherte Glut des Ofens und lauschte auf das Weben des Windes und auf das Geknipsel des Schnees an den Fenstern.

Im Garten standen dreiundsiebzig Obstbäume, und der Wind wehte die ganze Nacht, und es fiel Schnee die ganze Nacht, und an den Obstbäumen bildeten sich Wächten, und die wuchsen und wuchsen bis zu den Baumkronen hinauf. Auch am Gartenzaun peitschte der geile Wind Schneewehen zusammen, und es sahen nur noch die Spitzen der Zaunlatten aus ihnen heraus. Vom Hunger getriebene Hasen hoppelten durch das Schneetreiben, und es war ihnen ein leichtes, über den verwehten Zaun zu springen und über die Wehen zu laufen und sich in die Kronen der Obstbäume zu setzen. Sie raspelten die Baumrinde herunter, und sie fraßen auch das gefrorene Jungholz der Triebe.

Bevor es Tag wurde, schaufelten die beiden Alten den Hinterausgang und das Fenster des Häuschens, das auf den Garten hinausging, frei. Der Alte war guter Dinge, weil er recht behalten hatte, und sie tranken warmes Wasser, das mit dem Staub gebrannter Gerste versetzt war. Sie kannten ihre Bäume, wie man seine Haustiere kennt, und sie warteten auf das Taglicht, und als genug Licht da war, starrten sie aus dem Fenster und stießen sich an. „Die Goldparmäne am Wassertrog! – Die Gute Luise am hinteren Pförtchen!"

Die Hasen hatten die Kronen von fünf Obstbäumen in einer Nacht zernagt und zerraspelt.

Die beiden Alten krochen in ihr Wetterzeug und schaufelten sich an den ersten Obstbaum heran, schaufelten ihn frei, und als das getan war, schaufelten sie auch den nächsten Obstbaum frei und den nächsten auch. Und als sie soweit waren, sagte die Alte: „Sollten wir nicht lieber einen Graben um den Zaun schaufeln?" Der Alte wollte nichts davon hören, und er hatte recht, denn einen Graben um den Zaun zu schaufeln, wäre ihnen in drei Tagen nicht gelungen, zumal es noch schneite und weiter schneite. Außerdem hätte der Graben breiter sein müssen, als ein Hasensprung lang ist. Die Alte hatte den Vorschlag wohl nur gemacht, um eine Verschnaufpause zu haben, und sie erwiderte nichts.

Sie schaufelten weiter, und am halben Vormittag hörte der Wind auf, und es hörte auf zu schneien, und die Alte wagte zu sagen: „Welch ein Glück, trotz der fünf verlorenen Baumkronen, welch ein Glück!"

Aber der Alte wurde zornig und sagte: „Kräh du nicht und wart erst ab!"

Sie türmten neben jeden Obstbaum einen Schneeberg; sie hielten die Abstände von den Schneebergen zu den Obstbäumen so, daß die Hasen, falls sie es hätten versuchen wollen, die Schneeberge nicht beim Abweiden der Baumkronen hätten benutzen können.

Die Alten gönnten sich keine Zeit für ein Mittagsmahl, und sie geizten mit jedem Strählchen Taglicht. Am Nachmittag begann die Alte zu husten, und am Abend trank sie Pfefferminztee. Der Alte saß und aß viel und lange. Ab und zu hielt er beim Kauen inne und lauschte nach draußen, und er war nicht zufrieden, weil er nicht recht behalten hatte, denn es wollte und wollte auch auf Abend kein Wind aufkommen.

Die Alte hatte nicht Hunger, und sie legte sich zu Bett. Sie fror, und ihre Zahnprothese klapperte. Der Alte warf ihr zwei Decken übers Zudeck, und als sie immer noch nicht warm wurde, legte er sich zu ihr und schlief sogleich ein.

Aber in der Nacht wurde er vom heftigen Husten der Frau geweckt. Er machte Licht, und er sah das Pfifferlingsgesicht der Alten an, und er betastete ihre Stirn und fand, daß sie heiß wäre.

62

Er erhob sich und ging in die Küche, um frischen Pfefferminztee zu kochen, und dabei hörte er, wie der Ostwind draußen wieder zu wehen begann.

Die Alte mochte den Pfefferminztee nicht. Sie hustete, hustete und bat ihn, zu den Nachbarsleuten zu gehn, die dreihundert Meter höher am Hang wohnten und ein Telefon hatten. Sie verlangte nach der Gemeindekrankenschwester. Der Alte, dieser Kampfhahn, war schon wieder auf dem Zaun. Eine Krankenschwester bei Nacht und mitten in Schnee und Winter, das habe es nie gegeben. Die Alte, die ihn im Fieber nicht fürchtete, widersprach: Man käme jetzt zu Kranken zu jeder Tages- und Nachtzeit.

Die Antwort des Alten war ein Gelächter, ein Meckern. Aber die Alte begann um sich zu schlagen, und sie bat ihn wimmernd, die Hasen von ihrem Deckbett zu vertreiben.

Der Alte zog sein Wetterzeug an. Er wollte der Frau ein wenig zu Willen sein, weil sie krank war; sie würde ja selber sehen.

Draußen vor den Hügeln und im Gestöber krabbelte der Alte den Weg zum Nachbarhaus an und war klein und gering wie jene schwarzen, stecknadelkopfgroßen Käfer, die es unternehmen, sich durch Mehlberge zu arbeiten. Es brauchte lange, bis er die dreihundert Meter nach oben zurückgelegt und den Nachbarn, der auf der Gemeindeverwaltung arbeitete, herausgeklopft hatte. Und es währte auch geraume Zeit, bis man sich auf der Schwesternstation im Unterdorf meldete. Es wurde gefragt, ob das Kommen bei diesem Wetter unbedingt erforderlich wäre. Das Kommen wäre unbedingt erforderlich, sagte die Frau des Nachbarn und machte es dringlich, es handele sich um eine alte Frau, um ein kleines Lebenslicht.

Als der Alte wieder in seine Stube trat, sah er, daß das kleine Gesicht der Frau gedunsen und rot war. Sie hatte die Bettdecke weggeschleudert, und er hob sie auf und deckte die Alte wieder ein.

Die Blaubeere schlägt das Fieber nieder, fiel ihm ein, und er stieg in den Keller, um ein Glas Blaubeeren zu holen. Im Keller hörte er den Wind nicht wehn, und er fürchtete schon, nicht recht behalten zu können, doch als er mit dem Glas nach oben kam, hörte er den Wind wieder und wurde fast heiter.

Er klopfte mit einem Teelöffel an den kleinen Blaubeerteller, wie man es zu tun pflegt, wenn man Kinder aufs Essen hinlenken will. Die Alte sah ihn irr an. „Ob einer von ihnen am Leben geblieben wäre, wenn sie nicht Zwillinge gewesen wären, Herr Wahrsager?" Die Frau sprach von ihren Söhnen, die im Kriege geblieben waren.

Dem Alten wurde es unheimlich. Die Frau hielt ihn für den Wahrsager, der in der Kreisstadt nach dem Kriege sein Wesen getrieben hatte und dem sie ein halbes Schwein hingeschafft hatten, um etwas über ihre Söhne zu erfahren.

Die Alte wollte die Blaubeeren nicht, und sie stieß mit dem Fuß nach dem Manne, als er sie ihr zu Munde bringen wollte. Er verschüttete die gekochten Blaubeeren auf ihrem Deckbett, und die Alte starrte auf den Blaubeerfleck und fürchtete sich.

Der Alte ging beleidigt in die Küche. Er saß dort und grübelte, und je mehr Zeit verging, desto weniger war er beleidigt, denn er begann recht zu erhalten; die Gemeindeschwester kam nicht.

Als die Alte versuchte, aus dem Bett zu springen, sagte er sich: Es muß etwas geschehn, und er beschloß, sie selber zur Schwesternstation zu bringen, wie er es früher mit den Söhnen getan hatte, als sie noch klein waren.

Er holte das Plättbrett aus der Kammer und suchte dicke Kleider aus dem Schrank, die alte Krimmermantille, das Umschlagetuch und alles, was wärmen konnte. Außerdem nahm er dickes Unterzeug und lange Unterziehhosen von sich und fiel damit über die Frau her.

Die Alte, die in einem lichten Augenblick erkannte, was der Mann vorhatte, ließ sich kleiden und mummen, und als sie wie ein Bündel übereinandergezogener Kleider dalag, schob der Alte sie auf das Plättbrett. Er band sie mit einem Strick ans Brett.

Er holte den Hörnerschlitten aus dem Stall, und er sah, daß die Obstbaumgruben, die er und sein Weib am Tage geschaufelt hatten, wieder zugeweht waren, und er dachte, ich will mich beeilen, denn morgen werde ich zu all der Arbeit allein sein, und ich werde noch vor Tag beginnen müssen, sonst werde ich es nicht schaffen.

Er trug die Alte hinaus auf den Hörnerschlitten und wunderte sich, daß sie so schwer war, aber das machten wohl die vielen Kleider, und es war alles recht so, wie es war.

In der Fostluft begann die Alte zu jammern, und er konnte sich nicht enthalten, ein wenig herauszukehren, daß er recht behalten hatte. „Ich habe dir gesagt, daß sie nicht kommen. Aber ich bringe dich hin. Ich!"

Das Gesicht der Alten verklärte sich. Sie war schon wieder im Wahn, und sie war glücklich darüber, daß der Alte sie endlich zu ihren Söhnen bringen würde.

Er band die Alte mitsamt dem Plättbrett auf dem Schlitten fest und fuhr mit ihr talab. Er brauchte den Schlitten nicht zu bremsen, denn es waren genug Wächten auf dem Wege, die das besorgten. Er stieß den Schlitten durch die Wehen und ächzte und schwitzte dabei, aber mit einem Male bäumte sich die Alte auf dem Plättbrett und schrie: „Bind mich los! Bind mich los!" Der Alte beruhigte sie und versprach ihr, schneller zu fahren, damit sie rasch hinkäme, und die Alte war es zufrieden, rascher zu ihren Söhnen zu kommen.

Doch über einer Weile gab sie sich einen solchen Ruck, daß der Schlitten zu kippen drohte, und sie behauptete, die Söhne kämen auf ihren Panzern, und sie müßte ihnen entgegen und sie begrüßen.

Und der Alte schob und schob den Schlitten und schnaufte, und als er ihn um eine Kurve schob, war's ihm selber so, als hörte er Panzergedröhn, und er dachte: Sie steckt dich an mit ihrem Fieber, sie macht dich verrückt; es ist nichts als dein Blut, dein eigenes Blut, das du rumoren hörst!

Er fuhr mit seinem Schlitten geradewegs auf den Schneepflug zu, und als der Fahrer das rutschende Bündel und den wankenden Mann dahinter sah, hielt er an. Die Schwester, die aus dem Krankenauto stieg, das dem Schneepflug folgte, schimpfte mit dem Alten: „Nein, nein, nein, wir haben doch gesagt, daß wir kommen!"

Dem Alten fehlte der Atem fürs Widerreden, aber er dachte: Man kann sich auf nichts mehr verlassen.

Die Alte war bewußtlos geworden, und als ihr die Schwester den Puls gefühlt hatte, ließ sie sie eilig mitsamt dem Hörnerschlitten von den beiden Fahrern in das Krankenauto schieben.

Der Alte stand am halben Hang und sah die Rücklichter des Krankenwagens im Schneegestöber verglühen. Man hatte ihn stehengelassen und vergessen. Und er hätte auch nicht mitfahren können, wenn er an die Arbeit dachte, die ihm daheim bevorstand.

Er stampfte hangan, und bis er sein Häuschen sah, wurmte es ihn, daß er nicht recht gehabt hatte mit der Gemeindeschwester. Dann aber sah er im Garten wieder die Hasen auf den Baumkronen weiden, und er verscheuchte die Hasen und begann sofort zu schaufeln.

Jetzt stand er der großen Arbeit allein gegenüber. Er hatte es vorausgesagt, und er hatte recht behalten, und das tat ihm gut. Er schaufelte und grub, und er wurde im Schneewind selber zu einem kleinen Schneeberg, zu einem Schneeberg, der manchmal ächzte, der manchmal die Arme hob und die Hasen verscheuchte. Ja, ja, es war schon so: Er mußte es schaffen, denn er hatte recht behalten: er war für die Arbeit allein, und es war gut für ihn, daß er um diese Zeit noch nicht wußte, wie allein er war.

Saubohnen

Immer, wenn im Sommer die Saubohnen reif waren, luden die Bebels die Abels zum Saubohnenessen ein. Frau Bebel hatte eine kleine Hand, und soviel Saubohnen, wie diese kleine Hand halten konnte, wurden im Frühjahr im Gärtchen links vom kleinen Haus ausgesät.

Im Laufe des Frühlings und des Vorsommers wuchsen aus dieser Handvoll so viele Saubohnen heran, daß sie zu einer Abendmahlzeit reichten.

Man mußte sich über die Erde wundern, die es nicht leid wurde, Jahr um Jahr, fast auf der gleichen Stelle im Gärtchen, Saubohnen zu produzieren, aber sie wurde es nicht leid. Sie war verläßlich und arbeitete im Frühjahr los, sobald sie von Frau Bebel das Motiv in Form einiger Bohnensamen eingeimpft bekam. Sie produzierte ohne Zögern und ohne die Gewißheit, ob die Produktion gelingen würde, und ohne die Gewähr, ob die Wetter ihrem Vorhaben günstig sein würden, und ohne Ahnung, was mit ihrer Produktion zum Schluß geschehen würde.

In dem Jahr, von dem hier die Rede ist, war der Effekt, den die Früchte jenes Fleckchens Gartenerde auslösten, anzweifelbar.

Die Saubohnen waren gekocht und mit Gewürzen versehen, und sie aßen sie warm und streuten vor dem Essen gehackte Petersilie nach Ermessen über sie. Die Schalen mancher Bohnen waren beim Kochen geplatzt, und es quoll ein eiweißhaltiger Brei aus ihnen, der die nicht geplatzten Bohnen einhüllte, wie ein Pudding die Sultaninen einhüllt.

Die Sultaninen-Bohnen platzten zwischen den Zähnen

der Esser und ergossen ihren Eiweißbrei unausgelaugt über die Geschmacksnerven in den Mündern, und die Esser schmeckten etwas von der Wildheit, aus der die Garten- und Feldfrüchte kommen, und das war das Interessante am Saubohnenessen.

Gleich nach den ersten Happen, die sie auf den Weg zu ihren Mägen brachten, begannen die vier Esser zu reden, weil das so üblich ist und zu den Gepflogenheiten gehört, wenn kultivierte Menschen gemeinsam ein Mahl einnehmen.

Die Abels, als Gäste, lobten das Bohnengericht, und die kleine Frau Bebel dankte mit niedergeschlagenen Augdeckeln und fing ihre Verlegenheit ab, indem sie von der diesjährigen Anzucht der Bohnen berichtete, die ihre Schwierigkeiten gehabt hätte; insbesondere wären jene schwarzen Läuse, von denen Holundertriebe und Saubohnen unausbleiblich befallen werden, dieses Jahr besonders zäh und sogar teilweise dem pulverisierten Insektengift gegenüber resistent gewesen.

Der lange Abel, mit der von Stoppelhaaren eingefaßten Glatze, bei dem die Saubohnen unter einem englisch geschnittenen Schnurrbart verschwanden, verlangte nach einem Wodka, und er erhielt ihn, und die anderen nahmen auch einen Wodka, nachdem das Thema einmal angeschnitten war. Sie hoben die kleinen Gläser, die aussahen wie die Hälften zerschnittener Sanduhren. Die Esser sahen einander in die Augen, nickten und stießen auf das diesjährige Saubohnenessen an.

Dann waren sie satt und schickten den schweren Eiweißpillen von Saubohnen nach Bedürfnis Tee und Limonade nach, und das Essen hätte zu Ende sein müssen, wenn es unter Menschen mit *Anstand* nicht üblich und Sitte gewesen wäre, nach gehabter Mahlzeit, sich in Gesprächen zu ergehen. Leider veranschlagten sie nicht, daß bei solchen Nachmahlzeitgesprächen das soeben Gegessene schon mitspielte, denn man spricht im Deutschen nicht umsonst vom *Einverleiben*.

Die Überdosis Eiweiß fing jedenfalls sofort an, sich in die Gespräche zu schleichen, und sie schien schon im Spiel zu sein, als Frau Abel von dem zu sprechen begann, was sie in letzter Zeit geschrieben hatte. Sie wüßte nicht, ob es ihr gelungen wäre oder nicht, und das mache sie unruhig und unzufrieden.

Es war, als hätten die Saubohnen im Magen des verschmitzten, manchmal undurchschaubaren Bebel nur auf dieses Bekenntnis der Frau Abel gewartet. Es wäre der Unterschied zwischen ihm und Frau Abel, sagte Bebel, daß er genau wüßte, ob das, was er in letzter Zeit geschrieben hätte, etwas tauge oder nicht, es tauge nämlich nichts.

Der lange Abel sagte nichts dazu. Auch er hatte in der letzten Zeit einiges geschrieben und war einigermaßen damit zufrieden. Er konnte sich nicht entschließen, dem Druck der Überdosis Eiweiß in seinem Magen nachzugeben und den Erfolg seiner Arbeit anzuzweifeln. Er verlangte nach einem weiteren Wodka und erhielt ihn und trank ihn, ohne mit den anderen anzustoßen, ohne ihnen in die Augen zu sehn. Dabei kam er sich vor wie ein Mann, der beim Seufzen von Armen an sein heimliches Bankkonto denkt, und er mußte Kraft aufwenden, daß die Saubohnen in seinem Magen ihn nicht doch noch im letzten Augenblick bestimmten, mit Ekel auf seine Selbstzufriedenheit niederzusehen.

Die Unterhaltung eskaladierte in der begonnenen Richtung. Bebel fand heraus, und die genossenen Saubohnen halfen dabei nicht schlecht, daß schon so vieles, wer weiß, ob nicht alles, geschrieben worden wäre, und daß man zu leicht auf Vorbilder verfiele, von denen man sich schwer, ach, so schwer lösen könnte, und Frau Abel, deren spöttisches Lächeln sonst berüchtigt war, nickte Bebel ermunternd zu. Sie kamen sich so einig vor, obwohl es nur die gehabten Saubohnen waren, die da miteinander korrespondierten.

Die kleine Frau Bebel, die körperlich und in ihren Gebärden einem frühreifen Schulmädchen glich, steuerte dem Einfluß der Saubohnenmahlzeit mit Wodka. Sie trank in den Gesprächspausen ein Gläschen und wieder einmal ein Gläschen und schien darauf zu warten, was die Bohnen bei ihrem Manne noch an Resignation zutage fördern würden.

Der schnurrbärtige Abel versuchte den Einfluß der Bohnenmahlzeit niederzuhalten, indem er ein Glas Limonade nach dem anderen trank und das Eiweißkonzentrat damit verdünnte. Er redete wenig und sah die ganze Zeit forschend, aber so, daß sie es nicht bemerkten, zu Bebel und zu seiner eigenen Frau hinüber und dachte: Jeder Mensch ist eine unwiederholbare Einmaligkeit, und es muß ihm gelingen, einen Punkt zu finden, seinen Punkt, von dem aus er zeigt, wie er die Welt sieht, wie nur er sie sehen kann. Es gehört Mut dazu, dachte er auch, eine Menge Mut, auf diesem Punkt, trotz aller sich anbietenden Vorbilder, zu verharren, auf diesem Aussichtspunkt.

Frau Bebel trank wieder ein Gläschen, und ihre Augen begannen zu glitzern. Bebel, ihr Mann, redete ganz gegen seine Gewohnheit von der Landschaft und den unübersteigbaren Bergen in seinem Innern. Er behauptete jetzt, es sei fraglich, sehr fraglich, ob etwas, was man aus eigener Sicht geschrieben habe, auch gedruckt werden würde.

Damit hatte er es geschafft, auch den stoppelhaarigen Abel unter den Einfluß der genossenen Saubohnenmahlzeit zu bringen, denn Abel wußte aus Erfahrung, daß jemand, der etwas getreu aus der Sicht seiner Einmaligkeit geschrieben hatte, nachher kämpfen und Langmut aufbringen mußte, um sein Geschriebenes gegen das Gewohnheitsdenken und Gewohnheitssehen durchzusetzen. Dieser Kampf erschien Abel jetzt unter dem Einfluß der Eiweißüberdosis so schwer, daß er zu bezweifeln begann, ob er ihn ein drittes und viertes Mal würde liefern können, und er schrie, oder waren es die Bohnen in ihm: „Ja, so hängen wir uns doch auf!" Und er wiederholte den Satz, aber diesmal schon als Frage: „Ja, weshalb hängen wir uns da nicht auf?"

Erstarrung, Schweigen, vielleicht sogar Ernüchterung. Nur die Augen der kleinen Frau Bebel, sie blitzten jetzt, blitzten unmißverständlich ihren Mann an, und es war unverkennbar, daß sie sich ihn ins Bett wünschte, und es war zu ahnen, daß sie ihn und seine Resignation dort besiegen würde, die kleine Frau Bebel, die körperlich und in ihren Gebärden einem frühreifen Schulmädchen glich, bei der der Effekt aber, den die Früchte eines Fleckchens Gartenerde in diesem Jahr auslösten, nicht so anzweifelbar war wie bei den anderen.

Zwei Männer auf einem Wagen

Der Wandel besteht, der Handel vergeht, und als der Pferdehandel nicht mehr lohnte, kaufte der versessene Pferdehändler Hartkien für das erübrigte Geld eine Obstplantage. Die Arbeit unter den Obstbäumen ging an, aber wenn die zwei Zentner Hartkien den reifen Kirschen zustrebten, krachten Leitersprossen und Äste, und er überließ das Obstpflücken seiner leichteren Frau.

Hartkiens Sache waren zwei, drei Pferde, die er sonntags aus alter Neigung verfeilschte, um neue zu kaufen. Wenn er den Duft eines Pferdes erschnupperte, mußte er hinterher, mußte das Pferd sehn und seinen Besitzer zum Verkauf oder zum Tausch überreden.

Schöne Pferde gingen durch Hartkiens Hände: Rotgemaserte Belgier mit kleinen Hügeln von Hinterteilen, Traber mit trockenen Beinen; Renner mit Funken in den Hufen, waschpulverweiße Schimmel mit blauer Apfelung und Vollblutstuten mit gleitendem Gazellengang und den Blicken arabischer Frauen.

Hartkien war mit seinem Leben unter den Obstbäumen zufrieden, doch das Leben nahm keine Rücksicht auf die Zufriedenheit eines unverbesserlichen Pferdehändlers, es mußte weiter, weiter – unbekannten Zielen zu.

Im Herbst starb Hartkiens Frau, seine billigste Gartenarbeiterin, und er blieb allein zu aller Arbeit, verkaufte zwei Pferde und bot seinen Kindern die Plantage an.

Einer seiner Söhne war Lehrer, der andere Ingenieur, die Töchter lebten mit ihren Männern in der Stadt. Alle wehrten ab: Sie wollten nicht wie die Urmenschen auf Bäumen umherklettern.

Hartkien schloß sich der Gärtnergenossenschaft an. In seinem Stall stand noch ein Pferd, eine Ponystute, die er behalten hatte, weil sie ihm im Laufe der Jahre fünf Fohlen gebracht hatte. Das Pony, eine Schimmelstute, konnte unter Hartkiens ausgestrecktem Arm hindurchlaufen, größer war sie nicht, und sie hatte einen kurzen, zackelnden Schritt. In der Genossenschaft gab's keine Verwendung für das Pferd. Hartkiens Pferdeliebe begann unrentabel zu werden.

Vorbei, vorbei – die schönen Pferdezeiten! Aus mit Kettenklirren und Pferdescharren im Stall! Hartkien verfaßte seufzend ein Inserat für die Kleingärtnerzeitung. Der Text versprach allen Interessenten ein Elitepony.

Ein Sonntagmorgen, ein Morgen im Mai. Hinter Hartkiens Haus wetteiferten Blüten und Düfte, und das Gesumm der sechsbeinigen Stempelbestäuber übertönte den Zehnuhrglockenschlag vom Kirchturm. Ein dürrer Mann, dem zwanzig Zentimeter zu zwei Metern fehlten, betrat Hartkiens Hof. Der Mann hieß Haubenreißer, kam aus dem Mecklenburgischen und schien jener Sekte von Menschen zuzugehören, die sich beim Essen nicht setzen. Bevor er was sagte, wetzte er die Oberlippe, als müßte er die Worte auf einer Pikkolo-Mundharmonika herunterspielen. Er grüßte verhalten, sprach vom Wetter, von Zugverspätungen und sah sich im Vorgarten um. „Stand hier nicht ein Pferd in der Zeitung?" – Ja, hier stand ein Pferd in der Zeitung. Hartkien wurde eifrig und log, Haubenreißer wäre der zehnte Reflektant. Er wollte den Fremden zum Stall führen, doch der Fremde wetzte die Oberlippe: Er wollte das Pferd im Wagen sehen.

Während Hartkien im Stalle die Stute aufschirrte, bespuckte der Fremde den Hof, und während Hartkien den

Schimmel einspannte, betrachtete Haubenreißer den brandenburgischen Himmel.

Hartkien legte ein Brett quer über den Wagenkasten, bedeckte es mit einem Sack und lud den Fremden zum Aufsitzen ein. Haubenreißer setzte sich und sah vom Käuferthron zum ersten Male das Pferd an. Das also sollte die Stute sein, diese gemästete weiße Maus? Viel zu massig, das Ding, am Hals zu massig, in den Hosen zu massig, zu fett in der Brust und am Rücken – überall nutzloses Winterfett.

Vom Stutenrücken stieg Ammoniakgas auf und mischte sich mit Kirschblütenduft. Haubenreißer sperrte den Mund auf und nieste, und Hartkien fuhr im Arbeitstrab an. Der Wagen polterte durch ausgetrocknete Pfützen, und Hartkiens Genick zitterte im Rockkragen. Im Blumentopf seiner Faust steckte der gelbe Peitschenstengel und bog sich im Fahrtwind. Der pendelnde Peitschenriemen bedrohte das Pferd, und die Strangketten klirrten.

Nach fünfzig Metern mäßigte die Stute die Gangart und fiel in einen zockelnden Trab. Sie war zu fett, und Fett macht träg, und Hartkien redete die Trägheit zur Tugend herauf: Bei Ponys käm's auf den Zockeltrab an. Eine Perle von Pony. Unbezahlbar das Pferd!

Haubenreißer starrte die Stute mit Blicken aus der gefiederten Reihe seiner Vorfahren, mit Habichtsblicken, an. Der zockelnde Trab gefiel ihm nicht, er wünschte das Pferd im Schritt gehn zu sehn, aber Hartkien wollte und wollt nicht verstehn. Da griff Haubenreißer selber in die Zügel, entwand Hartkien die Peitsche und warf sie in den Wagenkasten.

Jetzt ging die Stute im Schritt, und Haubenreißer verglich ihn mit dem einer Schimmelstute, die er daheim im Stall stehen hatte. Der Schritt war um zwanzig Zentimeter zu kurz.

Hartkien zerrte an seinem Hosenbund und wünschte sich Blicke, schärfer als Peitschenschläge, um das Pferd mit ihnen anzutreiben.

Die Zeit verrann, und es fielen Kirschblütenblätter in den Wagenkasten. Der Fremde schwieg, der Schritt der Stute wurde ohne Peitschenhilfe immer kürzer, und Hartkien versuchte den Käufer auf andere Weise abzulenken, exakt ausgedrückt, mit Suggestion: Erst müßte die Stute sich lösen, sagte er, und wer was von Pferden verstünde, der wisse das!

Der Fremde schwieg weiter, schwieg bis in die nervöse Oberlippe hinein, und Sonnenstrahlen züngelten durchs Laub, und an den Kirschbäumen sprangen neue Knospen auf, aber für die Pferdehändler hätten statt der Blütenbäume beschneite Rutenbesen in der Feldmark stehen dürfen.

Hartkien ließ die Lederleine auf den fetten Rücken der Stute klatschen, um sie damit anzutreiben, und er sah den Fremden dabei von der Seite an, und der Fremde steckte sich eine Zwanziger-Zigarre an, und er lächelte fein und fragte: „Hat sie sich immer noch nicht gelöst?"

Hartkien spürte den Spott, doch er ließ ihn an seinen fleischigen Ohrlappen abrinnen, und er war sich fast sicher, daß er es mit einem Pferdemann zu tun hatte, aber er wollte es genau wissen und versuchte es mit einer neuen Flunkerei: Die Stute wäre rossig, sie buckele, zöge sich zusammen, sagte er, und wer was von Pferden verstünde, müsse das selber sehen!

Ein gesprenkelter Star strämmte seinen schillernden Kehlsack und pfiff, und der Wagen zerfuhr zwei Weinbergschnecken, und der Fremde schwieg. Er arbeitete an seiner Zukunft: Er sah sich mit einem weißen Zylinderhut auf dem Bock einer weißen Hochzeitskutsche sitzen. Die Kutsche besaß er noch nicht, aber sie würde schon kommen, wenn er diesen Schimmel hier als Zweitpferd und Passer sein eigen nennen würde. Er würde in seinem Heimatstädtchen Osterberg hochfeine Berliner Moden einführen: Haubenreißer mit zwei Schimmeln fährt dich in den Ehehimmel. Haubenreißer wird die Leute, die was von Vornehmheit verstehen, zur Trauung fahren, als wären sie holländische Königskinder. An die Peitsche wird er eine weiße, raschelnde Schleife binden, und die Schleife wird die Stute scheuchen. Wenn die Stute trotz der Schleife nicht traben sollte, wird er sie mit Gewinn verkaufen; denn sie ist gut in Futter und macht etwas her; es kommt nur drauf an, daß er sie billig zu kaufen kriegt, und das will er.

Weiße Wolken marschierten im Blau, und die Sonne posaunte, und Haubenreißer ließ Hartkien halten. Er stieg vom Wagen, war steif in den Gliedern, sah der Stute ins rosige Maul, hob den zerzausten Stutenschwanz an, bückte sich und schien wie durch ein Fernrohr durch die Stute hindurchzusehen und fragte: „Wo ist die rossig?" und stieg wieder auf.

Da wußte Hartkien, daß er es mit einem *Ausgewalkten* zu tun hatte, bereitete sich auf ein Duell vor und erhöhte den Stutenpreis in Gedanken um zweihundert Mark. Er duzte den Fremden jetzt zunftgebräuchlich: „Hör mal her!" und „Ganz unter Brüdern", und er verlangte dreitausend Mark.

Haubenreißer saß fakirstarr, sah in die Ferne, lauschte, ob noch was kommen würde, doch als Hartkien nichts mehr sagte, steckte er seinen Zeigefinger ins Ohr. „Hab ich dreitausend gehört?"

Die Lerchen trillerten, die Kirchenuhr schlug, und ein Bach kreuzte den Weg. Hartkien hielt auf der Brücke an und sagte, er würde ins Wasser springen, wenn ihn die Stute nicht selber dreitausend Mark gekostet hätte, und er gäbe sie nur zum Selbstkostenpreis ab, weil er auch die

Gärtnerei habe weggeben müssen, aber er sprang nicht ins Wasser.

Ein hockender Dicker und ein steiler Dürrer spiegelten sich im zitternden Bachwasser, und das Wasser floß, und das Spiegelbild stand. Zwei der letzten Landpferdehändler auf einem Wagen und ein Stütchen, das sie im trägen Schritt mit sich fortzog. Ein Hecht schnellte aus dem Wasser und tauchte wieder. Die Pferdehändler sahen ihn nicht, und sie hätten ihn auch nicht gesehen, wenn er ein Seehund gewesen wäre.

Hinter der Brücke begann eine Straße aus runden Pflastersteinen. Die Männer wurden geschüttelt, und auch der Stutenpreis schüttelte sich zusammen. Er betrug jetzt zweitausend Mark. Hartkien sagte es seufzend, und er gäbe die Stute unter Selbstkostenpreis ab, weil er wüßte, daß sie es bei dem Fremden gut haben würde. Er hielt Haubenreißer die Hand zum Einschlagen hin, aber Haubenreißer sah auf die fleischige Hand und sagte, in so eine Wuchererhand würde er am liebsten hineinspucken.

Hartkien hörte nicht drauf, was der Dürre sagte; er hatte mit dessen Einvertändnis noch nicht gerechnet. Er sah sich sonntags daheim in der Stube vor einem Fernsehgerät sitzen: Fuchsjagd im Fernsehn, Reiten im Fernsehn, Turnier- und Dressurreiten – Hartkien würd's mit den Augen betreiben, wenn er kein Pferd mehr hätte, aber der Fernsehapparat war noch nicht da, den wollte er an der Stute verdienen, aber der Handel ging zu langsam vorwärts. Nie hatte es ihn soviel Zeit gekostet, ein Pferd zu verschachern.

Er wurde wehmütig, wenn er an die Zeit dachte. Was kam, wenn seine Zeit verbraucht sein würde? Die Ewigkeit? Hartkien stellte sie sich wie einen großen Kessel vor, aus dem sich der Mensch eine Kelle voll Zeit schöpfte, bevor er auf die Erdenreise ging. Die Frage war für Hartkien, ob ihm je wieder erlaubt werden würde, aus diesem Kessel zu

schöpfen. Was war ihm, dem alten Pferdehändler, einge-
fallen, als er sich verleiten ließ, sich mit diesem ausge-
pichten Käufer auf einen Wagen zu setzen, um ihn
spazierenzufahren? Weshalb handelte er nicht daheim auf
dem Hofe, zu ebener Erde? Da konnte man den Käufer,
wenn einem nicht paßte, was er bot, stehenlassen und um
die Ecke gehn, um von dort aus zu schielen, was der für
ein Gesicht machen würde.

Rechts und links der Straße waren tiefe Gräben. Es
stand kein Wasser in ihnen, und das Gras an ihren Rändern
war weich, und der Maiwind strich drüber hin, und das
Gras zitterte. Unter den Rädern waren immer noch Steine,
graue, blaue und gesprenkelte Steine, und Hartkien schien's,
als ob sie immer buckeliger würden, und die buckeligen
Steine brachten ihn auf einen Einfall: Er rieb sich den
Bauch, er beschimpfte die holperige Urahnenstraße, und er
sagte, sein Herz hielte das nicht aus. Er rieb sich die Brust,
und er hielt das Pferd an und tat, als ob ihm schlecht würde.
Er beugte sich vor und ließ sich geduckt vom Wagen gleiten,
aber in diesem Augenblick zog die Stute an und zerrte zum
Grabengras hin. Die Gesetze der Physik griffen ein, und
die zwei Zentner Hartkien gerieten in Schwung, der Graben lag lauernd am Wege, und Hartkien überschlug sich
zweimal. Er kam in ein Kleefeld zu liegen, und die Zitronenfalter fluckten beleidigt davon, und Hartkien verdrehte
die Augen, als sähe er die Hölle. Aber selbst der Anblick
der Hölle machte den eingefleischten Händler nicht vergessen, worum es ging: „Tausendneunhundert!" stöhnte er.

Haubenreißer, der mit der Hochzeitskutsche unterwegs
gewesen war, als Hartkien vom Wagen rollte, brachte das
Pferd zum Stehen, sprang in den Graben. Er riß dem
Dicken die Weste auf, daß die Perlmuttknöpfe in den Klee
sprangen, und massierte ihm die Brust. Hartkien schloß die
Augen und ächzte: „Tausendachthundert, weil du es bist!"

Haubenreißer massierte und sagte: „Tausenddreihundert und keinen Pfennig!"

Hartkien wurde es schwarz vor den Augen, aber er war gleich wieder da und rechnete: „Tausenddreihundert – da würde sein Profit an der Stute nur für ein altes Fernsehgerät reichen. „Gauner!" schrie er, und Haubenreißer hörte beleidigt auf zu massieren. Jetzt wurde es ganz dunkel um Hartkien. Er riß die Augen auf, und es blieb dunkel. Angst packte ihn: Die Ewigkeit war kein Kessel, sie war ein Loch. Er mußte viel Kraft dransetzen, nicht in dieses Loch zu stürzen, bis ihm, Gott sei Dank, der Handel einfiel. Er mußte handeln, das war es, und er schrie: „Tausendfünfhundert!" und spuckte aus. Er spuckte die Angst aus, doch die Angst vermehrte sich in ihm. Nahm der Tod übel, daß er ihn hatte für ein Spielchen mißbrauchen wollen, um den Handel zu fördern? Hartkien streckte Haubenreißer die Hand hin, er fühlte sich so allein in der Finsternis.

Haubenreißer wollte die Hand nicht ergreifen. „Lieg still!" Aber dann sah Haubenreißer, wie die Hand zitterte und nach einem Widerdruck gierte, und er ergriff sie. Die Hand war kalt, und es war Schweiß auf ihrem Rücken, und Haubenreißer bekam Furcht und rannte um Hilfe ins Dorf. Er polterte über die Bachbrücke, und das Wasser bekam keine Zeit, den rennenden Pferdehändler zu spiegeln, aber als Haubenreißer die Brücke hinter sich hatte, hörte er's gräßlich verzerrt wie aus dem Jenseits rufen: „Tausendfünfhundert – Handschlag – gekauft!"

Haubenreißer war wütend, daß er beim Pferdehandel noch etwas hatte lernen müssen. Er pflasterte den Rückweg mit Flüchen, und als er sich Hartkien näherte, beschimpfte er ihn mit Wörtern, die in keinem Lexikon stehen.

Hartkien rührte sich nicht, und Haubenreißer setzte sich auf den Wagen. Die Stute scharrte, es summte im Klee, und die Zeit verging.

Haubenreißer hatte genug von dem Schauspiel. „Mach deine Faxen, mit wem du willst!" Er griff in die Zügel. Die Stute zog an und war flink wie den ganzen Morgen nicht. In der Ferne wieherte ein Pferd. Die Stute wieherte zurück. Kein Muskel zuckte in Hartkiens Gesicht. Haubenreißer wurde unsicher, hielt an und pflückte eine Honiggrasrispe. Er hielt Hartkien die Rispe unter die Nase. Kein Knötchen bewegte sich. Haubenreißer war's, als führe ein eisiger Wind durchs Gras, aber es war nur das Summen der Bienen im Klee. Er nahm seinen Hut ab. Sein Haar schimmerte silbergrau in der Sonne. Bevor er nach der Sitte den Kopf senkte, sah er sich um. Es war niemand in der Nähe, auf den die Ehrerbietung vor dem Tode hätte Eindruck machen können. Er warf den Hut auf die Erde und trampelte drauf.

Am Begräbnistage ging Haubenreißer, einigermaßen gebeugt, hinter dem Sarg her. Von Zeit zu Zeit verwandelte sich der schwarze Leichenwagen für ihn in eine weiße Hochzeitskutsche. Er mußte achtgeben, daß er sich nicht straffte und den Kopf stolz hob, als ob er bereits auf dem Kutschbock säße und unsichtbare Kinder zum Standesamt führe. Erst als der Grabhügel aufgeworfen wurde, war er sich seiner Stute sicher.

Er mischte sich unter die Erben. Die Kinder befragten ihn, wie es mit dem Vater zu Ende gegangen wäre. Haubenreißer gab zögernd Auskunft: Ein Ehrenmann wäre der Vater gewesen, ein Mann, der zu seinem Wort gestanden habe.

Die Kinder nickten nicht, wie es sich gehört hätte, doch sie schüttelten auch nicht die Köpfe. Der älteste Sohn, der Lehrer, fragte, so, als ob er es aufschreiben wollte: „Bitte genauer! Sein letztes Wort?"

Haubenreißer, gekrümmt vor Trauer: „Sein letztes Wort galt der Stute – leider."

„Ach ja, die Stute, freilich, die Stute!" Die Kinder nick-

81

ten einander beziehungsvoll zu. „Die Stute – was war da sein letzter Wille?"

Haubenreißer wand und wand sich, sagte, als ob es ihm peinlich wäre: „Eintausend Mark – war sein letztes Wort."

Die Stute war das einzige Weiß zwischen den schwarzverkleideten Menschen, als Haubenreißer sie zum Tor hinausführte, und die Trauergäste sahen ihr nach, bis ihr Schweif wie eine Fahne, die jemand einzieht, zwischen den Bäumen verschwand.

In einer alten Stadt

Es war im Sommer, es war ein Sonntag, ein Morgen und ein zeitiger Morgen dazu, als sie in der alten Stadt ankamen. Auf dem schmalen Parkplatz, der vor Zeiten ein Taubenmarkt gewesen war, standen einige Autos. Ihr Lack war mit einer samtenen Tauschicht überzogen, so daß sie aussahen wie Äpfel oder Pflaumen, die dem Himmel die ganze Nacht gegenübergehangen hatten.

Der Mann, der schon einen Bauchansatz hatte, packte seinen kleinen Wagen unter der Schnauze, hob ihn vorn aus und stellte ihn, wie er ihn brauchte, um mit einer Vorwärtsfahrt in eine Parklücke gelangen zu können. Ja, er hob den Wagen aus, obwohl seine Frau drin saß und ihm ängstlich, aber auch bewundernd dabei zusah. Er wollte sich was beweisen, und das schien ihm geglückt zu sein, wie er sah. Er fühlte sich frisch und zu vielem fähig; es war morgens, und die Sonne war noch nicht in der Stadt, er hatte noch alle Kräfte zusammen.

Er war ihr erster Mann, und sie war seine dritte Frau. Seine Freunde und ihre Freundinnen hatten von der Ehe abgeraten. Es lag ein Altersunterschied von fünfundzwanzig Jahren zwischen ihnen. Was ihn anbetraf, so fühlte er sich in der Lage, diesen Altersunterschied jederzeit zu verwischen. Es war nicht so, daß er mühsam in seine gewesene Jugend zurücksteigen mußte. Er brauchte nur zu sein, wie er war, wenn man von einigen Albernheiten absah, auf die er sich einließ, um von ihr zu hören, daß er ein Junge, eigentlich noch ein großer Junge wäre.

Sie waren nicht auf der Hochzeitsreise. Solche Bürgergeleise befuhren sie nicht. Sie kamen von der Arbeit, er, der Journalist, und sie, die Fotografin. Sie gönnten sich auf der Rückfahrt von einer Reportage diesen Sonntag und schlenderten ohne Kamera und Bleistift in der Stadt umher, einmal ohne denken zu müssen, wie sich das, was sie sahen, aktuell würde unterbringen lassen.

Es lag eine Dunsthaut über den Dächern der alten Stadt, fein wie die Haut von Rädertierchen unter dem Mikroskop. Sie waren allein in den Straßen, nicht einmal die Holer von Milch für die Säuglinge, die hinter den Fenstern der alten Häuser noch schlafen mochten, waren unterwegs. Alles, was sie von anderen Menschen sahen, war ein alter Mann, dem der Sommernachtdunst in seiner Kammer das Bett verleidet haben mochte. Der Spazierstock des Alten klirrte über den schmalen Bürgersteig einer Gasse, und er sah sich ärgerlich nach dem alten Haus um, das er verlassen hatte. Und der Ärger wich auch nicht aus seinem Gesicht, als er die beiden Fremden betrachtete, sondern mischte sich mit Neid auf diesen Fünfzigjährigen, der zu so früher Stunde hierhergelaufen kam, um seiner Tochter die alten Häuser, den Dom und all die Zeugnisse vergangener Zeiten zu zeigen.

Der Alte verlor sich schließlich in den Gassen wie ein abgebranntes Streichholz, das man in einen Strauch wirft. Der Reporter und die Fotografin befanden sich wieder allein in der alten Stadt, und die Gassen, die Straßen und der Marktplatz mit seinem alten Brunnen standen ihnen zur Verfügung. „In welchem Stück treten wir eigentlich auf?" fragte die Fotografin, und es war wirklich so, als ob sie auf einer Bühne zwischen Dekorationen für ein Stück aus dem Mittelalter stünden.

Ihm gefiel dieser Gedanke: Das Leben – ein Drama, und man bekam eine Rolle darin zugewiesen, wenn man ein kleines Talent war, oder man war ein großes Talent

84

und übernahm eine Hauptrolle, schien von vornherein für sie bestimmt.

Er löste sich erst aus dem philosophischen Gestrüpp, als sie ihn fragte: „Ist dir was?"

Aber wo! Er schob seinen Arm unter den ihren, und sie konnten stehn, solange sie wollten, und mit zurückgelegten Köpfen die Häuser betrachten, deren Dächer sanft anstiegen und dalagen wie Felder an Hügeln, aus denen wie kleine Hütten die Dachgaupen ragten. Sie wurden auch nicht gestört oder angerempelt, wenn sie die Marmortäfelchen über den Türen der alten Häuser bis zum letzten Goldpunkt lasen: „In diesem Hause nächtigte Doktor Martin Luther auf seiner Fahrt zum Reichstage nach Worms."

Sie gingen um die große Stadtkirche Sankt Petri herum, und sie spürten den Wind, den sich hohe Gebäude mitten in einer Stadt herstellen, als zögen sie sich mit ihren Türmen ihr eigenes Klima heran. Der Journalist dachte daran, daß Rodin, der französische Bildhauer, vom *Wind der Cathedralen* gesprochen hatte, und bedauerte, daß er diesen Wind nicht selber entdeckt hatte und daß er den Vorgang nur erlebt hatte, um ihn zu bestätigen. Auf einmal wußte er wieder, wie wichtig es war, eigene Entdeckungen zu machen, und wie solche Entdeckungen mit dem zusammenhingen, was man Persönlichkeit nannte. Bis nun hatte er sich immer damit getröstet, daß er solche Entdeckungen machen würde, wenn er viel gesehen haben würde und reif genug wäre. Aber jetzt war er fünfzig Jahre alt.

Er verspürte das Bedürfnis, sich auf eine Bank unter den Linden vor dem Dom zu setzen, und er tat es.

Die Fotografin, die stets ein wenig lächelte, als feiere sie Wiedersehen mit allen Dingen und Menschen, die ihr begegneten, ging noch umher und konnte es nicht lassen, nach Motiven zu suchen, die man bislang auf Illustriertenfotos und Postkarten noch nicht hatte sehen können. Und sie las überdies alle Tafeln und Täfelchen ringsum am Kirchengemäuer.

Die Winterlinden blühten noch, und als die Frau sich endlich zu ihrem Mann auf die Bank gesetzt hatte, fragte sie: „Hörst du es?" In ihrem sonnverbrannten Gesicht spiegelte sich Entdeckerfreude. „So hör doch!" Sie wies mit dem Zeigefinger in die Baumkronen, und da sah auch er dorthin, aber er hörte nichts, und das machte ihn stutzen, doch er zeigte es nicht, er überspielte es, denn er hatte seine Erfahrungen, und sagte ein bißchen wie gelangweilt: „Bienen". Aber die Wahrheit war, daß er sie nicht hörte, und das begann ihn unruhig zu machen, aber er zeigte es nicht.

Sie war froh, daß sie von ihm erklärt bekommen hatte, was sie noch nie gehört hatte: Bienen in Bäumen – es hörte sich an, als ob hinter den Kirchenmauern die Orgel gespielt würde. Sie drückte ihm die Hand, und auch diese unverdiente Liebkosung beunruhigte ihn, und er beeilte sich vom Lindenduft, viel zu eindringlich vom Lindenduft zu reden, und ob sie ihn spüre, den Duft der Winterlinden, der ihn an die schattige Allee erinnere, immer an die Allee, die früher aus dem Dorf seiner Kindheit hinausgeführt hätte. Und er fühlte sich nicht mehr müde, kein bißchen mehr; er erhob sich jedenfalls, klatschte in die Hände und sagte: „Ja, haben Sie denn vor, hier sitzen zu bleiben und Imkerin zu werden, Verehrte?"

Sie sprang auf und umarmte ihn. Sie waren albern miteinander nach der Kunst, und die Frühaufsteherinnen in den Häusern am Kirchplatz hatten beim Bettenaufschütteln ihren lüsternen Spaß oder ihr moralisches Gruseln. „Nein, dieser alte Kerl mit dem jungen Ding!"

In der alten Stadt war es lebendiger geworden, und sie wurden beim Betrachten der alten Gebäude und Gemäuer selber zu einer Sehenswürdigkeit für andere.

Um neun bestiegen sie den Turm von Sankt Petri. Es

war ein hoher Turm, und der Journalist bewies sich beim Ersteigen der Wendeltreppe wieder, daß er der war, der er bei seiner jungen Frau sein mußte. Es gab dunkle Nischen, die zu durchsteigen sie sich fürchtete, und sie klammerte sich an ihn. Sie sorgte unbewußt dafür, daß er zu Atempausen kam, die er für sein Herz und seine Lungen benötigte, obwohl sie schmollte, wenn er sie in diesen Augenblicken, da sie sich furchtsam an ihn drückte, nicht küßte. „Aber ja doch, ja", sagte er wie zu einem Kinde, als er ihr Schmollen bemerkte, und er war wieder zu Atem gekommen, und er holte nach, was sie sich wünschte.

Die Türmerin trank ihren Morgenkaffee und sah auf die Tasse in ihrem Schoß. Sie hatte genug von der Aussicht, von dieser unverwertbaren Aussicht hinter der Turmbrüstung da. Seit Monaten hatte sie den Kirchplatz drunten nicht mehr betreten, und sie hätte längst gekündigt gehabt, wenn die Stadtväter sich nicht entschlossen hätten, ihr eine Seilwinde zu bewilligen. An der Seilwinde ließ sie ihre Einkaufskörbe nach unten, und andere Leute füllten sie nach ihren Wünschen. Und je länger die alte Frau dort oben saß und aß und verdaute und die Groschen für die Turmbesteigung von den Touristen kassierte, desto unbeweglicher und mürrischer wurde sie.

Für das Reporterpaar waren Aussicht und Ferne noch alles, was sie sein konnten. Die Fotografin konnte jetzt von oben in die Kronen der blühenden Winterlinden sehn. „So sehen sie also, die Bienen", sagte sie, „die Bienen, wenn sie von oben her in die Blüten fliegen, nicht?" Daß sie wieder von den Bienen anfangen muß, dachte er, und er war froh, als sie ihn fragte: „Würdest du hier oben mit mir wohnen wollen?"

Er wollte es. „Immer dich in der Nähe und die Ferne und die Aussicht vor Augen!" Zugleich dachte er an seine Entdeckungen, die er mit fünfzig Jahren noch nicht gemacht hatte, und bezweifelte, daß er sie würde von diesem Turm aus machen können. Aber sie war so dankbar, daß er nicht ausschlug, hoch oben mit ihr zu wohnen, und umfaßte ihn wieder. Er sah, wie die alte Türmerin ausspie, aber das konnte mit dem Kirschkuchen zusammenhängen, den sie aß.

„Jetzt seh ich die Thüringer Berge", sagte die junge Frau, „ob du es glaubst oder nicht!"

War das eine versteckte Anspielung? Oder war er besonders empfindlich an diesem Morgen? Weshalb sollte er an die Berge glauben? Er sah sie doch wie sie, sagte es wenigstens, und als er eine Weile in die Richtung starrte, in der sie die Berge sah, waren sie wirklich dort hinten wo, wenn es nicht Wolken waren.

Beim Abstieg war er wortkarg. Er kam von den Bienen und den Bergen nicht los, und er überdachte, ob er alles geschickt genug überspielt hatte, und er dachte, daß es höchste Zeit wäre, mit seinen Entdeckungen zu beginnen, und sie wartete in den dunklen Turmnischen vergeblich auf seine Küsse.

Im Café, in dem sie endlich ihren ersten Imbiß nahmen, kehrte nach der ersten Tasse Kaffee seine Fröhlichkeit vom Frühmorgen zurück. Sie scherzten miteinander und stellten sich ihr Leben als Türmerehepaar auf Sankt Petri vor. „Aber es geht wohl doch nicht", sagte sie.

„Wieso nicht?" Seine Empfindlichkeit war wieder wach. Sie spielte doch nicht auf seine Atemnot beim Besteigen des Turmes an?

„Nichts zu machen", sagte sie, „stell dir vor, ich komm in die Wehen, und es ist höchste Eile geboten!"

„Glaubst du nicht, daß ich dich hinuntertrüge?" Er zuckte kein bißchen, als er das sagte. Sie war gerührt und faßte nach seiner Hand, und er dachte, es ist alles gut gegangen, gut.

Er bekam Lust auf ein Glas Wein und sah sich nach der Kellnerin um, die sie bedient hatte. Es waren drei oder vier Kellnerinnen in dem alten Stallgewölbe, das man zu einem Café umgebaut hatte. „War es diese dort hinten in der rosa Bluse?"

„Ja, die!"

Er winkte die Kellnerin heran, und als sie neben ihm stand, sah er, daß ihre Bluse nicht rosa, sondern weiß war, weiß, mit großen roten Punkten gemustert. Er erschrak und sah zu seiner jungen Frau hinüber. Es kam ihm vor, als ob sie ihn die ganze Zeit ein wenig lauernd beobachtet hätte, doch jetzt sah sie weg, und er wußte nicht, ob sie wegsah, wie man wegsieht, wenn man die Niederlage eines anderen nicht sehen will.

Die ganze Zeit, da sie den Wein tranken, war er mit dieser Angelegenheit beschäftigt und war wieder schweigsam und dachte, wenn das die Entdeckungen sind, die du jetzt zu machen beginnst?

Unterwegs sah er bisweilen verstohlen zu seiner jungen Frau hinüber. Sie war so wie immer und genoß die Fahrt, wollte ihm scheinen, aber er fühlte sich gepeinigt, wenn sie von ihren Erlebnissen in der alten Stadt zu reden begann.

Später tröstete er sich mit dem Gedanken, daß nichts, nicht einmal ein Kind, eine Ehe so gut zusammenhielte wie eine gemeinsame Arbeit, und die hatten sie ja, die hatten sie ja wirklich, aber er fuhr unsicherer aus der alten Stadt, nicht so siegesgewiß, wie er morgens hineingefahren war.

Kraftstrom

Zwei eingemauerte Schweine fordern, daß der alte Adam auf einem Morgen Sandland hinterm Hause Kartoffeln steckt, sie pflegt und erntet. Die Kartoffeln wandern durch die Schweine, werden zu Dreck, und er bringt den Mist aufs Feld, um neue Kartoffeln drauf zu stecken.

Er füttert die Hühner, hütet die Gänse, sägt und spaltet Feuerholz, schleppt zehn bis zwanzig Eimer Wasser täglich von der Pumpe hundert Meter hinter dem Hause, verwandelt sie zu Spülicht und schafft sie wieder hinaus. Mit einem Spaten belüftet er die Erdschwarte des Hausgartens, pflanzt und bejätet Gemüse, erzieht mit einer Schere das Fruchtholz der Obstbäume, schützt ihre Blüten mit Rauch vor den Frühlingsfrösten, achtet auf die wilden Wege des Enkels, hilft den Nachbarn, redet nicht viel, denkt lieber und arbeitet folglich mehr, als zu sehn ist, der alte Adam.

In Bettfedern gehüllte Braten auf blaßroten Beinen – das sind die Gänse. Weshalb fliegen sie um Martini nicht fort? Flügel haben sie doch genug! Der Mensch hat sie gezähmt, gezüchtet, gemästet, hat ihnen das Fliegen abgewöhnt. Ein verfluchter Zweibeiner, der Mensch!

Er veranlaßte die Hühner, ihre Lebensbahn vom Küken zum Suppenhuhn mit Eiern zu pflastern, verpflichtete sie, die Eier in Kisten und Körbe zu legen, stiehlt sie ihnen unterm Hinterteil weg und erreichte sogar, daß sie sich nicht wundern, wenn immer nur *ein* Ei im Nest liegt. Ein Auskenner, dieser Mensch!

Aus dem Unkraut Hederich züchtete er Rettiche und

Radieschen, Kohlrüben und Kohlrabi, Rot- und Weißkohl, der Mensch, der Mensch! Er ist stolz auf ihn, der alte Adam.

Er ist um sechzig Sommer alt, und dreißig davon verbrachte er im Wald. Der Wald ist nicht mehr jene dunkle Pflanzenwucherung, in der die Götter von Uran und Urina hockten, in der Schlangen dem Menschen das von Mönchen gezüchtete Edelobst anbieten, wie wir's von den Paradiesbildern der alten Italiener kennen. Der Wald ist uns untertan, und wir, seine Beherrscher, pflanzen ihm die Bäume, vergiften ihm die Maikäfer, vertilgen ihm die Seggen, stutzen ihm die Geilkiefern und lichten ihn.

Eine große Kiefer fiel beim Holzen im Drehwind schlecht, streifte einen Nachbarbaum und brach dort einen dicken Ast ab. Der Ast fiel herab und zerschmetterte ein Knie, es war das rechte Knie des alten Adam. Um das Barbiergeld zu sparen, ließ er sich im Krankenhaus den Vollbart wachsen.

Er liebt den Wald. Aber so sagt man das auf dem Vorwerk nicht; man wirft dort nicht mit hohen Begriffen umher wie mit madigen Pflaumen. Also, der alte Adam kriecht gern im Wald herum. Er geht in die Pilze. Pilze sind keine Pflanzen, keine Eier, aber auch keine Tiere. Eine Sorte, die Grünlinge, wächst in den Wagengeleisen der Waldwege, dort, wo sich nicht einmal die Laus unter den Pflanzen, die Quecke, hintraut. Grünlingsgehäuse sind, wie mit Lineal und Zirkel konstruiert, aus Mahlsand. Unter ihren Hüten fertigen sie ein namenloses Grün an, lassen sich sauer kochen und schmecken gut, weiß der alte Adam.

Auf dem Weg laden Langholzkutscher Baumstämme ab. „Licht wird's geben!" sagt der Schwiegersohn, sagt es gelassen wie jener Alte in der Bibel: „Es werde Licht!" Ist der Mensch ein Gott? Es ist zu oft übers Licht geredet worden. Zwei Regierungen versprachen den Leuten vom

Vorwerk Licht, und die neue Regierung ist erst zwei Jahre alt, der alte Adam glaubt nicht ans Licht.

Er wohnt im Haushalt der Tochter. Eine Kiste, in der sich neunzig Kubikmeter von Tabakrauch durchschossener Luft aufhalten könnten, das ist sein Stübchen. Zieht man den Luftraum ab, den Tisch, Schrank, Kommode und Bett einnehmen, kommt man auf fünfundsiebzig Kubikmeter Großvaterluft.

An den Wänden Fotografien, ein Rehbocksgehörn, ein Schauflergeweih und eine große Fünfundzwanzig aus versilberter Pappe. Im Kommodenschub Bücher, braun an den Blattecken vom nassen Umblättern.

Auf der braungetönten Tageslichtkopie über dem Bett eine ernste Frau mit einer Kindernase, die Adamin. Sie starb an Blutvergiftung. Auf einem anderen Foto: Er, die Frau und drei Kinder; die Kinder wie von der Weide zum Fotografieren getrieben. Die Jungen fielen im Krieg. Der Teufel hol ihn! Die Kleine mit der großen Haarschleife ist die Tochter, bei der er wohnt. Auf einem schwarzgerahmten Foto: Er, jung und allein zu Pferde. Bespannte Artillerie 1905 Rathenow. „Auf, auf, Kameraden, aufs Pferd, aufs Pferd. Zu Erinnerung an meine Dienstzeit."

Die Tochter, früher Stubenmädchen bei der Frau des Gutsbesitzers, die Bücher in der Schule schon sauber, ist Buchhalterin auf dem Volksgut; der Schwiegersohn Traktorist, auch auf dem Volksgut.

Die Zeit vergeht. Der Mensch mißt sie an seinem Leben. Der Traum vom Licht wird Wirklichkeit.

Es kommen fünf Männer, und die stellen ihre klapperigen Fahrräder an die großen Kiefern. Fahrräder, Stahlgestelle, Beine aus Blech, die den Menschen zum Schnellläufer machen, sind rar geworden. Es gibt keine Bereifungen aus elastisch gemachtem Baumharz mehr für sie. Die Menschen ringsum sind durch den Krieg wieder auf ihre

Füße verwiesen worden. Beinfutterale, Schuhe, sind knapp, weil die Rinder knapp wurden. Erwachsene Leute haben mit Feuer gespielt und nicht nur Häuser und Ställe des Nachbarn angezündet. Das Feuer hat seine Gesetze.

Eine, wenn auch fünfzehnmal geflickte, Fahrradbereifung spart Schuhe. Verschlissene Reifen werden zu Schuhsohlen, und wenn sie in Fetzen von den Füßen fallen, wirft man sie an den Waldrand. Einer, der im Wald zu tun und zuwenig Mantel hat, macht sich mit ihnen ein Feuer und wärmt sich. Eins geht ins andre über, bis es uns aus der Sicht gerät.

Die Männer tragen verschossene Arbeitsanzüge. Wer weiß, wohin die blaue Farbe flog! Zum Mittag essen sie kalte Pellkartoffeln mit Rübenmarmelade. Sie graben Löcher am Wegrand, lassen ein bis zwei Kubikmeter Luft in die Erdrinde, und wo sie die ausgehobene Erde hinwerfen, muß die Waldluft weichen. Wo eins ist, kann das andre nicht sein. Sie setzen die Baumstämme mit den geteerten Enden in die Löcher, füllen die Löcher wieder mit Erde, und die Luft entweicht. Handel und Wandel.

Einer kehrt mit den Beinen ins Tierreich zurück, schnallt sich eiserne Krallen an die Holzschuhe und klettert in die ehemalige Baumspitze. Die Gänse gehn auf das Grab von Adolf Schädlich, fressen die Begonien und düngen die Pelargonien mit ihren grünen Kotstiften; der alte Adam hat sie vergessen.

Der mit den Fußkrallen dreht dem kahlen Baum an der Spitze Porzellanlaub an. Alle fünfzig Meter ein Mast – anderthalb Kilometer bis ins Hauptdorf; der alte Adam ist Augenzeuge.

Zwei Tage bleiben die Männer fort, dann kommen sie als Turmakrobaten auf dem Luftwege zurück, und die kahle Lichtmastenallee schleppt zwei dünne Geleise zum Vorwerk für den, der da kommen soll.

In seinen Wortschatz nisten sich, neben anderen Neuworten, *Isolatoren* ein. Er spricht das Wort beim Abendbrot unüberhörbar aus. Die Familie staunt. Man könnte die Isolatoren Masthände nennen, mit denen sich die kahlen Kiefern den Draht zureichen, aber jede neue Erfindung schwemmt neue Namen und Begriffe in die Wortvorratskiste der Menschheit, und wer sich ihrer nicht bedient, wirkt lächerlich. Kann man die Elektrizität mit alten Worten anreden und Lichtbringerkraft nennen?

Er beginnt sich mächtig für die Elektrizitätsleitung zu interessieren. Als man das Hauptdorf mit einer Leitung versah, tat er's nicht, weil die schweren Bauern dort so genug prahlten mit dem, was sie besaßen. Sollte man sich unter ein Großbauernfenster stelln und das helle Licht bewundern? Jetzt würden die Hauptdörfler die Vorwerker nicht mehr *Funzelhocker* nennen können. Er bekam mächtig was übrig für die neue Regierung, der alte Adam.

Drei Häuser, vier Katen – das ist das Vorwerk, und jeder Behausung werden zwei Isolatoren ins Giebelgesicht gegipst. Zwei Tage später sind alle Häuser durch Drähte verbunden, sind miteinander verleint wie eine Koppel Jagdhunde.

Die Männer kriechen auf den Hausböden und in den Stuben umher. Das Haus erhält blecherne Eingeweide. Weißblechröhren rieseln von den Wänden, kräuseln sich in den Stubenecken und enden an den Raumdecken. Umsponnene Drähte hängen wie aufgelöste Schuhbänder aus den Blechröhren und lauern auf die Lampen.

Er drückt mit seinem borkigen Daumen auf das Schalterhebelchen, und die Glühbirne leuchtet auf. Etwas Mächtiges ist geschehn: Das Vorwerk ist durch zwei Nervenstränge mit der großen Welt verbunden, und der alte Adam glaubt an das Licht.

Es ist sündig hell in den Stuben am Abend. Sie zünden

noch einmal die Petroleumlampen an und veranstalten einen Wettbewerb. Die Petroleumlampen geben ihr Hellstes her und mühn sich bis zum Blaken, doch sie können nicht gegen die kleine Glühbirne anstinken. Niemand achtet mehr auf die dunkelgelbe Traulichkeit des Petroleumlichts. Traulichkeit ist unausgereifte Helligkeit mit Petrolgasduft. Die Glühlampe ist eine Stubensonne und siegt. Der Enkel zählt die Haare auf seinem Handrücken. Die Tochter findet, man muß die Stube frisch weißen. Der Schwiegersohn stellt das neue Licht auf die Probe und liest im Buch über den Dieseltraktor. Der alte Adam prüft mit der Taschenuhr vor dem Elektrozähler, ob eine Kilowattstunde sechzig Minuten hat. Sie sind vor lauter Licht ein bißchen wie dummsig, die Leute auf dem Vorwerk.

Eine rätselhafte Kraft strömt ins Haus, doch bevor man sie nicht am Schalter in die Glühbirne drückt, ist ihre Wirkung nicht zu sehn. Was macht sie, wenn sie verborgen in den Drähten hockt? Die Vorwerkskinder wollen sie aufspüren. Sie ziehn mit einer nassen Bohnenstange zum Friedhofshügel; der Schädlich-Enkel stippt an den Draht.

„Wie ist es?"

„Wie Musik."

Der Adam-Enkel probiert's, doch er hört keinen Ton. Er hat ein schweres Gehör und muß beide Drähte stippen, sagen sie ihm, und er tut es. Es gibt Funken, grüne und gelbe Funken, und der Enkel behauptet später, es habe auch rote gegeben. Die Stange fliegt ins Gras, und der Adam-Enkel liegt mit verbrannten Armen daneben. Die Kinder laufen davon; der Alte eilt herbei und bringt den schreckstarren Jungen mit Pfuhls Einspänner ins Kreiskrankenhaus.

Wenn sich Menschenerfindungen gegen den Menschen richten, weil er sie falsch handhabe, verflucht er sie. Der Urmensch Uran verfluchte das eingefangene Feuer, als er sich die Hände dran verbrannte. Der alte Adam flucht nicht; er denkt an seine Halbwüchsigenzeit:

Es war Herbst, schon kühl, sie hüteten die Großbauernrinder, zündelten ein Hirtenfeuer und wärmten sich. Sie erprobten, wer's von ihnen am längsten überm Feuer aushalte. Er war der kleinste, wollte sich beweisen und hockte über der Flamme, bis seine Hosen Feuer fingen. Er rannte, und der Luftzug brachte den Hosenbrand in Fahrt. Dann lag er im Gras, und die anderen löschten sein Hinterfeuer mit Maulwurfssand. Es gab Brandmale, die nicht zu sehen sind, weil sie in den Hosen stecken.

Auch als der Enkel gesund ist, kann der Alte von ihm nicht erfahren, was für eine Kraft die Elektrizität ist.

Im Frühling hilft er Grete Blume das Winterholz sägen, also zu einer Zeit, in der sich auch in Witwenaugen die Blüten der Sauerkirschen spiegeln. Grete Blume plaudert in der feurig-karierten Schürze von älteren Männern in Nachbardörfern, die sich ihrer Kräfte entsannen und wieder heirateten. Sie ist nicht nur Witwe, auch Brigadierin bei den Waldfrauen, sogar Aktivistin, und auch an diese Neuwörter hat der alte Adam sich gewöhnt, aber er kann sich nicht auf die Frühlingsreize seiner Sägepartnerin einlassen. Er will ihr gern behilflich sein, doch Weiterungen würde seine Tochter nicht dulden. Sie ist moralisch und wacht, daß er ihrer Mutter die Treue hält, und wer wird, wenn der Großvater sich verändert, bei ihr die Hausmädchenarbeiten verrichten?

Eines Abends sagt der Enkel: „Grete Blume kocht Kartoffeln elektrisch." Das fährt in den alten Adam wie in einen Astronauten etwas Neues vom Mond.

Grete Blume zeigt ihm ihren Elektrokocher; glühende Drähte wie dünne Matratzenfedern; er sieht das Rädchen im Zählerkasten so schnell kreisen, als brennten drei oder mehr Lampen. „Wirst du aber mächtig in die Groschen greifen müssen", sagt er.

Grete Blume schmollt: Das wär nicht nötig, wenn sie jemand im Hause hätt, der ihr den Küchenherd einheizt, bevor sie von der Arbeit kommt. Der Forscher ist mit dem Elektrostrom beschäftigt: Der wird also zu einem flammenlosen Feuer, wenn man ihn durch Spiraldrähte treibt, und ersetzt sogar den Mann im Hause. Später wird er diesen Gedanken nicht mehr belustigend finden.

Die Elektrizität brachte ein weiteres Wunder aufs Vorwerk: Nachrichten, Theaterstücke, Vorträge und Wettervoraussagen. Man saugte sie mit einem Apparat und ausgespannten Drähten aus der Luft in die Stuben. Jede Familie für sich und nach Bedarf.

Bis in den Krieg besaß nur einer auf dem Vorwerk ein Rundfunkgerät. Die Elektrizität, um es zu betreiben, holte er sich in einem viereckigen Weckglas vom Fahrradflicker im Nachbardorf.

Adolf Schädlich stand auf dem freien Platz vor der großen Forstscheune, formte die Hände zum Schalltrichter und brüllte: „Gemeinschaftsempfang! Der Führer spricht!"

Eines Tages stritten sie sich beim Frühstück im Wald. „Einen Leitbock braucht nur das Herdenvieh; die Menschen haben Verstand und können miteinander verabreden, wohin sie gehn wollen", sagte der alte Adam.

Dieses Frühstücksgespräch ziemte sich nicht für einen Haumeister. Den Posten besetzte Adolf Schädlich. Dann geschah das Unglück im Wald, und Schädlich verkündete, die Vorsehung habe den alten Adam gefällt.

Schädlich rannte freiwillig in den Krieg und stolzierte im ersten Urlaub durch das Vorwerk, einen silbernen Tressenwinkel in der feldgrauen Einsamkeit seines Rockes. „Könn Sie nicht grüßen, Mensch?" brüllte er den hinkenden Adam an.

Schädlich besuchte den Oberförster, und der Hühnerhund biß ihn in den Hinterschenkel. Die Wunde zwickte, aber Schädlich winkte heldisch ab. Der Hühnerhund war ein Vorgesetztenhund.

Die Front war noch fern, und Schädlich war lange unterwegs. Die Tollwut flimmerte durch seine Blutkanäle und kam auf, als ihm auf einem Bahnhof ein Postsack vor die Füße fiel. Er verbiß sich wütend in den Sack, wurde arretiert und biß auf einer Frontleitstelle außerdem einen Obersten und einen Amtsleiter. Keine Rettung mehr! In einer schwarzen Holzuniform, die nur notdürftig auf seine Figur zugetischlert war, kehrte er aufs Vorwerk zurück und wurde auf dem tannumsäumten Friedhof begraben. Das war, als man den elektrischen Strom noch in Weckgläsern aufs Vorwerk trug.

Der alte Adam hört wissenschaftliche Vorträge und ist enttäuscht, wenn er nicht erfährt, was der elektrische Strom ist. Dann sucht er in der Zeitung, Spalte *Wissenschaft und Technik*. Die Tochter wird unruhig. Sucht der Vater nach Heiratsinseraten? Er wirft die Zeitung unzufrieden weg und schimpft auf die Redakteure, die Unbekanntes als bekannt voraussetzen und Bekanntes erklären.

Wenn eine neue Kraft erst da ist, gibt's Zeitspannen, in denen sie nur Quant für Quant in die Umwelt wirkt. Das sind die langweiligen Stellen unserer Geschichten. Wir überspringen sie und fahren bei den sichtbaren Veränderungen fort:

Der alte Adam sitzt auf dem Friedhof, sitzt dort auf einem Grab und ist sich selber nicht gut. Immer noch Löcher im Friedhofszaun. Es muß scheußlich sein, wehrlos unter der Erde zu liegen und sich mit Gänsedreck bestiften zu lassen! Er geht mit dem Spaten auf die Gänse los, er könnte sie erschlagen. Die Gänse stelln sich draußen auf, lugen in den Friedhof, bis er sich wieder gesetzt hat.

Er hat auf dem Grab von Adolf Schädlich gesessen. Ein kleines Entsetzen durchrieselt ihn, doch er verdrückt es.

Er setzt sich aufs Grab seiner Frau. Es rauscht in den Blautannen. Dieser Nachsommerwind, wenn er keine Widerstände fände, wäre er nicht zu spüren! Ähnlich beim elektrischen Strom. Er weiß noch immer nicht, was dieser Strom ist, doch seine Wirkungen hat er an sich selber erfahren ...

Fünf andere Elektriker kamen, hatten Motore an ihren Fahrrädern und waren schnell wie galoppierende Pferde. Sonst ging alles wie damals: Jeder Mast zwei Isolatoren; zwei weitere Drähte, und die Häuser erhielten einen zweiten Anschluß. „Endlich Kraftstrom!" sagte der Schwiegersohn und kaufte einen Pumpenmotor. Das Haus erhielt ein Gekröse eiserner Eingeweide von unten her, und das Wasser kam unter menschliche Bevormundung, mußte in dünnen Röhren die Wände hinaufkriechen. Druckkessel, Spülstein und Wasserhähne – das erste Wasser, das in der Küche gezapft wurde, nötigte ihm noch ein Loblied auf den listigen Menschen ab, dem alten Adam.

Aber die großen Kümmernisse keimen unerkannt; man erkennt den Stein nicht, an dem man sich in der Zukunft das Bein brechen wird.

Die Wassereimer wurden zu den Petroleumlampen auf den Hausboden gebracht, und ihre von Hornhaut polierten Griffe sehnten sich dort im Dunkel nach den Händen des alten Adam. Wer kann es wissen?

Nachbar Pfuhl, der Bodenreformbauer, kaufte einen Motor für seine Dreschmaschine, und fortan wurde der Alte nicht mehr zum Treiben der Göpelpferde geholt, aber immerhin durfte er nach dem Dreschen noch die Saatreinigungsmaschine drehn. Dann wurde die Genossenschaft der Bauern gegründet; Pfuhls Dreschmaschine und der Dreher der Saatreinigungsorgel wurden überflüssig. Für den Dreschmaschinenmotor fand man Verwendung, für den alten Adam nicht. Der Motor wurde mit einer Kreissäge gekoppelt, und mit der Motorsäge zerkleinerte man das Winterholz für alle Einwohner des Vorwerks in wenigen Stunden. Aus war's mit dem Holzsägen im Frühling bei Grete Blume!

Aber noch waren der Hausgarten, die Schweine und das Federvieh da. Schweigsam nahm er den Kampf mit der überflüssigen Zeit auf.

Der Enkel lernte Elektriker in der Stadt. „Weißt du jetzt, was der Elektrostrom ist?" fragte der alte Adam. Der Enkel wußte es nicht.

Ein neues Weltwunder in der Kate; ein Apparat von der Größe einer Hühnerversandkiste, eine Seitenwand aus Glas. Der elektrische Strom lockte lebende und sprechende Bilder aus aller Welt auf die Glaswand. „Großvater soll noch was vom Leben haben", sagten die jungen Leute.

Sie wuschen sich nur notdürftig, wenn sie von der Arbeit kamen, schlangen das Abendbrot hinunter und saßen wie eine Wand vor dem Spielkasten. Er mußte mit dem zufrieden sein, was er von hinten erspähte: Reitende Mongolen, ein dicker Berliner ohne Humor spielte Komiker, Ernteschlachten und Hochwasser, Bagger, so groß wie Kirchen, die von einem Menschen bedient wurden, Oberliga und Eisenhüttenarbeiter, die vom Staatsrat mit Medaillen ausgezeichnet wurden, Wettreiten – jeder im Lande hatte seine Stelle, seine befriedigende Arbeit, nur er nicht, der alte Adam.

Die jungen Leute wurden vornehm und schafften die Schweine ab. Tochter und Schwiegersohn hatten Pökelfleisch und hartgeräucherte Wurst satt. Das Kartoffelland brauchte nicht mehr bestellt zu werden.

Die jungen Leute gingen auf die Hühner los. Er konnte aus seinem Ställchen keine Wintereier von ihnen liefern.

Wintereier wurden den Hühnern in temperierten und elektrisch beleuchteten Ställen auf den Genossenschaftsfarmen entlockt.

Die Tochter brachte im Frühling frische Wirsingkohlköpfe aus dem Konsum. Er hatte seine Wirsingkohlpflanzen erst gesetzt. Kopfsalat und Kohlrabi – alles zu spät, zu spät. „Was soll der Hausgarten noch?" Die Tochter beachtete die Hände nicht, die sich unterm Tisch versteckten, die Hände des alten Adam.

Man ließ ihm nur die Gänse, die er am wenigsten leiden konnte. Behielt man sie der Bettfedern oder seinetwegen? Er wurde noch schweigsamer, wandte sich wieder dem vertrauten Walde zu, ging in die Pilze, verkaufte sie in der Sammelstelle. Aber ging's ihm darum, Pilze in bedruckte Zettel zu verwandeln?

Im Frühling entsann er sich der Ermunterungen Grete Blumes. Es war ein warmer Abend. Der Flieder sandte sein duftendes Gas aus, und der Vermehrungsdrang schrie aus den Käuzen, als er bei Grete Blume anklopfte. Ein Herein und ein Kichern klangen ihm entgegen, und das war zu verstehn: Es saß ein verwitweter Umsiedler aus dem Hauptdorf hemdärmelig in Grete Blumes Küche, und sie aßen miteinander elektrisch gekochte Pellkartoffeln und Sülze.

Auf dem Heimweg war Müdigkeit wie nach einem langen Marsche in seinen Füßen. Der Fliederduft drückte seine Schultern nieder, und im Balzruf des Kauzes hörte er Hohn.

Das war im letzten Frühling. Jetzt ist Sommerkehraus mit schrägstehendem Licht und abnehmendem Grün. Er scheucht noch einmal die Gänse aus dem Hof der Toten. Die Gänse morsen sich etwas zu und tun, als ob sie sich zum See hinwenden.

Er bleibt vor einem Grabstein, jenem praktischen Leichen-

schutz aus den Tagen Urans, stehn und liest die dem Toten
zugedichtete Inschrift:

> Das Uhrgetack, der Stundenschlag
> Nähn Zeit aus Stille, Nacht und Tag;
> Der Mond tut einen Tritt,
> Der Tod tappt mit.

Er fängt unter der großen Douglasie an zu graben, hebt
das grüne Lächeln der Erde, die Grasplaggen, aus und
schichtet sie. Eine Altmännerträne, schwer vom Salz der
Erfahrung, hängt an seinem Vollbart wie eine Tauperle an
einer Baumflechte. Sie fällt, wie alles, was der Schwerkraft der Erde gehorchen muß, in den krümeligen Humus
und versickert.

Sommeranfangs war er ins Dorf gegangen und hatte um
eine Stelle als Viehhirt gebeten. Der Melkermeister und
Vorsteher der langen Genossenschaftsmilchfabrik klopfte
ihm die Schulter und zeigte auf den Krückstock, aufs lahme
Bein des alten Adam.

Er verfiel darauf, Heilpflanzen zu sammeln und sie auf
Kuchenbrettern zu trocknen. Eines Tages brachte er sie auf
den Fußsteig vor der Kate, weil die Sonne dort günstig
stand, und der Schwiegersohn fuhr mit seinem Moped über
die Teebretter.

Es gab keinen Zank, aber einen Seufzer und gleich darauf ein kleines Feuer auf dem Anger. Eine Menge Gesundheit flog mit dem Rauch davon.

Der Adam-Enkel war jetzt Elektriker in einem Atom-
kraftwerk. Er arbeitete gut, war zum ersten Mai ausgezeichnet worden, doch daheim war er – Musik, Musik und
Fieber. Ein Rundfunkempfänger von Zigarettenschachtel-
größe arbeitete an seinem Handgelenk. Musik aus dem
Handgelenk. Der Strom für die Schachtel kam aus Batterie-
röllchen, nicht stärker als Gänsestifte. Posaunen und Stopf-

102

trompeten verscheuchten ihm die eigenen Lieder. Daraus entstand jenes Fieber, das den Alten am Enkel beunruhigte.

Der junge Elektriker brachte eine Verkäuferin aus dem Waldstädtchen. Sie hielten einander umschlungen, verrenkten Beine und Hüften, kamen trotzdem vorwärts und gingen zum See hinunter. Mit den ratternden Musikschachteln an ihren Handgelenken tauschten sie Gefühle aus, lächelten, ließen einsilbige Laute hören, waren glücklich auf ihre Art, und die mußte nicht schlecht sein, nur weil der alte Adam sie nicht verstand.

Die Verkäuferin, das Kind, sollte ein Kind haben. Man holte sie in die Adam-Kate. Sie sollte vor der Geburt des Kindes noch haushalten lernen.

Kein neues Weltwunder in der Kate, die künftige Schwiegertochter mit Fernsehnamen Beatrix. Ihr Gesicht war blaß, ihr Haar war gebleicht; sie trug ihren wachsenden Bauch mit Widerwillen durch die kleine Welt und hielt sich die Nase zu, weil ihr der Pfeifenrauch nicht bekam. Der alte Adam deutete die Schwangerschaftsübelkeit auf seine Weise: Für die ganz Jungen hatte er schon Leichengeruch. Er wich der kleinen Bea aus, doch sie schien ihn mit ihrem ausgebeulten Röckchen zu verfolgen. Eine gefüllte Knospe schickte sich an, ein gelbes Herbstblatt vom Aste zu stoßen.

Sie schlief beim Staubwischen auf dem Sofa ein, schlief überm Kartoffelschälen und am liebsten im Bett der versteckten Großvaterstube, die kleine Bea. Auch Urina suchte wohl einst die warme Höhle auf, wenn der Bär abwesend war. Bea schlief, und der kleine Apparat an ihrem Handgelenk arbeitete. So fand er sie, als er am Mittag aus dem Wald kam. Sie erwachte vom Pfeifendampf, hielt sich die Nase zu, bastelte mit der anderen Hand am Turm ihrer Haare, gähnte und sagte: „Hübsch werden wir hier wohnen."

Da hatte er's aus der Quelle: Man wartete auf seinen Tod. Sie sollten nicht lange zu warten haben!

Jetzt gräbt er sich sein Grab, setzt eine vielgebrauchte Redensart in die Tat um. Er gräbt, und kleine Steine schrein auf, wenn das Spatenblatt sie berührt ... Man geht zum See hinunter, man ist gottlob kein Schwimmer, man geht ohne Umschweife unter. Vielleicht bekommt das Herz einen Schlag vom kalten Wasser, bevor man den grünen Algenschlamm schlucken muß. Man stampft bis hinter das Röhricht, sinkt bis an den Hals und tiefer. Der taubenblaue Himmel wird mit blaßgrüner Dämmerung vertauscht; ein Aal rankt sich an einem hoch, benutzt den Wasserstrudel, um in den schluckenden Mund zu schlüpfen ...

Aber soweit ist's noch nicht. Er hat die Bücher mit den braunen Blattecken aus dem Kommodenschub gelesen, er kennt Geschichten. Er will den jungen Leuten seinen Tod ankündigen, will den kleinen Pumpenmotor im Keller zerschlagen gehn. Er wird dem Drachen Elektrizität damit nicht einen einzigen Kopf abschlagen, aber dieses kleine Rätsel sollen die jungen Leute von ihm haben.

Er geht zum Weg hinunter, tritt an die Wiese und steht vor einem Wunder: Die Genossenschaftsweide ist bis an den Hochwald von einer niedrigen Elektroleitung umspannt. Eiserne Pfähle, Isolatoren und Drähte – eine Stromleitung im kleinen.

Ein moderner Tod. Man hatte nur nötig, den Hängestrick zu berühren. Er packt den oberen Draht mit der bloßen Hand, erhält einen elektrischen Schlag, doch der ersetzt den Tod im See nicht.

Drei Hektar elektrisch umrandete Weide, und auf der Mitte grast die Milchrinderherde. Man hat den elektrischen Strom zum Hirten gemacht, während man Adam auf den Ausschußhaufen der Menschheit warf.

Die Neugier, jene listige Lebensverlängerin, erwacht in ihm. Die Elektrizität liegt ihm zu Füßen. Er muß herausbekommen, was der Elektrostrom ist, er muß!

Ein Kästchen auf rotem Eisenpfahl. Es knackt und tackt drin, als ob sich ein Specht ins Freie hacken wollte. Pfahl und Kästchen unter einem Baum in der Wiese. Also, von hier geht der Strom aus, von hier. Er entdeckt einen Schalter am Kästchen, drückt drauf, und das Tacken verstummt. Die Leitung ist stromfrei.

Es beginnt ihm Spaß zu machen, sich mit dem Strom zu unterhalten. Er schaltet ihn ein, er schaltet ihn aus, setzt ihn mit einem Fingerdruck als Wächter ein und wieder ab.

Jeden Tag ist er am Weidezaun, aber eines Tages liegen die Drähte zerrissen auf der Erde. Wildschweine sind nachts hindurchgegangen. Die Rinder sind ausgebrochen und stehn auf dem Wege oder grasen im Wald. Er kann sie nicht zurücktreiben; er nicht mit seinem lahmen Bein. Er humpelt ins Dorf und meldet den Vorfall.

Der Genossenschaftsvorsitzende kneift die Augen zu. Ein Einfall rauscht von irgendwoher heran: Könnte der alte Adam nicht den Posten eines Weidewärters übernehmen, auch die Kälber- und Jungviehweide überwachen? Eine dicke Bezahlung ist nicht zu erwarten, aber Adam kann sich nützlich machen. Acht Tage Bedenkzeit!

Der alte Adam braucht keine Bezahlung, der alte Adam braucht keine Bedenkzeit. Der alte Adam braucht Raum im Hauptdorf.

Ein Traktor fährt vor die Adam-Kate. Zwei Traktoristen räumen eine Stube aus, bringen sie auf neunzig Kubikmeter Luftraum. „Was soll das?" Die jungen Leute gehn auf den Großvater los. „Ihr kriegt noch zu wissen, wie es ist", sagt der alte Adam. Auf dem Sofa schläft mit vorgerecktem Bauch die blasse Bea. Ein Saxophon und ein Schlagzeug arbeiten an ihrem Handgelenk.

Er klettert auf den Zweitsitz des Traktors. Die jungen Leute winken – der Nachbarn wegen. – Es gibt kein Gesetz, das vorschreibt: Du sollst in der Stube sterben, in der du geboren wurdest!

Kälber-, Jungvieh- und Milchrinderweide – er muß sie alle belaufen. Wenn Rehe oder Wildschweine die Drähte auf ihren Nachtgängen zerreißen, muß er sie flicken. Die Isolatoren müssen heil und die Akkumulatoren gefüllt sein. Ein anfälliger Gesell, der elektrische Hirt, er stolpert über Grashalme und hat einen ständigen Pfleger nötig.

Die Welt braucht ihn wieder, den alten Adam. Aber was der Elektrostrom ist, weiß er immer noch nicht. Er hält den Enkel an, der auf dem Motorrad mit der halben Geschwindigkeit einer Flintenkugel zur Arbeit flitzt. Keine Musikschachtel mehr am Handgelenk des Jungen. Die Musik des neuen Menschenkindes in der Kate hat sie verdrängt. Jede Jugend hat ihren Überschwang. Die Alten fürchten, er könne verderben, was sie mit ihrem Planeten planten, aber der Planet ist rund und bewegt sich.

„Frag endlich deine Ingenieure, was der Elektrostrom ist!" sagt der Alte.

Der Enkel wagt nicht mehr, den Großvater zu belächeln. Es ist genug Schande geschehn. Er sieht in der Werkbibliothek im Lexikon nach und lernt die Antwort auswendig: „Elektrizität ist die Gesamtheit der Erscheinungen, die auf elektrischen Ladungen und den von ihnen ausgehenden Feldern beruhen."

„Die Kuh frißt Gras und gibt Milch, und daher kommt sie. Ist das eine Antwort?" fragt der alte Adam. Er ist unzufrieden mit den Ingenieuren. Er muß den Elektrostrom selber weiterbelauern. Der ist nichts Fremdes: verwandelte Kohle, verwandelte Fließkraft des Wassers, verwandeltes Uranerz aus den Bergen der Erde. Er ist nicht

fremder als der Wind, den die Segelschiffer morgens dankbar begrüßen.

Das gibt ihm mächtig zu denken, das macht ihn glücklich. Aber so sagt man das auf dem Vorwerk nicht; man
wirft dort nicht mit hohen Begriffen umher wie mit madigen Pflaumen. Der alte Adam ist mächtig am Leben.

Auf dem Korso von Jalta

Bericht eines *besseren Herrn*, kommentiert nicht vom Autor,
sondern von einem noch *besseren Herrn*

„Es war nicht immer so, daß ich halbe Tage in Cafés
und Gasthäusern herumsaß. Aber Sie wissen, es gibt für
alles Entschuldigungen. ‚Wer sich entschuldigt, klagt sich
an‘, pflegte mein Vater zu sagen; er war Soldat durch und
durch und verstand was vom Leben. Ich habe mehr als eine
Entschuldigung: Ich treff hier meine Kundschaft. Cafés und
Gasthäuser sind meine Geschäftszimmer. Außerdem, zu
Hause fällt mir, wie man so sagt, die Decke auf den Kopf.
Die Töpfe in der Küche, die Kissen auf der Couch, sie
reden von meiner Frau. Nein, sie ist nicht gestorben, aber
sie ist nicht mehr zu Hause.

Ich seh, daß Ihnen nichts klar ist. Gut, aber ich mache
Sie darauf aufmerksam, daß meine Entschuldigung lang
ist. Vielleicht kann ich mir und Ihnen die Einleitung er-
sparen, weil's möglich ist, daß Sie mein Kunde werden,
und da hätten Sie Anspruch auf Kundendienst. Außerdem möcht ich, daß Sie wissen, wie gut es Ihnen geht,
und das werden Sie, wenn Sie erfahren, wie es mir
geht."

Er war ein Mann in einem guten Alter, so bei dreißig
Jahren, vielleicht etwas älter, jedenfalls in einem Alter,
in dem sich die Jugend leise von einem verabschiedet,
machte einen gelösten Eindruck und war mitteilsam, obwohl er es mit einem zufälligen Tischnachbarn zu tun hatte
und man ihn keineswegs zum Erzählen ermuntert hatte.
Man mußte vermuten, daß ihm ein oder zwei bereits ge-
nossene Kognaks die Zunge gelöst hatten, doch er wirkte
nicht angetrunken, keineswegs. Er bestellte einen Kognak

und ein Bier, und er bestellte beides freundlich, auffallend freundlich, bei der italienischen Kellnerin.

„Sie kennen Jalta nicht, sicher nicht! Ich ging auch nur hin, um mit meiner Frau wieder ins reine zu kommen. Ich bin ein schlechter Erzähler, aber ich werde mich bemühen. Jedenfalls, Jalta ist schon was. Jalta, nachts, und es ging auf die zwölfte Stunde zu. Die Berge so nah! Die Entfernung von ihnen zum Hafen müssen Sie sich selber produzieren, wie im Theater. Der Vollmond kam hinter den Bergen hervor, als hätte ihn die warme Nachtluft hochgetrieben wie einen Ballon. Er hing da über der Stadt, ohne sich zu räuspern, und konnte nicht anders, als ein freundlicher Mond sein.

Wir waren auf einer Schwarzmeerreise und hatten in Sotschi Freundschaft mit ein paar Russen geschlossen. Das geht ja leicht, besonders Irene fiel das leicht. Sie kam überall an, und damit wissen Sie gleich, wie sie war.

Es gibt Leute, die behaupten, die Russen lechzten danach, Freundschaften mit Deutschen zu schließen. Heinzelmann, mein Freund, sagt zum Beispiel, den Russen hätte die Ordnung gefallen, die geherrscht hätte, als unsere Väter dort eine Weile regierten. Andere behaupten, die Russen würden sich an Deutsche ranmachen, um sie politisch umzukrempeln.

Also, ich habe meine Erfahrungen und sage Ihnen, beides ist nicht wahr; ich möchte sogar sagen, es ist leider nicht wahr. Die Russen sind den gleichen Trieben und Leidenschaften ausgesetzt wie wir, sonst hätte nicht passieren können, was mir passierte.

Wir hatten den Zirkus und einige Lokale besucht, und ein Kellercafé war das letzte Lokal gewesen, in dem wir uns aufgehalten hatten. In der Wand über der Bartheke waren Steine eingelassen gewesen, die das Meer lange im Maul gehabt zu haben schien und märbelrund gelutscht hatte. Die Steine hatten in der Wand gesteckt wie Kugeln mittelalterlicher Kanonen, und man hatte farbigen Gips um sie herumgelegt, und es war so was wie ein Gemälde daraus entstanden, so abstrakt, Sie wissen! Steine also, als Stimmungsmacher für den Fischer-Cocktail, der neben Kaffee ausgeschenkt wurde. Der Fischer-Cocktail hatte stark nach Meerwasser geschmeckt, und wir hatten ihn halbgetrunken stehengelassen und hatten Kaffee verlangt, mit dem wir die Wirkung von drei Flaschen Wodka, die wir in anderen Lokalitäten zu uns genommen hatten, zu unterbinden trachteten.

Wir waren vier Männer und vier Frauen, zwei deutsche Männer und zwei deutsche Frauen (fast wie Nationalhymne, wie?). Und die anderen waren zwei russische Männer und zwei russische Frauen. Und zwei der Männer waren mit zwei der Frauen verheiratet, aber zwei der Männer waren es mit zwei der Frauen nicht. Kompliziert? Sie merken schon, ich bin ein schlechter Erzähler und muß jetzt doch ein bißchen Einleitung nachholen:

Es war nicht die erste Reise, die Irene und ich machten. Wir hatten keine Kinder. Wie das so ist: Erst sollten keine kommen, und dann, als wir alles angeschafft hatten, kam ein Contergan-Kind, Sie wissen. Es starb gottlob nach ein paar Monaten, und ich sage das nur, wenn es Irene nicht hört; sie war eine Mutter durch und durch, und es war ihr Kind, ob es nun Hände hatte oder nicht, und der deformierte Kopf spielte noch keine Rolle, als es so klein war.

Was mich betrifft, so war ich wirklich erleichtert, als das Kind starb, denn ich habe Contergan-Kinder im Televisor gesehen: Dieses Gewimmel von Kindern, an denen irgendwas fehlte, so daß man fünf von ihnen benötigt hätte, um eines draus zu konstruieren, wo alles dran ist. Nein, danke! Da schließ ich mich meinem Freund Heinzelmann an, der für Euthanasie ist und der viel über das Für und Wider in den Zeitungen darüber gelesen hat.

Ich arbeitete in einem Betrieb für optische Geräte, und Irene war Kontoristin auf einer Zeche, und unsere Wohnung war ausgestattet, wie es sich gehörte. Ein Auto wollten wir nicht, das heißt, Irene wollte keines. Sie hatte etwas gegen Leute, die sich ein Auto oder einen Hund als Ersatz für ein Kind halten, und mit einem Kind versuchten wir es nicht mehr. Das Glücksspiel wollten wir nicht. In dieser Hinsicht waren wir uns einig.

Eine Weile trug sich Irene mit der Absicht, ein Kind anzunehmen, doch ich war dagegen. Man soll die Weisheit der Alten nicht in den Wind schlagen. Mein Vater, der was vom Leben verstand, war der Meinung, daß das Wichtigste am Menschen seine Erbmasse wäre. Ein Kind von einem Juden oder einem Zigeuner erkennt man ja an Haut, Haar und Augen, aber woran erkennen Sie das Kind eines Schwerverbrechers?

Kurz und gut, die Tatsache, daß bei uns mit Kindern nichts wurde, versetzte uns in die Lage, zur Jahresurlaubszeit eine Reise zu machen. Natürlich ins Ausland, denn um sich die Lorelei oder die Zugspitze anzusehen, verplempert man keinen Jahresurlaub. Das erledigt man am Wochenende.

Wir waren in Italien, und Rom hat mir nicht so imponiert, wie es meinem Freund Heinzelmann imponierte, der eine Menge Prospekte über Italien gelesen hatte. Ich bin der Meinung, man soll die Sachen nach dem beurteilen, was man sieht, und nicht nach dem, was man über sie gelesen hat. So erinnerten mich die Trümmer in Athen an Berlin nach 1945 und nicht an die Zeiten irgendwelcher Minervas. Pisa, was wieder mehr in Italien liegt, war schon eher was für mich. Man muß sich wundern, daß er ohne Stütze so schief stehn kann, dieser Turm da! Venedig, na, war für mich Spreewald mit Häusern statt Erlen. Ich meine, die angehobenen Hälse der Gondeln machen's auch nicht. Ich denke, wir haben durchaus Bodenständiges, was eine Reise wert ist, und wenn man so in den Spreewald könnte, wie man wollte, brauchte man vielleicht gar nicht in die Ferne zu schweifen. Der Strand von Mamaia war auch nicht zu verachten, vor allem billig, und wir trafen uns dort in Ruhe mit Tante Hedwig aus Kyritz und ließen sie mal hochleben.

An Spanien hatte nun Irene etwas auszusetzen. Sie fand, daß das Volk dort nicht allzu gut lebt, und der Katholizismus regte sie auf, und sie nannte ihn – eine Heuchelei. Ich sagte: ,Was geht uns das an? Wir sind hier nur Gäste', aber sie beruhigte sich nicht. Ach so, das muß ich wohl nachtragen: Vor der Spanienreise war Irene ihre Kontoristinnenstellung losgeworden. Nicht daß sie etwas versehen hätte, meine Hand dafür ins Feuer. Die Zeche wurde geschlossen. Ich hab mich ja auch gewundert, daß sie das einfach so dürfen, aber Freund Heinzelmann sagte, das hinge mit dem Brennöl zusammen. Man sieht da nicht so durch.

Irene konnte sich über diese Entlassung nicht beruhigen. Sie hätte andere Arbeit bekommen können, und sie hat auch eine andere Arbeit gekriegt, aber sie regte sich trotzdem auf. ,Soll man so mit sich umspringen lassen?' Ich hatte mit eins eine ganz andere Irene im Haus als vor der Entlassung. Ich versuchte sie zu beruhigen. Mein Vater hatte mir von der großen Arbeitslosigkeit so um achtundzwanzig, dreißig erzählt: Zehn Mann und mehr auf eine frei gewordene Arbeitsstelle. ,Das gibt's nun wirklich nicht mehr', sagte ich, und ich sagte noch etwas von Demokratie, weil man das immer so hört, und das hätte ich vielleicht nicht zu sagen brauchen, denn es machte Irene noch wilder.

Eines Tages nahm sie an einem Protestmarsch der Bergarbeiter teil. Ich meine, wozu das? Wenn Brennöl nun einmal an der Reihe ist, dann ist es mit Protestmärschen nicht abzuschaffen. Da marschiert man sozusagen gegen Verbesserungen der Zivilisation, wie mein Freund Heinzelmann meint.

Irene schien Verbesserungen der Zivilisation geringzuschätzen. Sie kam in schlechte Gesellschaft und ging sogar mit auf den Ostermarsch. Sie wissen schon: We shall overcome und so.

Ich wollte auf Ostern zu den Schwiegereltern bei München. Irene verdarb mir also die Feiertage. Ich fuhr allein zu den Schwiegereltern. Irenes Mutter war auf meiner Seite und schrieb einen entsprechenden Brief. Der Schwiegervater schwieg sich aus.

Irene las den Brief ihrer Mutter, zerriß ihn und fuhr nicht mehr zu ihren Eltern. Ich glaube, sie war bis heute nicht wieder dort. ‚Ich lasse nicht mit mir umspringen!‘ Das hörte ich mindestens dreimal die Woche von ihr. Gott ist mein Zeuge, daß ich nicht mit ihr umsprang.

Ich gebe zu, daß ich eifersüchtig wurde, als sie eine Stelle als Kellnerin in einem Restaurant annahm. Wozu das, wenn sie doch Kontoristin war? Kellnerin – das macht doch jede Fremdarbeiterin besser als sie. Irene erklärte, sie habe es satt, im Büro zu sitzen, sie wolle unter Menschen sein. Bin ich kein Mensch? Jedenfalls mußte sie ihre Sache als Kellnerin gut machen, sonst hätte man sie entlassen. Aber gerade das erregte meinen Verdacht.

Es gab Szenen bei uns daheim, und die hatte es früher nie gegeben. Es war vielleicht nicht fair von mir, daß ich mich in Irenes Restaurant schlich, um Spannemann zu machen, aber sagen Sie, wie Sie sich verhalten hätten!"

Er war geschmackvoll und modern gekleidet, englischer Anzugstoff, dezent kariert, das dünne Uhrkettchen verschwand wie in einem Ziehbrunnen in der Tiefe seiner

Brusttasche. Seine Fingernägel waren geputzt, er rauchte eine gute englische Shagpfeife, stopfte sie mit Tabak Marke *Dublin* und bediente sich eines modernen Feuerzeuges, das man nur aller zwei Jahre zu füllen braucht. Der ein wenig, wirklich nur ein wenig angeschmutzte Hemdkragen ging zu Lasten seiner Frau, die ihn verlassen haben mußte. Grausam, so Frauen!

Er hatte sein Bier ausgetrunken und rief die Kellnerin und bestellte wieder ein Bier, aber ohne Kognak. Er zwinkerte der italienischen Kellnerin dabei zu, an deren flotten Wimpern und deren keckem Kinn er seinen Spaß haben mochte. Die Kellnerin zwinkerte nicht zurück. Sie blieb sachlich. Man mußte vermuten, daß er an seine Frau dachte und daß er demonstrieren wollte, mit welchen Versuchungen die Wege von Kellnerinnen gepflastert wären.

„Als Irene gewahr wurde, daß ich ihr nachschlich, weil ich ihr mißtraute, sagte sie, und nicht etwa leise: ,Du bist ein Spießer!'

,Laß nach, Irene!' sagte ich.

,Du hast das Zeug in dir, über Nacht ein Nazi zu werden!' Ich – und einer von denen? Seh ich so aus? Man weiß ja wohl, wozu sich diese Burschen verstiegen. Mein Vater, der ein guter Soldat war, hätte vielleicht noch leben, und der Krieg hätte gewonnen werden können, wenn diese Marodeure mitgekämpft und nicht daheim in den Luftschutzbunkern herumgesessen hätten. Meine Mutter hat das viele Male gesagt.

Es war nicht recht von Irene, mir so was zu sagen, und grober Klotz braucht groben Keil, ich warf ihr vor, daß ihr Vater damals die Front im Stich gelassen hätte und desertiert wäre. Ein mitleidiges Lächeln – das war Irenes Antwort. Sie sprach wohl vierzehn Tage, drei Wochen kein Wort mit mir.

Ich war immer ein fröhlicher Mensch und mit der Gabe

gesegnet, dem Leben eine lustige Seite abzugewinnen. Nun wollte es mir nicht mehr gelingen. Ich gehöre auch nicht zu den Menschen, die Streit und Zerwürfnisse konservieren, und früher hatte Irene oft gesagt, daß sie das nett von mir fände. Und ich sprach Irene auch jetzt wieder an und versuchte sie zu bewegen, wenigstens mit mir zu reden. Sie tat's nicht, und zu guter Letzt kaufte ich mir eine Kasperpuppe, setzte sie mir auf den Schoß, steckte die Hand rein und unterhielt mich abends gewissermaßen mit meiner verkleideten Hand.

Das muß sie – ich sage Ihnen: das muß sie gerührt haben. Sie umarmte mich, und ich übertreibe nicht, wenn ich sage, daß sie dabei auch ein bißchen weinte.

Von da ab ging's wieder etwas besser mit uns. Ich spionierte Irene aber auch nicht mehr nach, das muß ich von mir sagen, obwohl es mir schwerfiel, es nicht zu tun, denn wenn die Eifersucht erst einmal da ist, dann brennt sie und brennt, und man weiß nicht einmal genau, wo.

Ich tröstete mich auf die Zeit unseres gemeinsamen Urlaubs hin. Ich wartete drauf wie ein Kind auf Weihnachten; ich wollte Irene endlich wieder für ein paar Wochen für mich und ohne ihr blödes Restaurant, mit den angesoffenen Herren drin, haben.

Die Urlaubszeit kam, und Irene wollte nach Rußland, ausgerechnet nach Rußland. ‚Liebste Irene‘, sagte, ich, ‚wir waren noch nicht in Ungarn, und auch in Holland waren wir nur sonntags, und Heinzelmann fährt nach New York dieses Jahr, und wir werden nicht mitreden können.‘

Ich geb zu, daß ich ein bißchen Schiß vor Sibirien hatte. Man macht sich so seine Gedanken, wenn Heinzelmann einem sagt, daß er in der Zeitung las: *Deutsches Touristenehepaar wegen angeblicher Agententätigkeit in Moskau verhaftet.*

Auf Irene machte das keinen Eindruck. Sie wollte und

wollte nach Rußland, und da ich ein Mensch bin, der's nicht vom Biegen aufs Brechen treibt, gab ich nach. Wenn ich nachgeb, dacht ich mir, sieht Irene, daß ich's mir was kosten lasse, es untermauert unsere Versöhnung, und alles kann wieder so werden wie früher, und deshalb sträubte ich mich nicht mehr, ich bin nun einmal so.

So gingen wir also auf die Schwarzmeerreise, und über die Reise werde ich Ihnen, um es nicht zu lang zu machen, weiter nichts sagen, als daß sie mir gefiel, und daß ich New York kein bißchen nachtrauerte, auf Ehre!

Irene und ich wurden dabei fast wieder zu einem Liebespaar. Was von meiner Seite in dieser Hinsicht getan werden konnte, das wurde getan. Ich ließ es nicht an kleinen Liebesdiensten und Aufmerksamkeiten fehlen, kaufte Irene eine Matrjoschka, Sie wissen schon, so eine Holzpuppe, wo immer noch eine drin ist, eine passable Drechslerarbeit, die ich den Russen nicht zugetraut hätte. Ich organisierte für Irene dann und wann Blumen, umturtelte sie, machte ihr richtiggehend die Cour, tatsächlich.

Auch Irene bemühte sich, muß ich sagen, obwohl sie manchmal merkwürdig war. ‚Benimm dich nicht so deutsch!' konnte sie sagen, und als ich über die Kinderrechenmaschine mit den Kugeln lachte, mit denen die Russenkellnerinnen im Restaurant die Zeche ausrechneten, wurde Irene wütend.

Aber was ist da nun deutsch dran, wenn man etwas primitiv findet, zumal wir doch bei uns in jedem Restaurant Kontrollkassen haben? Was sollte das heißen: Benimm dich nicht so deutsch? Soll man während einer Schwarzmeerreise gleich ein Russe werden? Gerade das ist doch ein alter deutscher Fehler. ‚Schick einen Deutschen ein paar Wochen nach England', sagte mein Vater, ‚und schon wird er nicht mehr einen trinken, sondern einen Drink nehmen.' Aber wo komme ich mit meiner Erzählung hin?

In Sotschi – das sind fünfunddreißig Kilometer Schwarzmeerstrand mit Säulen und Sanatorien geschmückt – lernten wir also unsere Russen kennen. Da war Kostja, ein bärenhafter Kerl, ein Literaturwissenschaftler, der gut deutsch sprach und ein herzensguter Kerl war, nur ein bißchen neugierig. Er wünschte immer zu wissen, ob wir Bücher daheim lesen und welche. Na, bei mir konnte er da nicht viel ernten, denn Lesen liegt mir nicht. Irene aber, die viele Bücher gelesen hatte, war ein Fressen für ihn.

Kostjas Frau, eine Kleine, Zierliche, hatte einen mißtrauischen Gemsenblick und war Amerikanistin, was in Rußland ein Beruf zu sein scheint. Sie sprach mich manchmal so von der Seite auf englisch an, und ich antwortete höflich: ‚Sorrry‘ oder so was; denn soviel Amerikanisch hat sich unsereiner schließlich von den Besatzern abgeguckt. Sie gefiel mir nicht, diese Tatjana.

Der andere Russe, mit dem wir uns angefreundet hatten, hieß Sascha, war Ingenieur, groß, blond und blauäugig, richtig germanischer Friesentyp, für mich der Typ eines Nebenbuhlers. Er war nicht oder noch nicht wieder verheiratet und benahm sich korrekt zu Irene, und Irene verhielt sich korrekt zu ihm, bestimmt. Dieser germanische Sascha war in Deutschland gewesen, als Besatzer in der Ostzone natürlich, und er freute sich, seine Kenntnisse im Deutschen bei uns auffrischen zu können.

Wie wir zu der jungen Russin kamen, die Sweta hieß und Deutschstudentin an einem Institut in Moskau war, kann ich Ihnen auf Ehre nicht mehr sagen. Ich weiß nur, daß sie Leberflecke hatte, sich des öfteren bei Irene einhakte und mit ihr über Kleidermoden in der freien Welt sprach.

Die unverheirateten Deutschen, die mit uns waren: Er, Versicherungsagent, sie, irgendwas mit Kybernetik. Er, mit schlauer Brille, Beutesachse mit ständig erhobenem Zeigefinger, aber leidlich. Sie, ganz ansehnlich, aber nicht mein Typ, wegen nachgemachter Rothaarigkeit.

117

Nun kennen Sie alle, die mit uns waren."

Er rauchte vornehm, hielt die Pfeife mit Daumen und Zeigefinger, etwa, wie man einen abgezogenen Diamantring beim Vorzeigen hält; dem Holz nach mußte es eine Shagpfeife zu hundertfünfzig Mark sein. Er schien Geschmack zu besitzen.

Es herrschte jene angenehme Abendstimmung im Café: Die ersten Gäste kommen aus dem Theater oder aus dem Kino, und man fühlt sich Stammgast, ist schon weit draußen in einer Unterhaltung, während die Hinzukommenden sich erst zurechtsetzen und ihre Getränke bestellen müssen und eine Menge Draußen mit hereinschleppen, von dem man nur mit einem behaglichen Seitenblick Kenntnis nimmt.

Er schüttelte sich und bestellte diesmal einen Kaffee und wollte ihn heiß, sehr heiß. Er sah der Kellnerin dabei länger in die Augen, als es schicklich ist, und die Kellnerin lächelte fein.

„In Sotschi hatten wir uns von unseren russischen Bekannten herzlich verabschiedet, als unser Schiff, genannt *Grusinia*, in See stach. Sie küssen so gern, die Russen. Wirklich, ehe Sie es sich versehen, haben Sie drei Schmatze um die Backen. Uns Deutschen liegt das weniger. Ich habe wohl gesehn, daß dieser Sascha, dieser Friese da, Irene sogar auf den Mund küßte, aber kann man sich das verbitten, wenn alles in Freundschaft schwelgt?

Heute sag ich, der Teufel mußte seine Hand im Spiel gehabt haben, denn in Jalta, im Zirkus, trafen wir unsere russischen Bekannten wieder. Sie waren mit dem Schiff, das sich *Abchasia* nannte, weitergereist, und während wir noch einen Abstecher nach Suchumi gemacht hatten, waren sie ohne Umschweife in Jalta gelandet, und es gab ein großes Hallo.

Bei unserem Bummel von Lokal zu Lokal waren Flirts entstanden, und man mußte eine Portion Wodka ohne Verlust an Scharfsinn vertragen können, wenn man herausfinden wollte, wer mit wem und welche mit wem flirtete und wer oder welche mit welcher oder wem nicht. Nur ich war's, der sich keinen Flirt leisten konnte, nachdem ich mit Irene . . . ist ja klar.

Auch Irene hielt sich einwandfrei, dachte ich wenigstens. Im Kellercafé war jedenfalls eine Balzerei entstanden wie auf einem Kranichstreff im Frühling. Ich wüßte nicht, daß es die Kraniche so treiben, wenn es mir Heinzelmann, der darüber gelesen hat, nicht erzählt hätte. Die Männer suchten einander in pointierten Wortspielen, die Frauen im Lachen und geistreichen Parieren zu übertreffen. Bei solchen Gelegenheiten bin ich kein Kind von Traurigkeit, wie Sie sich denken können, und es fiel mir schwer, mich nicht darüber zu ärgern, daß mir Irene von Zeit zu Zeit die Hand auf den Mund legte, mir sozusagen den Mund auf diese Weise verbot.

Es kam eine Dame an unseren Tisch, so dick wie resolut, und die trug einen weißen Arbeitsmantel. ‚Ein weißer Arbeitsmantel bedeutet, daß jemand eine Arbeit hat, bei der der Mantel weiß bleibt', sagte ich, nein, ich schrie es, denn ich mußte mir Gehör verschaffen für meine kleine Geistreichelei, und es hörte sie, glaube ich, trotzdem niemand. Die Dame im weißen Mantel sagte, und sie wandte sich geradezu an mich: ‚Es ist verboten, hier zu lärmen. Schämt euch, Bürger, Genossen!'

Weshalb wandte sich die Dame gerade an mich? Lärmten die anderen nicht auch? Na, ich bin nicht so, und um diese Chefin, oder was die Dame nun war, zu versöhnen, bestellte ich Kaffee. Wir waren vier Männer und vier Frauen, wie ich schon sagte, aber ich bestellte neun Kaffee, und ich werde Ihnen sagen, warum: Es war ein geistreicher Einfall von mir, denn es saß noch ein einsamer Gast an der Bartheke und hockte dort mit dem Rücken zu uns zu.

Wir erhielten unseren Kaffee und tranken ihn, eingedenk

der Mahnung der Dame im weißen Mantel, verhältnismäßig still. Der Mann auf dem Barhocker nickte flüchtig zu uns hin, als er seinen Kaffee hingestellt bekam, und drehte uns wieder den Rücken zu.

Es war, als hätten einige von uns die Stille, die beim Kaffeetrinken entstand, herbeigesehnt, um flüsternd flirten zu können; flüsternd flirten wirkt besonders eindringlich, Sie wissen. Aber dem Mann auf dem Barhocker schien unser Geflüster unheimlich zu werden, er rutschte vom Hocker und wandte sich uns zu. Es war ein Mann so in den Dreißigern. Sein Gesicht war schon ein wenig angegangen, na, wie ein Lederhandschuh, den man den zweiten Winter trägt. Es war gerötet, und man wußte nicht, ob aus Verlegenheit oder von den Getränken, die er in der Bar zu sich genommen hatte. Er machte eine Art von Verbeugung, blieb darin stecken und sagte: ‚Sie gefallen mir. Sie gefallen mir alle. Sie sind mir merkwürdig sympathisch.'

Wir nickten zurück, und jemand von uns sagte: ‚Nicht der Rede wert' oder so was. Es wäre vielleicht höflich gewesen, den jungen Mann einzuladen, sich zu uns zu setzen. Als Ehrenmänner hätten wir das tun müssen, aber ich hatte meine Vorbehalte, und die drei anderen Männer kalkulierten vielleicht, daß ein fünfter Mann das Gleichgewicht unserer kleinen Gesellschaft stören würde.

Der junge Mann ging, und als er gegangen war, sagte ich: ‚Er sprach deutsch, ziemlich gut deutsch, und wenn er von der Geheimpolizei war, so habe ich ihn mit meinem Kaffee aus dem Gleichgewicht gebracht.'

Unsere beiden deutschen Landsleute lachten, die anderen lachten nur so obenhin ‚Chä, chä', und dieser Friese, dieser Sascha, zog die schweinsblonden Augenbrauen zusammen, und Irene warf mir einen Blick zu, der mich an unsere schlechtesten Zeiten, so um die Ostermarschzeit herum, erinnerte. Das fehlte mir.

Die Dame im weißen Mantel erschien wieder, weil unsere Landsleute so laut gelacht hatten, und diesmal warf sie uns hinaus mit dem Hinweis, daß die Polizeistunde überschritten wäre.

Da standen wir draußen auf dem Korso, und laue Sommerluft umfing uns, obwohl es schon Mitte Oktober war, und das Leben auf dem Korso war noch frisch wie um acht Uhr abends, und die Menschen spazierten auf und ab, und über den vielen Lichtern am Korso standen die Sterne wie flimmernder Kies, und das Meer brandete über die Steine am Strand und zog sich zurück, und ich sage Ihnen nicht zuviel, wenn ich sage: Es atmete, wirklich.

Wir fielen wie Menschentropfen in den Fluß der Promenierenden, und jeder der Männer suchte die Frau einzuhaken und mit ihr im Gewühl zu verschwinden, mit der er einen Flirt angefangen hatte. Nur ich, was soll ich Ihnen sagen, stand allein da. Ich erinnerte mich an Irenes verächtlichen Blick. War nun so schlimm, daß ich lustig gewesen war wie die anderen auch und daß ich den Mann von der Bartheke einen vom Geheimdienst genannt hatte? Er hatte es doch gar nicht gehört. Das war doch Überempfindlichkeit von Irene.

Na, dacht ich, du wirst sie finden, und es läßt sich vielleicht wieder einrenken. Schließlich bist du die ganze Zeit auf sie eingegangen, bist sogar nach Rußland mit ihr gefahren.

Ich mischte mich ins Gewimmel der Promenierenden, versuchte Boden zu gewinnen und hielt Ausschau nach den Leuten unserer Gruppe. Die Eisverkäufer machten Feierabend, wenn man ihren Arbeitsschluß mitten in der Nacht so bezeichnen kann. Sie verschlossen ihre Blechkarren am Rande des Korsos.

Das erste Paar unserer kleinen Gesellschaft, das ich sichtete, waren der Russe Kostja, der sich Literaturwissenschaftler nannte, und die Deutsche, die nachgemachte Rot-blonde. Er verhörte sie auf gelesene Bücher, und die Rot-haarige belog ihn nach der Kunst, denn sie sah nicht so aus, als ob sie all die Bücher gelesen hatte, nach denen sie dieser Kostja, ein ansehnlicher Kerl, befragte. Ich weiß, daß mit einem gewissen Joyce nicht einmal Heinzelmann klargekommen war, aber diese Rothaarige hatte natürlich auch was von diesem Joyce gelesen. Ich wollte jedenfalls nicht stören und schlängelte mich im Gewimmel an den beiden vorbei weiter nach vorn, und das war nicht schwer.

Ich traf auf unser zweites Paar, den deutschen Versiche-rungsvertreter mit Kostjas Frau, jener Amerikanistin. Ich ging ein Weilchen hinter ihnen her, und mir schien, daß die Frau mit dem Englisch des Sachsen nichts anfangen konnte. Man kriegt als intelligenter Mensch überall was mit; ich konnte erkennen, daß die sächsische und die angel-sächsische Sprache weit voneinander entfernt liegen. Die Kostja-Frau wurde richtig wild und taktlos, und sie stritt sich mit dem Versicherungsbeamten, und sie blieben stehn, und ich machte, daß ich ungesehen an ihnen vorbeikam. Sie können sich denken, wo ich hinwollte und auf was ich neugierig war.

Der Vollmond war kleiner, dafür aber heller geworden, und das Meer glitzerte. Das muß ich Jalta lassen: es war ein ehrliches Nest.

Ich sah Irenes braunen Pagenkopf im Gewimmel auf-tauchen. Sie ging mit diesem Sascha, Sie wissen, diesem Friesen. War ja klar. Es gab keine andere Möglichkeit. Es erleichterte mich, daß auf der anderen Seite die leber-fleckige Sweta ging. Sie hatten den langen Kerl eingehakt, jede von einer Seite, und hier durfte ich nun wohl stören, es war sozusagen mein gutes Recht.

Ich ging im Gewimmel hinter den dreien her. Man lauscht ja nicht, ein Mensch von Bildung tut das nicht, ich verstand auch nicht, worüber sie sprachen, weil sie viel lachten, am meisten diese Sweta, aber auch Irene lachte, lachte so, wie ich sie lange nicht lachen gehört hatte."

Es gab im Café jetzt kein Hin und Her mehr. Fast alle Stühle waren besetzt. Gespräche lagen wie ein wärmendes Gewebe über dem Raum, ein Gewebe, das aus vielen Einzelgesprächen bestand und an dem unaufhörlich weiter gestrickt und gewebt wurde. Es war jene Stimmung entstanden, die sich daheim nur herstellen läßt, wenn man eine große Party gibt.

Er zog den Knoten seines Binders etwas herunter, nicht ohne vorher um Erlaubnis gebeten zu haben. Man konnte das verstehen, denn das Nacherleben der Ereignisse in Jalta, die bedeutsam für sein Eheleben geworden sein mochten, erregte ihn verständlicherweise. Schwerer zu verstehen war, daß er die Hand der Kellnerin streichelte, als er sich wieder ein Bier bestellte. Die Kellnerin wehrte ab, und er entschuldigte sich. Es mußte wirklich kalt zugehen in seinem Leben, wenn er sozusagen nicht wählerisch war, eine gewisse Zärtlichkeit bei einer x-beliebigen Weibsperson unterzubringen.

„Es war vielleicht harmlos, was die drei sich erzählten. Ich lauschte ja nicht, und der Lärm auf dem Korso war beträchtlich, wenn Sie noch die Musik dazurechnen, die von den weißen Vergnügungsschiffen herübertönte.

Ich stell mir Eifersucht wie eine Flüssigkeit vor, die langsam aus einer Flasche tropft, müssen Sie wissen. Jeder Tropfen brennt. Ich mußte mich bemerkbar machen. Ich pfiff leise, dann etwas lauter – einen Schlager, der Irene in unserer Liebeszeit mal etwas bedeutet hatte: ‚Auf dem Dach der Welt, da steht ein Storchennest' und so weiter, Sie kennen das Lied vielleicht. Ich mußte so laut werden, daß die Korsobummler schon anfingen, vergnügt auf mich zu schauen. Da erst wandte sich auch Irene um. Die schöne

Melodie mußte sich doch durch ihr Lachen gefädelt haben und bei ihr angekommen sein. Sie wandte sich um, sah mich, sah mich nicht, jedenfalls nickte sie nicht, sondern wandte sich wieder ihrem Begleiter, diesem russischen Friesen, zu. Ich war vielleicht nur ein bißchen Mondschein für sie, weiter nichts.

Jetzt war's mir, als ob jene Flasche mit der Eifersuchtsflüssigkeit in mir umgefallen wäre. Es brannte mächtig, und Sie sind ja auch der Ansicht: man weiß nicht, wo. Ich überholte die drei, ruderte mich nach vorn und ging so in zwei, drei Schritt Abstand vor ihnen her. Ich ging lange vor ihnen her, mindestens fünf Minuten. Sie wissen, was fünf Minuten in so einer Lage sind. Doch sie sahen mich nicht. Da wandte ich mich um, blieb stehn, hob die Hand und machte ganz unbefangen, Sie können sich denken, wie schwer es mir fiel: ‚Hallo!' Eine Weile nichts, und dann doch Irenes erstaunter Ruf wie aus einem anderen Land: ‚Erich!'

Ich blieb stehn, bis sie heran waren, und das hätte ich nicht tun sollen, denn Irene sagte unwillig: ‚Weshalb bist du nicht bei den anderen?'

Ein Vorwurf also. Was hätten Sie in meinem Falle getan? Nein, auch ich antwortete nicht. Ich zog los wie ein Komet, durchs Gewimmel durch, immer nach vorn.

Die angejahrten Fräuleins, die bis in die Nacht hinein Bücher verlosten, machten Schluß und klappten ihre Kästen zu. Bücherverlosung! Ich kann mir nur denken, daß die Russen noch so gern lesen, weil sie es erst spät lernten. Mir war elend, wirklich. Du hast doch immer Mumm gehabt, und Humor hast du gehabt, und du hast dich mit ihm aus manchem Trouble herausgerissen wie Münchhausen an seinem Zopf aus dem Dreck, dachte ich. Tatsächlich, ich war immer einer von der Sorte gewesen, Sie kennen sie: er siegte, sah und kam – das muß ich mir lassen.

Die Betreuerinnen der Personenwaagen, auf denen man

124

bis in die Nacht hinein feststellen kann, wie schwer man ist, hatten auch Schluß gemacht, und sie hatten ihre Waagen mit nach Hause genommen, und es waren nur jene Meßlatten, die zum Wiegegeschäft gehören, wie Wasserpegel am Rande des Korsos stehengeblieben. Und die brachten mich endlich auf einen Spaß, und ich konnte sehn, daß mich mein Humor nicht im Stich gelassen hatte.

Ich stellte mich nämlich neben so eine Meßlatte und schrie: ‚Messen lassen! Lassen Sie sich messen!' Wie so ein Jahrmarktausschreier, verstehn Sie? ‚Herrschaften, einmalige Gelegenheit, billig, ganz umsonst!' Ich klapperte mit dem Meßreiter, den man auf der Meßlatte herauf- und herunterschieben kann. ‚Messen lassen! Lassen Sie sich messen!'

Ich hatte Erfolg: Die ersten Promenierenden blieben stehn. Sie nannten mich ‚Fritz', weiß der Deibel, wie sie draufkamen, und sie ließen sich von mir messen, und ich maß sie ohne Schmu, und sie lachten zufrieden, weil ich sie ehrlich gemessen hatte.

Es entstand ein Menschenauflauf, wie Sie sich denken können. Wo ein bißchen Spaß verzapft wird, laufen die Menschen zusammen, alte Sache. Ich kam in Fahrt: ‚Messen lassen! Lassen Sie sich messen!' Ich bekam zu tun. Es artete richtig in Arbeit aus. Und ich beachtete nicht, daß die Leutchen unserer kleinen Gesellschaft in dem Auflauf, den ich verursachte, steckenblieben. Plötzlich stand dieser Versicherungssachse, Sie wissen, bei mir, nahm den Strohhut ab und verdrehte die Augen wie ein Blinder. Die Leute, es waren meist Ausländer, besonders Deutsche, gingen auf den Spaß ein. Es flogen Kopeken in den Strohhut, denn man nennt dort in Rußland die Pfennige Kopeken, müssen Sie wissen!

Na, ich sah jedenfalls, daß auch die Sachsen, gegen die ich immer ein bißchen was hatte, keine Spaßverderber sind, aber da wird auf einmal ‚Erich‘ gerufen. Ich schau hin und sehe, daß es Irene ist, Irene mit ganz fremder, fast wutverzerrter Stimme, und sie hing am Arme dieses Friesen da und ruft noch einmal ganz empört: ‚Erich!‘ Was hätten Sie da gemacht? War ich vielleicht ihr Sohn, und der lange Sascha da, war er mein Papa? Da streicht man doch nicht gleich die Segel, wie es zum Beispiel dieser Versicherungssachse tat. Na, ich kenn ihn jetzt, kenn ihn jetzt besser. Unter uns: ein bißchen kackerig ist er. Aber was ging er mich an – damals wenigstens. Mir ging's um Irene, und statt die sich freut, daß ihr Mann imstande ist, die Menschen auf dem Korso eines Weltkurortes aufs kurzweiligste zu unterhalten, kriegt sie einen hohlen Zahn. Wenn sie wenigstens diesen langen Kerl hätte fahrenlassen, aber nein, das tat sie nicht. Also jedem sein Vergnügen, dachte ich.

Aber das Vergnügen versauerte mir ein Weilchen später so ein knurziger Iwan, der ein ziemlich zerhacktes Gesicht umhertrug. Wird der doch kommen, mich bei den Schultern packen und mich schütteln. Ich denk: Na, freut der sich aber und sage: ‚Strasswutje, Iwan, paschalussta und doswidanja‘ und was ich so aufgeschnappt hatte; ein intelligenter Mensch schnappt ja überall ein paar Brocken auf. Aber dieser Iwan da hört nicht auf, mich freudig zu schütteln, und wird doch auf deutsch sagen: ‚Suchst du Ostarbeiter, Fritz?‘ Und ich sage: ‚Iwan, man wird doch noch einen Spaß machen dürfen, schließlich war die Reise nicht billig.‘ Doch er schüttelt mich, daß mir der Kopf fliegt, und nun ist's genug, denk ich, aber da geht er.

Das hat mir das Vergnügen verdorben, wirklich. Man weiß ja schließlich, was die da früher mit den Ostarbeitern anstellten. Meine Mutter hat mir davon erzählt, aber ich kann's nicht haben, wenn Leute jeden kleinen Spaß gleich politisch nehmen. Ich bin nicht dafür.

Ja, da stand ich – noch mehr allein als vorher. Die Menschen gingen weiter, als ob sie mich nie gesehen hätten, obwohl sie doch ihren Spaß mit mir gehabt hatten. Aber das ist das Schicksal der Spaßmacher, wie mir Heinzelmann erzählte, der ein Buch über einen berühmten Clown gelesen hat, er liest ja alles."

Er konnte einem leid tun. Diese Verkettung unglücklicher Umstände! Ein Weilchen sah er aus wie ein potentieller Selbstmörder, und wenn er nicht mit Humor gesegnet gewesen wäre – wer weiß. – Aber er war wirklich ein humorvoller Mensch. Selbst sein Leid vermochte das nicht zu verdecken, und man hörte aus der Art, wie er erzählte, das heitere Moment immer wieder heraus. Und es war sicher auch der Humor in ihm, der ihn bei seiner nächsten Bestellung die Kellnerin um die Taille fassen hieß. Oder war es seine ungeheure Verlassenheit? Und die Kellnerin ließ sich's sogar geschehn. Man mußte fürchten, daß sie seinen Kummer ahnte und ihn zu weiteren Mißgriffen ermuntern könnte.

„Wie's weiterging in Jalta? Nun hab ich Sie angefüttert, wie? Wieder suchte ich meine Leute, und ich konnte sie lange nicht finden, aber dann sah ich den künstlichen Rotkopf der deutschen Kybernetikerin, oder was sie nun war, direkt unten am Kai bei den Schiffen aufleuchten. Ich sprang über die Korsomauer und direkt auf die Dame zu. Sie nannte sich Mary und schien mir angekränkelt von Beziehungen zu amerikanischen Besatzern. In Wirklichkeit hieß sie schlicht-katholisch Maria.

‚Hallo, Mary, war's nicht ein Pfundsspaß auf dem Korso?' fragte ich. Sie war komisch und meinte, ich hätte mit dem *Pfundsspaß* alles durcheinandergebracht, und sie wies mit einem Kopfruck, der ihr das rote Haar ins Gesicht trieb, nach vorn. Es waren wenig Menschen unten am Kai, und ich sah fünfzig Meter vor uns Kostja, eingehakt mit seiner Frau, der Amerikanistin, gehn. Und da wußte ich, weshalb Mary sauer war.

Von Irene sah ich nichts, und ich weiß nicht, wie es kam, jedenfalls begann Mary den finnischen Letkiss zu summen, den wir am Abend im Zirkus gehört hatten, und sie rückte mir auf den Pelz und hakte mich ein, und sie legte ihren Kopf mit dem aufgemöbelten Rot, für das ich nichts übrig habe, an meine Schulter. Was sollte ich mit ihr anfangen, da wir doch beide aus Frankfurt waren, sie aus der City und ich aus der Vorstadt. Man weiß doch, daß es nie gut ausgeht, wenn zwei, die in derselben Stadt wohnen, fremd gehn, Sie verstehn! Aber Mary hatte das so an sich: Sie mußte sich irgendwo scheuern, und sie begann nach ihrem eigenen Geträller zu tanzen, und es blieb mir nichts übrig, als auch zu trällern und zu tanzen, um kein Spielverderber zu sein. Und um besonders komisch zu sein und um mich bei Mary aushaken zu können, tanzte ich wie die Elefanten im Zirkus, die nach diesem Letkiss getanzt hatten, und ich winkelte die Knie und stampfte über den zementierten Kai und tat, als ob ich den Rüssel höbe, und trompetete unwillig dazu.

In diesem Augenblick überholten uns Irene und dieser schweinsblonde Sascha. Sie hatten die leberfleckige Sweta abgeschüttelt. Man kennt das, und später sah ich, daß der Versicherungsmann sie ihnen abgenommen hatte. Irene und dieser Sascha waren, wer weiß wie, ineinander vertieft. Er redete auf sie ein, und sie hörte mit halboffenem Munde zu wie ein Schulmädchen in der Naturkundestunde, wenn die Beziehungen der Geschlechter durchgenommen werden. Sie kroch richtig in dieses lange Elend hinein. Und ob sie meinen Elefantentanz nun gesehen hatten oder nicht, sie gingen an uns vorbei, als ob wir irgendwelche Muschiks oder Schauerleute auf dem Kai gewesen wären. Ich trällerte und trompetete, aber sie sahen sich nicht um, und da wurde mir übel, tatsächlich, ich wurde richtig seekrank. ‚Das Leben ist manchmal ein ganz schöner Dreckshaufen!‘ sagte ich kurz zu Mary, aber sie hörte es, glaube ich, nicht, weil sie immer noch diesen verfluchten Letkiss trällerte. Ich hätte sie ins Wasser schmeißen können.

Wie das Ende war? Sie sind zäh, aber Sie haben recht: Es war das Ende.

Wir fuhren getrennt zurück. Ich fuhr ein paar Tage früher. Was sollte ich noch in Rußland, wo ich doch gar nicht hingewollt hatte? Sie kam nicht mehr in unsere Wohnung zurück. Sie wohnt jetzt möbliert. Ich hätte auf böswilliges Verlassen klagen können, aber ich bin kein Unmensch. Ich schrieb ihr: ‚Was soll das? Eine Erklärung, bitte!‘ und so was. Sie schrieb zurück. Allerlei Fisematenten, und ich hätte mich nicht entwickelt oder irgend so ’n Seich. Flausen von Entwicklungsgläubigen, sagte Heinzelmann, der ja allerhand liest.

Gerissen war sie nicht. Es kam ein Brief für sie in unsere gemeinsame Wohnung. Sie vermuten richtig: aus Rußland und von diesem Sascha natürlich.

Ich konnte den Brief nicht lesen, versteht sich. Sie haben noch nicht einmal ein lateinisches Alphabet, die Russen. Ich ließ den Brief im Dolmetscherbüro übersetzen: Allerlei Schmus, ich kann Ihnen das aus dem Kopf nicht wiedergeben, jedenfalls war auch von Entwicklung drin die Rede, und ich konnte sehn, woher Irenes Vorliebe für diesen Schmand stammte. „Ich umarme Dich!‘ schrieb der lange Sascha. Wer denkt sich da nichts? ‚Ich umarme Dich, und grüße Deinen Mann!‘ Gelungen, was?

Ich hätte mich gegen das Postgeheimnis vergangen, sagen Sie? Man sachte, sachte! Ich habe mit Heinzelmann drüber gesprochen. Er tröstete mich: Unsere Regierung, na, Sie wissen, man spricht nicht laut drüber! Außerdem wäre es ein Brief aus Rußland gewesen, meinte Heinzelmann.

Ich wollte Irene aufsuchen, doch ich traf sie weder in ihrem möblierten Zimmer noch in ihrem Restaurant. Sie wäre von da weg, sagte man mir. Was hatte ich jetzt davon?

Einmal sah ich sie in einem Demonstrationszug. Ich kann Ihnen nicht sagen, gegen was die Leutchen demonstrierten. Ich geb zu, daß es manches gibt, wogegen man protestieren könnte, aber es führt zu nichts, sagt sich ein vernunftbegabter Mensch. Freilich wär's eine Gelegenheit gewesen, Irene zur Rede zu stellen, aber konnte ich sie aus dem Demonstrationszug herausholen, ohne mich zu kompromittieren? Ein Mann meiner Branche mit einer Demonstrantin? Die Kundschaft ist empfindlich, Sie verstehn.

Ach so, das hab ich nicht erzählt: Eines Tages traf ich den Versicherungsmann, den ich in Jalta kennengelernt hatte, in der City. Vielleicht schreibt ihm die leberfleckige Sweta, und du könntest um diese Ecke was über den russischen Kerl, beziehungsweise was über Irene erfahren, dachte ich. Er wußte nichts. ,Schreiben?' meckerte er. ,War ja man eine Episode, ein Episödchen, wenn Sie wolln.' Aber er bot mir an, bei ihm als Vertreter in der Versicherung zu arbeiten.

,Was überlegst du noch?' sagte Heinzelmann. ,Sei froh, daß du Beziehungen hast, nur mit Beziehungen kommt man vorwärts.'

Ich verließ also den optischen Betrieb. War nichts, die Arbeit für einen Menschen mit Niveau. Die Arbeit macht jetzt bequem ein Spanier. Die geistige Arbeit bringt mir das Dreifache von dem, was ich früher hatte, wenn ich mich ranhalte. Vielleicht würde sich Irene wundern, wenn sie's wüßte, aber ich protz nicht damit herum, so bin ich nicht. Möglich, daß es Irene nicht gut geht. Geht ja an niemand spurlos vorüber – so eheliche Disharmonie. Scheiden hat sie

130

sich jedenfalls noch nicht lassen, aber, wenn sie noch mit mir rechnet, muß sie kommen, wie?

Der Sachse in Sachen Versicherungen ist also jetzt mein Chef. Ich hoffe, Sie verpfeifen mich nicht, falls es Ihnen so vorgekommen sein sollte, daß ich, was Jalta anbetrifft, etwas abfällig über ihn gesprochen hätte. Chef ist Chef. Wir haben alle unsere Schwächen.

Wie spät ist's eigentlich? Es geht schon auf Feierabend zu? Sie entschuldigen!"

Er ging sehr gerade durch die Tischreihen hindurch. Er war, wie sichtbar wurde, ein sogenannter Sitzriese, aber er war kein bißchen angetrunken. Ein Mann mit sicherem Gang, ein Mensch, ganz und gar von unserer Zeit geprägt, ein Charakter.

Man war durch seine Erzählung unbeabsichtigt in ein verworrenes Familienleben eingedrungen, war geneigt, den Nacken einzuziehen, weil man gewahr geworden war, daß sich das Schicksal nicht die Schlechtesten packt.

Als er zurückkam, blieb er bei der Kellnerin stehen und beglich seine Zeche. Es schien ein bißchen hin und her zu gehen mit der Rechnung, denn er verhandelte lange mit dem italienischen Mädchen, und das wirkte nicht sehr günstig, aber dann gab er ihm wohl ein ziemlich hohes Trinkgeld, und das paßte wieder ganz zu seiner Art.

Als er an den Tisch kam, sagte er: „Übrigens kann man reinfallen bei solchen Itaka-Fräuleins. Freund Heinzelmann hat's erlebt: Seine fing an, ihn politisch zu agitieren, als er mit ihr ins Quartier wollte. Wer geht denn mit so was fremd?"

Also doch ein Charakter. Aber er sah noch einmal zu der Kellnerin hinüber, doch die hatte zu tun.

„Nun, und wie ist's mit uns?" fragte er. „Kleiner Abschluß? Hausrat, Leben, Sportunfälle? Wir sind ein leistungsfähiges Unternehmen, immer bestrebt, noch auszu-

131

bauen. Neuerdings steuern wir amerikanische Leistungen an: Entgelte für Lebensverlust durch Kriegseinwirkungen. Höchste Zeit. Wer ist sicher vor einem Krieg? Sie? Na, Sie überlegen es sich! Ich will nicht aufdringlich sein. Wir kommen sicher zu einem Abschluß, oder soll ich Ihnen die Geschichte umsonst erzählt haben?"

Er verabschiedete sich korrekt, bedankte sich für die Anteilnahme an seinem versteckten Kummer. Im Café herrschte jene etwas quälende Aufbruchstimmung: Geld klirrte auf Marmorplatten, Hüte wurden aufgesetzt, Damenjacken angezogen, der Ventilator surrte auf Hochtouren, jemand gähnte laut und ungeniert.

Er ging noch einmal zur Theke, wo die Kellnerin an der Kontrollkasse mit der Abendabrechnung beschäftigt war. Er unterhielt sich mit dem Büfettier, blies kleine Pfeifenwölkchen aus und sah auf die Kellnerin, obwohl er sich doch mit dem Büfettier unterhielt. Und daß er es immer wieder mit dieser Ausländerin anlegte, machte ihn auf die Letzt doch ein wenig unsympathisch.

Eine Kleinstadt auf dieser Erde

Berechtigtes Aufsehen erregte auf der diesjährigen Kunstausstellung ein Gemälde des bekannten Malers und
Nationalpreisträgers Axel Weingard: *Erde vom Kosmos
aus gesehen.*

Verzeihen Sie, wenn ich im Zeitungsstil beginne, aber es
war die Redaktion einer Wochenzeitung, die mich um ein
Interview zu Axel Weingard schickte. Ich machte das Interview, aber man druckte es nicht ab. Es wäre stilbrüchig,
überhaupt kein rechtes Interview und überfordere die
Leser, behauptete man in der Redaktion, und deshalb sah
ich mich gezwungen, die Leser auf diesem Wege mit zwei
Werken von Weingard bekannt zu machen.

Es hat sich bei uns eingebürgert, Künstler nach den Be-
weggründen für ihre Werke zu verhören. Ob das reizvoll
für die Künstler ist, weiß ich nicht, aber ich fragte auch
Weingard, getreu dem Schema, nach dem wir beim Inter-
viewen von Künstlern vorgehen, was ihn bewogen habe,
sein Gemälde *Erde vom Kosmos aus gesehen* zu gestalten.

Es gibt Zeitgenossen, hier und anderswo, erklärte Weingard, die ihre Einseitigkeit mit so wohlgesetzten Worten zu
verbrämen wissen, daß sie landläufig für überaus intelli-
gent gehalten werden. Fragt man sie nach der Zukunft des
Planeten, der uns trägt, nährt, uns Freuden und Leiden be-
reitet, uns auch im Zustande, den wir Tod oder Auflösung
nennen, nicht von sich läßt, so heben sie ratlos die Schultern, ohne indes auf eine stilvolle Antwort warten zu lassen:

Die Erde ist für sie ein physikalisches Laboratorium, das
im Weltraum kursiert. In diesem Laboratorium experi-

mentieren einige Spitzenphysiker, doch eine ungenaue Versuchsanordnung, eine ungünstige Konstellation zum Beispiel in unvermeidbaren Kriegsfällen – und das Laboratorium zerspellt, wird pulverisiert. Die Erde ist wieder der Spiralnebel, der sie vor Jahrmillionen gewesen war, und hat die Chance, die Entwicklungsleiter von neuem zu erklimmen, bis zur Entwicklung einiger Spitzenphysiker.

Die Antwort ist, so fühlt man, mit Verehrung von neuen Göttern erfüllt. Gott sei Dank, lassen sich jene Zeitgenossen weiter vernehmen, daß man die kommende Katastrophe nicht mehr mit Bewußtsein erleben wird, weil man doch hofft, daß sie erst eintritt, wenn man sein Leben mit einigem Genuß hinter sich gebracht haben wird und verstorben ist.

Seit Gagarin, der erste Mensch, der die Erde aus der Ferne sah, sie blau und schimmernd, also als einen romantischen Planeten für die Bewohner ferner Welten schilderte, gibt's andere Zeitgenossen, die die horizontsprengenden Weltraumfahrten für vergnügliche Reisen halten, an denen sie gern teilnähmen. Ich unterstelle, daß man es da mit Menschen zu tun hat, die an Fluchtlust leiden, mit Menschen, die sich, wie sie glauben, auf moderne Weise, den Mühen zu entziehen trachten, die ihnen die Erde hier unten (vorausgesetzt, daß man oben und unten als Hilfsbegriffe gelten läßt) abverlangt.

Mein Gemälde *Erde vom Kosmos aus gesehen* ist, wenn sie wollen, eine Entgegnung auf die leichtfertigen Ansichten jener beiden Kategorien von Zeitgenossen.

Dazu wäre zu bemerken, daß Weingard trotz der glaubhaften Schilderung Gagarins, den künstlerischen Mut hatte, die Erde auf seinem Gemälde nicht blau und schimmernd, sondern grün, strahlend und anziehend zu zeigen. Vielleicht gehe ich zu weit, wenn ich sage, daß *seine* Erde etwas von einem reifenden Apfel an sich hatte, den man gern versuchen würde. Das mag ihm die Zustimmung vieler Ausstellungsbesucher eingetragen haben, denn ein gesunder Mensch kann den Planeten, auf dem er lebt, nicht anders als hoffnungsfroh und mit der Gewißheit betrachten, daß er alle sich von Zeit zu Zeit ballenden Katastrophensituationen durch emsiges Forschen und Tätigsein mit der Zeit in die Hand bekommen wird.

An dieser Stelle hätte mein Interview mit Weingard zu Ende sein müssen, wenn's nach dem Redakteur der Wochenzeitung gegangen wäre. Es ging auf, war einigermaßen verständlich und belastete die Leser nicht zu sehr.

Aber ich verließ Weingard nach diesem Gespräch, das er mir dankenswerterweise gewährte, nicht, sondern sah mich in seinem Atelier um. Die Journalistenneugier trieb mich, und ich stieß auf ein kleines Bild von etwa zwanzig mal dreißig Zentimeter Größe. Ich wäre vielleicht an diesem Bildchen vorübergegangen, aber es wurde plötzlich von einem Sonnenstrahl getroffen, der sich durch ein fast blindes Oberlichtfenster gedrückt hatte, und da sprang es hell zwischen den anderen Bildern auf.

Weingard, der bemerkte, daß mich das Bild interessierte, behauptete, es stünde seinem Kosmosgemälde an Aussagekraft nicht nach, und er erzählte mir folgendes:

Nicht lange nach der großen Kunstausstellung fuhr ich in eine Bezirksstadt, wo eine Ausstellung meiner Werke eröffnet werden sollte, und kam durch die kleine Stadt, die etwas mit meiner Jugend zu tun gehabt hatte.

Ich war kein Heißsporn, kein *zorniger junger Mann* mehr, als ich nach dem Kriege die Möglichkeit fand, mein Talent auszubilden. Ich arbeitete viel, suchte nach den mir gemäßen malerischen Ausdrucksmitteln, probierte, experimentierte, verbrannte Unzulängliches, war deprimiert, verzweifelte jedoch nicht und begann von neuem. An die kleine Stadt, in der ich meine Kindheit und meine Jugend verbracht hatte, dachte ich nicht oft. Sie lag in der Landschaft Vergangenheit. Aber nun, da ich sie durchfuhr, waren dort mehr Erinnerungen gestaut, als ich für möglich gehalten hätte, und mir kam vor, als ob diese Erinnerungen meinen *Wartburg* bremsten, auch war mir, als ob ich von irgendwoher Zeit zugeteilt bekommen hätte, mich in der Stadt umzusehen, aber wer ist zuständig für die Zeit, die einem zur Verfügung steht, als man selber? Ich parkte also und begann umherzuschlendern.

Es war kaum zu vermuten, daß ich in diesem Städtchen jemand treffen würde, der an meiner Jugend teilgehabt hatte. Wie gesagt, es war eine politisch trostlose Zeit, als ich das Städtchen verließ, ich war ins Zuchthaus gekommen und hatte im Lager gesessen, ein Zufall, daß ich noch lebte. Es war anzunehmen, daß sich die Stadtbevölkerung, besonders in der Nachkriegszeit, da die Menschen ihre Wohnsitze innerhalb des Landes vertauschten, erneuert hatte.

Die Hauptstraße begann draußen in der Feldmark, und ich sah auf ihr auch noch ein wenig Mist, den sie von den Feldern hereingeschleppt hatte wie früher, und sie endete auf dem Marktplatz. Der Fußgängerstrom war seicht, und Inseln von zwei, drei miteinander schwatzenden Bürgern störten niemand. Der Lärm der Motorfahrzeuge auf dem Fahrdamm täuschte Betriebsamkeit vor, aber all die Autos, Lastfahrzeuge und Motorräder fuhren durch die Stadt, ohne etwas von ihr zu wollen, nur ein schwediches Personenauto, das langsam fuhr, schien mit seinem schneepflugbreiten Vorderteil Idyllik für seine Insassen einzuschaufeln.

Das Rathaus sah aus, als ob es sich ein Bürger Baumeister vor Jahrhunderten im Spiel ausgedacht hätte. Es war, wie ich wußte, zu den verschiedenen Jahrhundertfeiern des Städtchens von Lokalpatrioten nachgebaut worden; einmal aus glattgeschliffenen Flußsteinchen, ein andermal

136

aus Holzklötzchen und später aus Zündholzschachteln. Es war so dahingetändelt, gab sich leicht und luftig, als ob es zu verstehen geben wollte, daß es noch gute Lust hätte, ein paar hundert Jahre stehenzubleiben.

Hinter dem ehemals *Kaiserlichen Postamt*, das in seinem Gründerzeitstil immer noch vor sich hin kitschte, erregte eine Frau meine Aufmerksamkeit. Sie war dick und trug ein Hängekleid, das sie älter erscheinen ließ, als sie war. Ihr Gesicht war unrein, ein korngroßer Pickel klebte auf ihrer Stirn, und am rechten Mundwinkel hockte ein schorfiger Grind. Ihr Haar, das einmal rot gewesen sein mochte, hatte bereits den Altersschimmer. Wie ich es oft tue, versuchte ich die Farbe des Haares genau zu bestimmen und sah die Frau dabei freundlich und forschend an. Das Haar hatte die Farbe, die entsteht, wenn rote Braunkohlen- und weiße Holzasche sich im Herdloch mischen. Es war nicht ungepflegt, aber es war von zu häufigen Ondulationen so schütter und kurz geworden, daß es sich nicht mehr wellen ließ und den Daunen eines Jungvogels glich. Sie mochte meinen Malerblick als aufdringlich empfinden, denn sie sah aufs Pflaster des Gehsteigs hinunter, wich nach links aus und ging hart am Rande der Bordkante weiter.

Ich hatte sie irritiert und machte mir Vorwürfe. Solche Belästigungen fachlicher Art leistete ich mir oft. Manchmal entschuldigte ich mich bei Passanten, wenn ich zu aufdringlich gestarrt hatte, aber in dieser Stadt wollte ich nicht jedermann erzählen, daß ich Maler wäre und aus beruflichen Gründen gestarrt hätte.

Als ich mich umsah, gewahrte ich, daß die Frau auch anderen Passanten auf dem Bürgersteig nach links auswich. Schließlich blieb sie vor einer Anschlagsäule stehen, und was auf dieser Säule angepriesen wurde, schien sie nicht zu interessieren; sie mußte sich wohl erst von meinem aufdringlichen Blick erholen, jedenfalls legte sie ihre linke

Hand auf ihre linke Hüfte und schien nachzudenken, und das war der Augenblick, da mir aufging, daß ich sie von früher her kennen mußte. Wahrscheinlich hing auch mein plötzliches Interesse für sie mit einem unbewußten Wiedererkennen zusammen.

Undeutliche Erinnerungen, durch ein nebensächliches Erlebnis hervorgerufen, können Qualen bereiten, und auch ich zermarterte mein Gedächtnis. Aber dann wies ich mich zurecht, denn wenn ich weiter über den kleinen Zwischenfall nachgegrübelt hätte, würde er mir weitere Eindrücke, auf die ich aus war, versperrt haben. Ich verbot's mir, noch einen Gedanken an dieses zufällige Begebnis zu verschwenden, ich konnte das, ich hatte es in sechzig Jahren gelernt.

Übrigens machte ich an diesem Tage die Entdeckung, daß Gesten dem Menschen eigen bleiben und daß Menschen, die an verschiedenen Orten der Erde altern, sich an ihnen orientieren können, wenn sie sich, und sei's kurz vor dem Tode, wiederbegegnen.

Ich blieb weiter auf der Hauptstraße und sah mir die Menschen an. Man schien Zeit zu haben wie früher, denn es gab Leute, die stehenblieben und mich beguckten, als ob ich ein Wunderpferd wäre.

Ich trug eine weiße Mütze und ein hellkariertes Jackenhemd. In den Vorstellungen der Kleinstadtbürger war ich mit meinem großen Schnurrbart und für mein Alter wohl zu hell und zu jugendlich gekleidet, denn wem die scheckige Hemdjacke nicht in die Augen stach, dessen Blicke stolperten über die hellgelbe Lederhose, die ich trug. Mochten sie nur, mochten sie, sie waren über senfgelbe Uniformen und die buntesten Tressen nicht gestolpert. Ich versuchte ihr Glotzen zu ignorieren, und doch fühlte ich mich in diesem Städtchen, was meine Kleidung anbetraf, nicht so selbstsicher wie sonst.

Hatte mich der Sog der Kleinstadt schon erfaßt, war's

deshalb, daß ich in ein Seitengäßchen einbog, in dem die buckeligen Pflastersteine wie eine Herde Schildkröten lagen? Einfältig, wie ich zuweilen bin, redete ich mir ein, diese Pflastersteine müßten ganz unten, unter den anderen, die später hinzugekommen waren, auch noch meine Fußabdrücke von damals aufbewahren.

Es handelte sich übrigens um das Gäßchen, in dem ich damals der begegnet war, an die ich als Junge von fünfzehn Jahren, mehr als gut war, gedacht hatte. In meinen Träumen war sie schon meine Geliebte gewesen, doch sie wußte es nicht, brauchte es nicht zu wissen, es war genug, wenn ich es wußte.

An diesem Tage damals (eine Zeitlang hatte ich ihn den *großen Tag* genannt) war das Gäßchen menschenleer. Ich konnte das von krummen Häuserfassaden begrenzte Stück Himmel auf der Ausgangsseite sehen, und da trat sie von dorther in die Gasse ein. Das Schicksal hatte, so dachte ich damals, die Weiche gestellt. Aber ich hatte nicht Mut genug, das Mädchen anzusehn, weil ich fürchtete, es könnte meine Träume erraten haben. In der Jugend traut man seinen Träumen Macht zu, später erfährt man, daß unter den Erwachsenen die Übereinkunft besteht, daß Träume nur Macht haben, wenn ihnen Taten folgen.

Von unten herauf schielend sah ich damals, daß mein Mädchen lächelte; vielleicht über den Klang unserer Schritte, die verschiedentönig durch die Gasse hallten. Ich aber bildete mir ein, sie lächele mir zu, und ich entsinne mich noch heute, wie mich der grüne Ärmel ihrer Musselinbluse streifte – das genügte, war genug für Wochen.

Dann nahm ich mir vor, sie anzusprechen, wenn ich sie wieder treffen sollte. Doch ich traf und traf sie nicht wieder. Als ich mich endlich bei einem Maler-Mitlehrling, der in ihrem Stadtteil wohnte, nach ihr erkundigte, erfuhr ich, daß sie sich verlobt hätte.

Ich fand viele solcher Erinnerungspunkte in der kleinen Stadt, und je länger ich umherstreifte, desto mehr wurden es. *Berühmter Maler besucht Stätten seiner Kindheit* hätte die Überschrift für mein Tun in einer Zeitung heißen können, wenn mich Reporter entdeckt hätten. Aber dieses Städtchen war unergiebig für Reporter. Sie durchtrabten das Gebiet des großen Industriekombinats draußen vor den Toren, und ich war froh, daß ich ungestört umhergehen konnte.

Da war das dreistöckige Mietshaus in jener Stadtgegend, die wir früher, Gott weiß weshalb, Algerien genannt hatten. Ich ging von dort aus auf die Schule zu, die sich schon immer einen Turm geleistet und früher im Webstuhllärm von zwei Tuchfabriken gelegen hatte. Die Tuchfabriken waren im Kriege aus Konkurrenzgründen von englischen Flugzeugen zerstört worden. Die Schule stand jetzt auf einem freien Platz, wo in zertrampelten Beeten verstaubte Pelargonien und Betunien emsig blühten und der Stadtverwaltung Geld für teuerere Blumen sparen halfen.

Ich weckte meinen alten Schulweg mit seinen Jungenstreichen und Klassenkeilereien auf, setzte meinen Fuß auf die ausgekehlte Steintreppe der alten Schule und fand eine dumme Befriedigung darin, zu denken, daß auch ich beteiligt gewesen war, diese Kehlen in den Sandstein zu treten. Ich dachte an die Augenblicke, da ich diese Treppe mit einem guten Zeugnis – besonders im Zeichnen – hinunter und in die Ferien gestürmt war, und an die Tage, da ich sie mit unguten Gefühlen erklomm, weil meine Schularbeiten nicht in Ordnung waren, dachte ich nur flüchtig.

Ich ging an den Fluß und zu jener Bucht, in der ich als Junge gebadet hatte. Fliegen und Hummeln summten im Sommergras wie früher. Tausende Generationen von Insekten mochten seither die Bucht beflogen haben, doch für meine Augen unterschieden sie sich nicht von jenen, die damals im hohen Gras gesummt hatten, bevor ich sonnendurchtränkt einschlief. Selbst das Gras am Rande der Bucht schien das gleiche zu sein, in dem ich damals meine Malerzukunft ausgeträumt hatte. Den Schreck aber, den ich hatte, als ich mich bei meinem ersten Kopfsprung unter Wasser überschlug und fast ertrunken wäre, ließ ich nur kurz und widerwillig in meine Erinnerungen ein. Das Gedächtnis steht parteiisch auf der *Haben*-Seite des Lebens.

Kaum zu glauben, aber auf der Brücke, die mit einem ausschweifenden Eisengeländer und viel Gewese den kleinen Fluß überspannt, traf ich einen ehemaligen Mitschüler. Ich hatte ihn nicht erkannt, doch er erkannte mich, weil er Fotos von mir in Zeitungen gesehen hatte.

Die Wiederbegegnung erfreute mich so, daß ich erwog, die Ausstellungs-Eröffnung in der Bezirksstadt fahrenzulassen. Ich hatte große Lust, ein Fest zu feiern.

Der ehemalige Mitschüler hieß Franz Schittke. Wir hatten ihn Fränzke gerufen. Fränzke und ich gingen in den Ratskeller. Als Fränzke seinen vom Grüßen ziemlich angegriffenen Sommerhut absetzte, kamen nicht die erwarteten Locken, sondern es kam eine gepflegte Glatze zum Vorschein. Die Glatzenrandhaare waren über dem linken Ohr gescheitelt und in die kahlen Kopfregionen hinaufgekämmt worden.

Wir setzten uns in eine Nische, und ich ließ Schweinsschnitzel und Bier kommen. Lange lauerte ich auf eine Geste, die mir anzeigen sollte, ob ich es wirklich mit Fränzke von damals zu tun hatte. Die Geste erschien beim Essen. Fränzke knabberte am Schnitzel, wie er früher an seinem Frühstücksbrot geknabbert hatte, flink und mäuselig. Er sah stumpf auf den wässerigen Kartoffelsalat und aß ohne großen Appetit, und erst nach dem dritten Bier begannen seine Augen ein wenig zu glänzen.

Fränzke war Angestellter beim Magistrat. In seinen Verantwortungsbereich fielen die städtische Müllabfuhr, die Pflege der Grünanlagen und die Beaufsichtigung der Straßenreinigung. Er hatte ein Magenleiden, war dieserhalb auch militärfrei geblieben, war also während des Krieges nicht aus der kleinen Stadt gekommen. Jetzt gehörte er einer der Blockparteien an, war politisch jedoch nur interessiert, soweit es seine Anstellung beim Magistrat erforderte.

Von dem großen Braunkohlenbetrieb draußen vor der Stadt sprach Fränzke wie von einem *wilden Westen*! Die Arbeiter und Angestellten dieses Betriebes waren für ihn „die da draußen". Es war, als ob ihn die kleine Stadt mit ihrem langweiligen Getu und Geklatsch ausgezehrt hätte. Nur mühsam erinnerte er sich noch der Namen unserer ehemaligen Mitschüler, die mir geläufig waren.

Von einigen dieser Mitschüler wußte Fränzke zu berichten, daß sie, nationalistisch aufgepulvert, freiwillig in den vom Zaune gebrochenen Krieg gezogen waren. Vielleicht war Karl May nicht schuldlos, wenn sie, zuerst abenteuerlustig, dann aber vandalisierend in fremde Länder einfielen.

Andere Mitschüler, die am Leben geblieben waren, hatten ihren Wohnsitz in den Altenteil des Landes verlegt. Sie waren dort Geschäftsleute mit breiten Repräsentationsautos und verzogenen Kindern, waren Skatspieler und Biertrinker und beehrten die kleine Stadt zuweilen mit ihrer Anwesenheit, protzten und benahmen sich wie die weißen Kolonisatoren im afrikanischen Busch.

Nach dem fünften Bier wurde Fränzke lockerer und bestellte auf meine Rechnung, was er zu verzehren wünschte: „Einen Doppelten, bitte, denn so jung kommen wir nicht wieder zusammen!" Er bestellte sich ein zweites Essen: Weinbergschnecken in Hammeltunke, aß Kaviarbrötchen

142

dazu, und ich wurde für ihn zum *reichen Onkel aus Amerika,* den das Leben mit Glück, mit *Schwein,* wie es Fränzke nannte, gesegnet hatte.

Ich versuchte ihm zu erklären, wieviel zwanzigstündige Arbeitstage, wieviel Nächte ohne Schlaf sich hinter dem, was jetzt wie ein Erfolg aussah, versteckten. Er sah mich mit bierstarren Augen an, nickte, als ob er das veranschlage, behauptete aber dennoch: „Tlalent" wäre „Tlalent", und Leute, die damit vom Leben gesegnet wären, brauchten nur die Kraft ihres Kleinfingers, um sich hochzuarbeiten.

Trotzdem ließ Fränzke – vom Alkohol auf doppelte Kraft und Größe gebracht – auch sein Licht nicht wenig leuchten. Wenn ich gesehen hätte, sagte er, wie die Stadt nach dem Kriege ausgesehen habe, so würde ich sehr wohl begreifen, daß er nicht zu denen gehöre, die sich die Hosen mit der Beißzange anzögen; ich würde den Hut, nein, die „Mlütze" vor ihm ziehen. Fünfzehn Jahre hätte es bedurft, alle Trümmer hinwegzuräumen. „Tlümmer, überall Tlümmer." Enttrümmerungsschlachten, Rattenvernichtungsfeldzüge – er habe sie organisiert, hätte Leistungen „hingelegt", von denen „die da draußen in der Braunkohle" keine Ahnung hätten.

Ich lobte ihn und nicht nur aus Höflichkeit, lobte auch die Blumen auf dem freien Platz an unserer alten Schule.

Die Erinnerungen, wie schnell waren sie ausgetauscht und aufgezehrt! Und als wir von der Gegenwart zu reden versuchten, redeten wir aneinander vorbei. Versteckt hinter Zigarrenqualm schlich die Kleinstadtlangweile an unseren Tisch.

Mir fiel die alte Frau am Vormittag ein. Vorsichtig erkundigte ich mich bei Fränzke nach ihr. Fränzke kannte alle Menschen, die gleich ihm in der kleinen Stadt wohnen geblieben waren. Irgendwann hatte er mit jedem dieser

Ureinwohner zu tun gehabt. Alle anderen waren für ihn Auswanderer, die im Strome des Lebens ertrunken oder eine Weile, aller Welt sichtbar, auf seinen Wogen einhergeritten und eines Tages doch hinuntergeplumpst waren.

Rothaarige Mädchen, die in der Stadt geblieben waren, gab's nicht wie Weißfische im Fluß. Fränzke bestellte noch einen *Doppelten* und überlegte, runzelte die Stirn, daß sie zu knacken schien, und sagte: „Du wirst doch nicht die Zeschen meinen? Ho, die Zeschen, gut! Eine, die's nicht so genau nimmt." Er schnalzte mit Daumen und Zeigefinger. „Abtreibung, Begünstigung von Deserteuren bei Kriegsende, ums Aufhängen gerade noch herumgekommen, Russenliebchen, alles, was du willst. – Ein Bier noch, blitte! Nein, wenn du mit der...!... in deiner Position?"

Es kostete mich Mühe, Fränzke davon abzuhalten, seine Ehehälfte herbeizuholen, die, wie er versicherte, die Weiberwelt des Städtchens besser kennen würde als er. Würde nicht schaden, wenn sie sähe, „der Drachen, das Drächelchen", mit welchen Persönlichkeiten Fränzke an einem Tisch saß!

Schließlich gelang's mir doch, mich von Fränzke zu befreien. Angewidert, dann aber vom milden Sommernachmittag versöhnt, streifte ich weiter durch das Städtchen.

Bevor der kleine Fluß in die Niederung konnte, in der jetzt die Stadt liegt, mußte er vor Jahrtausenden einen Hügel zersägen. Jetzt fließt er selbstzufrieden zwischen den Hügelhälften, und optimistische Bürger legten an den Hängen Weingärten an.

Die Bank, auf die ich mich dort oben setzte, mußte oft erneuert worden sein, denn ich war lange fortgewesen, und es war wohl ihre Vorvorgängerin, von der ich mit sechzehn Jahren den ersten Mädchenkuß nach Hause trug, und ich trug schwer daran.

Nein, es war nicht das Mädchen, das mich mit der Berührung seines Musselinärmels beglückte. In einer Kurzgeschichte hätte es so sein müssen, aber ich erzähle aus meinem Leben.

Es war ein schönes Mädchen. Welches junge Mädchen ist nicht schön auf seine Art? Jenes aber, das ich zuerst küßte (oder küßte es mich?), war das schönste der Welt, nicht nur, weil es ein wenig lispelte, auch, weil es klangvoll nordisch sprach.

Wir schlichen damals schuldbeladen heim. Hatte wirklich niemand gesehen, daß unsere Münder sich dort oben am Hang berührt hatten wie spielende Schmetterlinge?

Drinnen in den Straßen, wo wir uns wieder sicherer fühlten, gestand sie mir, daß ihre Besuchszeit in der kleinen Stadt zu Ende wäre. Ich fühlte, wie ich erbleichte, und es wär mir in diesem Augenblick nicht schwergefallen, die Lokomotive des Zuges zu sprengen, mit dem sie am nächsten Tage davonfahren mußte.

Wir schworen uns Treue und sahen uns nie wieder. Zwei, drei Briefe gingen hin und her, auch in ihnen summte es von Liebversicherungen und Treuschwüren, aber dann strickte das Leben auch dieses Liebesfädchen in sein großes Netz ein.

Ich stieg weiter bergan, überquerte den Hügelkopf mit seinem baumkuchenartigen Aussichtsturm und erreichte ein Robinienwäldchen. Jetzt war ich also in *Arkadien*. Den Ortsnamen hatte ein geschäftstüchtiger Gastwirt mit Realschulbildung gefunden. Von *Arkadien* war nicht mehr viel zu sehen, wenn man nicht Brennesseln, Disteln und halbverbrannte Mauersteine dafür nahm. Die zerschossene Theke, aus der ein Holunderstrauch wuchs, war mit einer Rostschicht bedeckt und kaum noch zu erkennen.

Arkadien war ums Kriegsende eine der Festungen gewesen, aus der man die letzten hundertfünfzig Kilometer *Vaterland* zu retten suchte. Die *Festung Arkadien* war, wie man sah, geschleift worden, und aus dem Einschußloch im verrosteten Stahlhelm eines dort Gefallenen schob sich eine silbergraue Distel. Bis hierher hatten Fränzkes Enttrümmerungspläne nicht gereicht. *Arkadien* gehörte wohl schon zu seinem „Da draußen".

Es fiel mir nicht schwer, trotz Schöllkrautstauden und kleiner Birken, die dem Getrümmer entwuchsen, das alte *Arkadien* mit seinem Tanzsaal wiedererstehen zu lassen.

Da war der Wirt, der einem stets das linke Ohr zuwandte, wenn man mit ihm sprach. Es gehörte zu seinem Kundendienst, nicht zu sehen, mit wem er sprach; denn in *Arkadien,* im Wäldchen vor der Stadt, traf sich, was sich in der Stadt nicht treffen durfte. Rohproduktenhändler Kottack zum Beispiel mit seiner Cousine vom Lande oder Stadtbaurat Kleinmayer mit seiner plötzlich von Berlin herbeigeeilten Nichte.

Hier feierten wir den Abschluß unserer Stubenmalerlehre, mein Mitlehrling Wumpel und ich. Wumpel hatte gutmütige Froschaugen, die zuweilen goldig glänzten. Zum Abschiedstreffen, das wir in diesem Lokal für erfahrene Männer feierten, hatte er ein Mädchen mitgebracht.

Ich hatte noch kein Mädchen, aber es war höchste Zeit, mir eines anzuschaffen, denn ich war nunmehr Malergeselle und achtzehn Jahre alt. Es war fast unnormal, daß ich noch als Junggeselle durch die Stadt trabte. Junggesellen würden, wie es hieß, mit der Zeit nach Quarksack riechen.

Obwohl wir Alkohol noch kaum vertrugen, tranken wir einen Schnaps und ein Bier und noch einen Schnaps und tanzten abwechselnd mit Wumpels Bertchen, die mir gefiel. Sie verstand so unterhaltsam vom Wetter zu reden und mir durch Andeutungen zu verstehen zu geben, daß ich nicht der schlechteste Tänzer der Stadt wäre.

Ich fragte Wumpel, wie lange er Bertchen kenne, doch er antwortete mir nicht und schäkerte mit einer der Nichten oder Cousinen am Nebentisch, die vielleicht auf den Schlachthausdirektor wartete.

Bertchen war darüber verstimmt und wurde kummerig. Ich suchte sie zu trösten und machte ihr Komplimente wie ein erfahrener Liebhaber, und ich heuchelte nicht, denn wenn das Mädchen aus der Fremde, das mir den ersten Kuß zu schleppen gab, das schönste der Welt war, so war das rothaarige Bertchen die Allerschönste der Welt, schon weil ihr Gesicht wie von einem ockerhaltigen Regen besprengt war, und ich liebte damals Sommersprossen, und ich glaube, ich liebe sie heute noch.

Auch in der Tanzpause kümmerte sich Wumpel nicht um Bertchen, und sie war dem Weinen nahe, und ich bat sie, mit mir spazierenzugehen.

Es war eine jener lauen Nächte, die sich ein April am Ende seiner Tage zuweilen leistet. Der ungewohnte Alkohol hatte mir unechten Schwung verliehen. Es schien mir an der Zeit zu sein, meine Gesellenprüfung auch in der Liebe abzulegen, und ich spielte mich auf und tat erfahren wie ein Mann in der zweiten Ehe, aber Bertchen wehrte ab, der Abend wäre zu kühl, sie fröre.

Da wurde ich sanft und begann zu bitten. Es schien mir unerläßlich, meine erste Erfahrung zu machen. Es war der Drang, mich selber kennenzulernen.

Und Bertchen? Sie schien auf mich niederzusehen, als ich so bittend und beschwörend vor ihr stand, und da legte sie die linke Hand flach auf die linke Hüfte, betrachtete mich nachdenklich und fing, wenn ich mich recht erinnere, an zu weinen. „So machen sie's alle", sagte sie, „und nachher?"

Ich wußte, daß sie an Wumpel dachte, und ich beschwor sie in meinem alkoholischen Schwung, mich nicht mit Wumpel zu vergleichen. Sie seufzte: „Vielleicht ist man dumm. Du siehst, wie wenig genau es gewisse Leute nehmen!"

Ich beteuerte, daß ich es genau nehmen würde, nein, wie ich flehte, fast jammerte, und da wurde sie mitleidig und umarmte mich mütterlich ...

Dann hatte ich meine Erfahrung und war enttäuscht. Das sollte es gewesen sein, wovon die Erwachsenen soviel Wesens machten, wovon sie früh und spät redeten und witzelten?

Aber Bertchen, war auch sie enttäuscht? Keineswegs. „Nein, das hätte ich nicht von dir gedacht", jubelte sie, und sie meinte meine jünglingshafte Unerfahrenheit. „Nein, wie ich dich lieben, dir treu sein könnte, wenn du's nur wünschtest!"

Und ich wußte nicht, ob ich's wünschte, doch ich mußte Bertchen versichern, daß wir uns wiedertreffen würden, und ich tat es, um mit meiner Enttäuschung schnell allein sein zu können.

Wir trafen uns nicht wieder. Ich brach mein Wort. Diesmal war ich es, der die Stadt verließ. Ein Handwerksgeselle hatte sich in der *Fremde* zu erproben. Zwar blieb ich noch zwei Wochen in der Stadt, doch ich hielt mich versteckt, um Bertchen nicht zu treffen. Zwei Wochen, die bei Bertchen vielleicht den Ausschlag gaben, für immer gering von Männern zu denken.

Wie auch alles gewesen sein mochte, für Bertchen war ich vielleicht der dritte, der vierte in einer Reihe von Wortbrüchigen, der Mann, den sie enttäuscht, angeekelt zu vergessen trachtete, aber sie war für mich, wenn mich auch damals enttäuschte, was sie mir gewährte, die erste Frau, die mich erkannt hatte, wie es in alten Büchern heißt. Unmöglich, sie zu vergessen.

Und nun mag, was ich erzähle, doch wie eine Kurzgeschichte anmuten, denn der Zufall beginnt eine Rolle zu spielen, doch darf man alles, was so genannt wird, als Zufall anerkennen? Sind nicht Antennen im Spiele, deren

Beschaffenheit und Funktionen wir noch nicht genug kennen?

Auf einem Umweg kehrte ich in die Stadt zurück und befand mich wieder auf dem Platz vor meiner alten Schule. Müde gelaufen setzte ich mich dort auf eine Bank, starrte auf die billigen Blumen in den zertretenen Beeten und suchte, was ich erlebt hatte, zu ordnen. Nun sollte es genug sein mit dem Museumsausflug. Ich wollte weiter. Die Frau, die mit zwei spielenden Kindern gegenüber auf einer Bank saß, hatte ich zunächst nicht bemerkt, aber das Mädchen war quer durch das Beet herübergekommen, und als ich seine Schritte hörte und aufblickte, erschrak es wohl vor meinem Schnurrbart und rannte zu der Frau zurück.

Ich verstehe es nicht, erzählerische Spannung zu bereiten. Sie werden erraten, um was für eine Frau es sich handelte.

Sie beachtete mich nicht. Aber dieses Ignorieren eines Mannes, der fünfundzwanzig Meter über dem Platz auf einer Bank saß, erschien mir zu betont. Oder spielte mir mein Erinnerungsvermögen doch einen Streich? Nein, es erhielt eine kräftige Bestätigung: Das Mädchen, offenbar eine Enkelin der Alten, stand mitten im Blumenbeet, hatte die linke Hand flach auf die linke Hüfte gelegt und sah auf die Pelargonienblüten. Muß ich erwähnen, daß mich's wie ein elektrischer Schlag durchfuhr?

Das Mädchen knickste sich hin, brach eine Pelargonienblüte und brachte sie der Großmutter. Der Junge, der sich bis dahin still mit ein paar Steinen beschäftigt hatte, protestierte. Die Großmutter aber nahm's nicht so genau, sie lobte das Mädchen und steckte den Stiel des roten Blütenballes durch die Maschen ihrer grünen Strickjacke an die Brust. Das Mädchen stolperte stolz davon, eine zweite Blüte zu brechen.

Ich kam mir vor wie ein Schauspieler, der in einer hoch-dramatischen Szene, ohne einen Text zu haben, über die Bühne muß. Ich stand vor der Alten, zog meine weiße Mütze und sagte, und ich bin mir bewußt, wie abgeschmackt das war: „Ich glaube, wir kennen uns."·

Die Alte, die noch mit der Pelargonienblüte beschäftigt war, hob den Kopf, streifte mich mit ihrem milchblauen Blick, und ihr Gesicht überzog sich mit einem höhnischen Grinsen, das den Grind im rechten Mundwinkel und alle Sommersprossen einbezog. „Ich merk schon den ganzen Tag, wie Sie mich bespitzeln", sagte sie, „wenn Sie vom Kriminal sind, dann den Ausweis bitte."

Ich hatte vor lauter Bekümmernis meine rechte Hand in die Seitentasche meiner Jacke gesteckt, eine Verlegenheits-geste, aber die Alte verfolgte sie aufmerksam, und als ich die Hand leer aus der Tasche zog, blitzte es sieghaft in ihren Augen. „Also lassen Sie mich zufrieden!" Sie senkte den Kopf wieder und hob ihn nicht mehr, obwohl ich noch eine Weile unschlüssig vor ihr stand.

An der Eröffnung meiner Ausstellung in der Bezirks-stadt nahm ich nicht teil. Ich fuhr zurück. Das Leben hatte mich mit einem Wink bedacht. Nicht immer bekommt man die Rechnung mit so lesbarer Summenzahl präsentiert wie in meinem Falle.

Sollte ich ihr schreiben? Ihre Anschrift hätte ich leicht über Fränzke erfahren können. Sollte ich mich ihr offen-baren? Wer weiß, ob sie es verstanden hätte! Es gab keine Möglichkeit, echt wiedergutzumachen, es sei denn, man hätte sein Leben von vorn und besser beginnen dürfen. Aber das sagt sich leicht aus einer Turmhöhe von sechzig Jahren.

Das Ende meiner Grübeleien war dieses Bild. Es ver-schaffte mir etwas Erleichterung, als ich sie, wie sie damals war, ins Bleibende hinüberzuretten versuchte. Aber da ist keine Sicherheit, denn was ein Künstler an Bleibendem hinterläßt, bestimmt nicht er.

Wir standen immer noch vor diesem Bildchen. Der Sonnenfleck, der es zuvor aus der Herde der anderen Bilder herausgehoben hatte, war längst weitergewandert. Jetzt schien es mir auch ohne diese Sonnenhilfe zu leuchten, das Gesicht des rotblonden Mädchens, das, nach den Worten Weingards, einem ockerhaltigen Regen ausgesetzt gewesen war.

Kann man Bilder beschreiben? Wenn man's könnte, brauchte man nicht zu malen. Sie werden das Bild einmal sehen, aber vorläufig muß ich Sie bitten, sich mit Weingards Erzählung zu begnügen.

Eines wäre noch zu sagen: Daß Weingard dieses sicher ganz schöne Bildchen seinem großen Gemälde gleichsetzt, will mir nicht aufgehen. Ist sein preisgekröntes Werk *Erde vom Kosmos aus gesehen* nicht viel zeitbezogener? Ich bin Journalist, dürfen Sie nicht vergessen!

Der Soldat und die Lehrerin

Die Sonne geht nicht unter. Wir wissen längst, was geschieht, wenn es Abend wird. Wir beschummeln uns; es hört sich gut an: Die Sonne geht unter. Es wird Abend. Ein Soldat geht auf die Stadt zu, als ob er sie allein und ohne Waffen einzunehmen gedächte. Er zieht den Bauch ein, wölbt die Brust in die sauerstoffarme Luft, die Brust als Unterlage für seine junge Schützenschnur, und sieht bauernneugierig auf alles, was ihm Kaserne und Exerzierplatz während der Woche vorenthielten:

Halbgarer Großstadtfeiertag. Der Autostrom auf der Ausfallstraße hat größere Lücken vom Heck zum nächsten Kühler, vom Kühler zum nächsten Heck, er ist von Raum verdünnt. Die Straßen sind lärmärmer; das Rumpeln der Stadtbahnzüge, das Brausen der Fernbahnzüge erhält Konturen. Der Soldat vergleicht die Schienenstränge mit Adern und Venen, in denen Menschen wie Blutkörperchen den Stadtorganismus zu verschiedenen Zwecken durchrollen, Raum überwinden, ihre Umgebung verändern. Er pfeift sich ein Marschlied. Die Töne der Lippenflöte beschleunigen seine Gangart.

Eine Lehrerin kommt aus einem Vorort vom anderen Ende der Stadt. An den Häuserwänden klebt grauer Vorabend. Die ferngesteuerten Neonlichter gehn auf und flicken dem Tag ein Stück Helligkeit an.

Sonntag. Sie geht spazieren. Sie teilt jedem ihrer Schritte mehr Zeit zu. An Wochentagen sind ihre Gänge gerade Linien zwischen ihrem möblierten Zimmer und der Schule. Sie durcheilt sie, von einer kleinen Golduhr kontrolliert.

Jetzt besieht sie Schaufenster, freut sich auf etwas vor, was sie sich später, oder wenn sie doch heiraten sollte, anschaffen wird. Sie läßt sich Wünsche, Bedürfnisse suggerieren. Die Gläser der randlosen Lehrerinnenbrille blitzen, wenn das bläuliche Neonlicht auf sie fällt.

Wo die Ausfallstraße dem Stadtzentrum Weiträumigkeit gewinnen hilft, ein Haus mit Kolonnaden, ragt nicht, hockt wie ein pfeffersalzfarbener Riesenschnauzer mit eingestemmten Vorderbeinen am Straßenrand. An den Kolonnadensäulen lümmeln Burschen mit dem Langhaar von Märchenprinzen und der Ungewaschenheit von Landstreichern aus vergessenen Zeiten. Hinter den Lümmlern, im Schatten, den die Säulen produzieren, probieren schweigsame Paare Umarmungen und verkosten Küsse wie Weinproben.

Drinnen – eine verwinkelte Räumlichkeit, in der sich Menschen gegensätzlichen Geschlechts mit wechselvollem Erfolg einander nähern. Förderliche Temperatur und zuträgliche Luftmischung werden von Leuten aus dem Gastwirtschaftsgewerbe nach mündlich überlieferten Geheimrezepten verfertigt. Gastronomie.

Da geht man hinein, wenn man eine blasse, feingliedrige Lehrerin, randlos bebrillt und nachdenklich ist, wenn man schwer Anschluß findet und neugierig auf Männer, besonders auf Künstler, ist. Kann's der Zufall nicht wollen, daß gerade so einer hier sitzt und Studien macht?

Hopfengas steigt aus Bierneigen, stößt gegen die Wände, walmt zur Raummitte zurück und mischt sich mit blauem Nebel, den die Gäste zum Vergnügen, durch das Verbrennen von in Seidenpapier gewickelten verdorrten Pflanzen, herstellen.

Der Soldat sitzt neben dem Eingang. Da kann er gut sehen, wer kommt und geht, besser, wie sie kommen und gehen, sie – die Mehrzahl von Mädchen. In seinem Trinkglas spielen Kohlensäurequanten unschuldig Wasserperlen, tummeln sich, steigen auf, sprengen die Perlhaut und flüchten aus der Limonade, mit der man sie zwang, zusammenzusein.

Lungenkrebsviren überfallen den Mann, links neben dem Gang zu den Toiletten. Er brüllt: „Prost!" Sein Resthaar an den Schläfen und über den Ohren ist onduliert, künstlich gekräuselt. Sieben Bier halten seine Laune hoch. Nur ein Gott weiß, die Ärzte wissen es etwas später, daß er in Buch sterben wird.

Fünf Musikarbeiter erzeugen mechanisch dosierte Luftschwingungen, blasen, hauen, scheuchen sie mit Stöcken vom Podium. Die Luftschwingungen rieseln durch Rauch und Geräusch in die Ohren der Saalbesucher und verwandeln sich dort in Musik. Bis in die Lokalnischen gelangen nur Schwingungsreste: hohe Violintöne, lebenskräftige Trompetenstöße und das filzgedämpfte Schwengeltrumpfen der Schlagzeugmaschine. Alkoholisierte Stimmen singen Lieder, von menschlichen Computern erzeugt, Schlager.

Gläser, künstliche Handhöhlungen von Halbliterfassungsvermögen, werden aneinandergestoßen, scheppern, bevor man draus trinkt.

Gesang und Gerede, Schleifen und Schaben der Tanzenden, Musik und Gesang verweben sich zu Maschinengeräuschen. Mal Diesel-, mal Dampflok, mal Traktor, mal Niethammer. Unter wechselnden Arbeitsgängen versucht man, neben anderen Experimenten, Menschen zu Paaren zu nieten.

Der Soldat und die Lehrerin tanzen. Graues Militärtuch und duftiges Dederongewebe reiben einander wie lappländische Nasen bei der Begrüßungszeremonie. Von den Sohlen schwarzer Halbschuhe und den Söhlchen schmaler Lackschuhe lösen sich Lederteilchen, setzen sich in die Parkettritzen und gehen neue Lebensverbindungen mit Bohnerwachs und alternden Holzzellen ein.

Sie tanzen mehrere Tänze, Touren genannt, bewältigen Kreissegmente, Linien, Wegstücke mit schwierigen Fußstellungen.

Er ist nicht tanzsicher, aber nach der zweiten Tour mit ihr kommt er sich wie ein Verdienter Meister in dieser Sportart vor. Er weiß noch nicht, daß sie Lehrerin ist.

Und sie? Ein Künstler ist ihr Soldat freilich nicht. Ihr gefällt, daß er sie schon zur vierten Tour holt. Schließlich darf man keinerlei Entgegenkommen verschmähen; denn Gleichberechtigung bei der Tanzarbeit herrscht nur in „Clärchens Ballhaus" auf besonders deklarierten Veranstaltungen, „verkehrter Ball" genannt.

Der Anstand (sein Erfinder ist längst verstorben!) verlangt, daß man seine Touren nicht schweigend zurücklegt. Entweder man singt sich an: „O baby, baby, balla, balla . . ." oder „Es fängt ja alles erst an . . ." Er kann die Texte nicht. Er hat während der Woche die Teile der Maschinenpistole auswendig gelernt. Sie mußte in der Fortbildung vergleichende Betrachtungen zwischen der „modernen Entfremdung" und der DADA-Literatur ausgangs der zwanziger Jahre anstellen.

Man muß also (gepriesen sei der Erfinder des Anstands!) miteinander reden. Sie führen Gespräche über Innen- und Außentemperatur, über Wetteraussichten und das Berufsleben, Gespräche, die sie hinausschieben wie Schnecken ihre Fühler.

Der große Zeiger der golddublierten Uhr über dem schwarzhaarigen Handgelenk des Büfettiers macht zwei Runden. Die Eichstriche der Gläser sind nur noch Beweise für die Präzisionsarbeit unserer tapferen Glasmacher. Im Manne, links neben dem Gang zu den Toiletten, richten sich die Lungenkrebsviren häuslich ein. Sie sollten sich nicht

155

so sicher fühlen! Schon haben Forscher gewisse Bakterien auf der Venus entdeckt. Der Mann streckt sein eines Bein in den Saal. Der Erfinder des Anstands runzelt im Grabe die Stirn: Man legt seine Beine nicht entspannt in einen Raum, der durch die Anwesenheit anderer geheiligt ist.

Die Lehrerin steigt über das ausgestreckte Bein des Mannes. Er nennt sie: „Süße zerbrechliche Libelle."

Die Lehrerin stutzt. Hat sie es mit einem Dichter zu tun? Der Soldat drängt sie zu ihrem Platz. Endlich hat er gefunden, was das Gespräch wieder in Gang bringt. „Wie ein Hühnerhof", sagt er. Sie dreht sich nach ihm um. Er verbessert sich: „Hühnerhof mit überzähligen Hähnen".

„Ich also eine Henne", sagt sie.

Um Himmels willen! Es muß was am Himmel sein (auch die Raumflüge beweisen es!), wenn man Jahrtausende lang ihn anruft und nicht die Erde. Um Himmels willen! Er weiß schon, daß sie Lehrerin ist. Nun weiß er überdrauf, daß er etwas Dummes gesagt hat, er, einer Lehrerin! Mit seiner kräftigen Hakennase und den ängstlich aufgerissenen Augen ähnelt er einer Eule, die man bei Tage aufstöberte. Er muß seine Taktlosigkeit zu zerreden versuchen. Er schlägt vor, nach draußen, spazierenzugehen.

Wieder dieses Spazierengehen! Trotzdem willigt sie ein. Sie sieht noch einmal zum Mann, links beim Toilettengang, hinüber. Der hat seine Arme verschränkt auf der Tischplatte liegen, seinen Kopf mit dem ondulierten Resthaar obenauf. Um Himmels willen! Wieder dieser Himmel. Diesmal der Himmel der Lehrerin. Und dann gehen sie.

Sie gehen schweigend, uneingehakt nebeneinander, kochen ohne Gewürz und finden doch Geschmack aneinander. Ihm gefällt das Funkeln ihrer Brille über den jackenknopfgroßen Augen. Der reinste Gelehrtenschmuck!

Ihr gefällt seine Rotbäckigkeit, seine kleidsame Befangenheit. Vielleicht würden sie harmonische Kinder miteinander zeugen, aber das befehlen Urinstinkte, das ist sekundär, vorläufig unerwünscht. Er ist Soldat, und sie ist Lehrerin, aber was sind sie sonst noch?

Die breite Straße hinunter, bis dort, wo sie sich von ihrer verkehrstechnisch günstigen Geradlinigkeit erholt: Dreiundsechzig irregulär gepflanzte Bäume, die zwischen verquickten Sträuchern stehen. Nierentischförmige Blumenrabatten. Ein Brunnen mit wasserspeienden Steinsauriern.

Die wenigen Parkbänke sind besetzt. Er sagt nicht bitte, nicht danke, nicht amen.

Sie muß ihm entgegenkommen. Sie ist eben Lehrerin, weiß der Himmel! Wieder der Himmel!

Sie prüft ihn in Physik, Staatsbürgerkunde und Geographie. Nicht so direkt, wie man in der Schule prüft. „Waren Sie je in Tobolsk?" kann sie fragen.

„Ein Prämiierter unserer Genossenschaft reiste mit einer Aktivistendelegation", antwortet er.

„Wie?"

„In Sibirien."

„Sibirien" – das ist es, was sie wissen will. Auch sie sei nicht in Tobolsk gewesen, aber der Name, fühle man ihn nicht weich wie eine Pfirsichhaut auf der Zunge?

„Jawoll", sagt er, er fühle es.

Die Mondkugel schimmert mit ihrem geborgten Licht durch den Stadtdunst, rötlich wie ein Trinkergesicht. Eine Heuschrecke reibt sich mit den Hinterbeinen Insektengedichte aus den Flügeln. Die Lehrerin prüft in Botanik, stellt sich schlauerweise dumm. Sie habe ihren Lebtag nicht begriffen, woran man das Alter von Fichten erkenne.

„An der Zahl der Ast-Etagen, ganz einfach", antwortete er.

„Richtig", sagt sie, verrät sich, wechselt flugs das Thema und spricht über Infusorien, Tierchen, die aufleben, wenn man lauwarmes Wasser auf Heu gießt und so weiter.

157

Früher, im vorwissenschaftlichen Zeitalter, habe man geglaubt, es handele sich um Urzeugung.

Er versucht sich vorzustellen, wie Tobolsk, alte Fichten und Aufgußtierchen in ihrem schmalen Kopf eingelagert sind: auf Filmband, auf Lochstreifen oder wie in Reclams Universum? Davon besitzt er einen Band, dreißig andere Bücher auch. Wieviel Hohlräume mag es in seinem runden Bauernkopf noch geben? Er besah sich diesen Speicher vor ein paar Stunden im Spiegel. Das war, als er sich den Scheitel für den Ausgang zog. Wie eine Kugel auf einer Torsäule war ihm sein Kopf erschienen.

O ja, die Lehrerin läßt ihr Licht leuchten! Er wird kleinmütig. Wenn er wenigstens ein Streichholz aufleuchten lassen könnte. Soll er von seiner Schützenschnur reden? Sie hängt wie ein U-Bogen auf seiner Brust. Er hat sie erst letzte Woche erhalten. Wäre er Indianer, würde er sie als Adlerfeder auf dem Kopf tragen, diese vorzeigbare Auszeichnung für gutes Treffen beim Schießen. Hoffentlich wird die aus Silberlitzen geflochtene Kordel nie zur Vorausbelohnung für gutes Töten. Könnte nicht sein, daß aus der schwarzen Schießscheibenmitte im Laufe verworrener Zeiten ein feindliches Herz, ein feindlicher Kopf wird? Feinde sehen für ihn aus wie Kongo-Müller. Der hat sich ihm im Fernsehn enthüllt. Wenn er dem im Kampf gegenüberstehen würde, käm's drauf an, wer schneller schießt. Er wollte schneller sein als Kongo-Müller. Aber sieht alle Feindschaft aus wie Kongo-Müller? Er weiß nicht, ob die Frage erlaubt ist. Er muß sich erkundigen.

Die Lehrerin macht sich bemerkbar. Sie ist noch vorhanden. „Sie wissen, daß es sich nicht um Urzeugung handelt?"

Er erschrickt und antwortet drauflos: „Jede Zeugung ist ein Urvorgang, doch!"

Sie hüpft drei Schritte voraus und dreht sich um. Das ist

der Abstand zwischen Katheder und der ersten Bankreihe. „Sie waren unaufmerksam, nicht wahr?"

„Jawoll!" Er gibt es zu.

Auf den Baumblättern sammeln sich Wassermoleküle, vereinen sich, werden sichtbare Tröpfchen und beanspruchen den Begriff Tau. Der Soldat und die Lehrerin sind vielmals durch den Park spaziert, längs und in der Breite. Sie kennen Fichten, Platanen, Spier- und Pfaffenhütchensträucher und die Saurier des Brunnens auswendig. Sie machten aus dem Geviert einen Kreis, aus dem Park ein Karussell.

Die Lehrerin bohrt ihren linken Kleinfinger in das Ärmeltuch des Soldatenrockes. Nervös, doch nicht übel. Eine Bewegung zwischen Kitzeln und Kratzen. Es gefällt ihm, sich von ihr aus- und abfragen zu lassen. Da braucht er nicht nach Spänen zu suchen, um das Feuerchen ihrer Unterhaltung in Gang zu halten.

Ihr gefällt, daß er ihr willig und klug antwortet und ein wohlgebauter Mann ist. Ihr Kleinfinger bohrt sich heftiger in sein Ärmeltuch, und auf einmal küßt sie ihn, als ob sie ihm einen physikalischen Versuch vorführe. Er läßt es sich nicht zweimal zeigen.

Der Spaziergang ist zu Ende. Sie sind angekommen, begnügen sich mit einem Standpunkt von einem Meter Durchmesser. Sie hat ihn gefunden. Er nimmt ihn mit ein. Ein magischer Standpunkt: Auf ihm wird das im Deklinationssystem nicht vorkommende „Sie" mit großem Anfangsbuchstaben zur zweiten Person singularis.

Die Kieselsteine an einem Punkte des Parks sind um ihre Nachtruhe gebracht. Mehr als einer wird zerquetscht, zerfällt zu grobem Sand. Seine Stunde war gekommen, es fehlte ihm nur das Gewicht zweier Küssenden, um seine Daseinsform zu wechseln.

Die Zeiger zweier Armbanduhren dringen ins Bewußtsein der Küssenden. Ein Zeitpunkt ist herangerückt. Er nennt ihn „Zapfenstreich", sie nennt ihn „Mitternacht".

Sie setzen, was sie im Park übten, auf der Straße fort, versehen ihren Weg mit kleinen Winkeln, kriechen mitten im Straßengetümmel unter ein Zweimannzelt aus Zärtlichkeit, und das ist sogar modisch.

Das letztemal an diesem Abend küssen sie sich unter der Erde. In zwei verschiedenen Untergrundbahnzügen rollen sie voneinander fort. Jedes von ihnen versucht sich vorzustellen, wie sie die ihnen gehörenden Tagesteilchen, die Stunden, fortan miteinander verbringen werden.

Er hatte sich vor Jahren in der Dorfschule verliebt, wie man sich als Vierzehnjähriger in eine Frau verliebt. Seine Mitschüler hatten allerlei an der Lehrerin auszusetzen: Da sie eine Brille mit schwarzem Gestell trug, nannten einige sie „Trauerkarte". Er fand sie übersollmäßig schön.

Es kam zu Prügeleien mit seinen Kameraden. Er zog dabei nicht immer den längeren. Einmal kam er mit zerzaustem Haar in den Unterricht. Sie lieh ihm ihren Kamm. Das war ein schrecklich-schöner Augenblick. Er nahm sich vor, diesen Augenblick lieber zu vergessen. Es gelang ihm nicht.

Es gab nur eine Unterrichtsstunde, in der er nicht tat, was Fräulein Camilla wünschte: die Zeichenstunde. Sie sollten die Bäume der Heimat zeichnen. Er hatte sie mit ein paar Strichen auf dem Papier. Genügte nicht, wenn man erkennen konnte, daß es sich hier um eine Birke und dort um eine Eiche handelte? Nein, Fräulein Camilla verlangte, daß er auch die Form der Blätter berücksichtigte. Sie sahen sich eine Weile stumm an. Danach schüttelte sowohl sie als auch er den Kopf.

Sonst vertrugen sie sich. Er ging so gern in die Schule wie andere ins Kino. Aber nach den Sommerferien seines letzten Schuljahres kam sie nicht wieder. Sie wäre versetzt worden, hieß es.

Eine große Hand hatte in sein Leben gegriffen. Eine unbekannte Hand nahm eine Schachfigur aus dem Spiel und ließ sie verschwinden.

Nun trug er dieses Fräulein Camilla als Muster mit sich umher, trug es auch unterm Soldatenrock, legte es nicht ab, am Tage nicht und manchmal auch des Nachts nicht.

Und was war mit der Lehrerin, die er kennengelernt hatte? Gab es auch für sie einen Mustermenschen auf der Lochkarte in ihrem schmalen Kopf?

Sie hatte sich vor Jahren entschlossen, Lehrerin zu werden, anderen, die wenig wußten, zu sagen, was sie wußte. Der Mensch braucht einen Beruf!

Sie war so fleißig gewesen, hatte gelernt und gelernt, was sie voraussichtlich in ihrem Beruf benötigen würde: Physik, Chemie, Mathematik, Geographie, Pädagogik und Psychologie. Jede Wissenschaft ein Fach, Begriff neben Begriff, wie es sich gehörte. Sie war in jedes Fach eingedrungen, bis es sich weiter fächerte, unübersichtlich und eine Arbeit für Spezialisten wurde. Aber gerade das war es, was sie keinen Frieden finden ließ. Mußte es nicht auch einen Punkt geben, an dem das Wissen sich nicht spaltete, sondern zusammenfloß? Sie ahnte es, wenn sie Musik hörte, sie spürte es, wenn sie Romane las, und glaubte es deutlich zu empfinden, wenn sie Gemälde betrachtete. Sie las die Lebensbeschreibungen berühmter Maler, in deren Werkstätten schien ihr das von den Menschen parzellierte Wissen vom Leben zusammenzufließen.

Die Zeit vergeht. Als ob wir fest auf unserem Platz stünden, zu unseren Füßen die fließende Zeit! Tageszeiten, Jahreszeiten – kurzatmige Hilfsbegriffe. Das Leben des einzelnen verlischt. Die Erde altert. Die Zeit steht dort, wo sie stand, als wir den ersten Schatten von Dingen wahrnahmen.

Der Soldat und die Lehrerin sind zwei Wochen älter.

Sie treffen sich wieder. Sie gehn in ein anderes Tanzlokal. Sie sitzen beieinander. Er hat keinen Weg mehr zurückzulegen, um sie zum Tanz aufzufordern. Sie rationalisieren ihr Vergnügen. Sie hält für selbstverständlich, daß er nur mit ihr tanzt. Sie reden wenig miteinander, aber nicht aus dem alten Grund von vor zwei Wochen. Die Anwesenheit fremder Menschen, Rauch und Geräusch hindern sie. Es gelingt ihnen nicht, den Reiz ihrer ersten Begegnung wiederherzustellen. Außer Namen, die der Mensch erfand, um sich grob zurechtzufinden, gibt's nichts auf dieser Welt, was einander vollkommen gleicht.

Sie schwimmen durch lange Wochen auf kurze Sonntage zu. Sie wechseln die Treffplätze: Tierpark und Störitzsee, Müggelturm und Plänterwald. Sie besehen einander an wechselnden Orten, in verschiedenen Stimmungen, unter verschiedenen Beleuchtungen. Sie legen heimlich ihre Menschenmusterbilder aneinander und ersticken ihre Träume ratlos in Zärtlichkeiten und Küssen.

Sollten sie nicht einmal sein Heimatdorf besuchen? Der Wunsch kommt von ihr. Er hat nie gedacht, daß ihr der Sand was sein könnte, auf dem er, wie ein wurzelloser Pilz, heranwuchs.

Sein Dorf liegt noch immer mit anerbauter Behäbigkeit auf der Moräne. Früher mochte es mit glatten Hausgesichtern zum See hinuntergeschaut haben; jetzt war es alt, runzelig und überflüssig, ein Speicher für romantische Winkel, verwelkende Vergangenheit. An seinem Fuße der See und die Sümpfe, auch in den Wäldern Seen und Sümpfe, wie sie die Eiszeit pflanzte.

Aus der Feldmark blinkt das Nachbardorf mit getünchten Häusern. Die Aluminiumplatten der neuen Speicher und Ställe glänzen in der Sonne. Am Dorf des Soldaten ist „die Entwicklung vorübergegangen, auf das Nachbardorf hat sie die Hand gelegt", so hieß es in der Kreiszeitung.

162

Die Entwicklung schien eine neue Göttin zu sein, ähnlich jener antiken mit dem Füllhorn.

Sie überspringen die Pfützen auf der Dorfstraße, sehn aus wie bunte Vögel von anderswo, die zum Fliegen ansetzen. Er wird unsicher, sie lächelt. Für sie gehören Dorf und baufällige Romantik noch zusammen, und da schämt auch er sich seines Heimatdorfes nicht mehr. Die neue Göttin hat ihr Füllhorn über dem Nachbardorf etwas schräger gehalten.

Dann, seine Eltern: Beide arbeiten im bevorzugten Nachbardorf. Der Vater als Traktorist, die Mutter in den Gewächshäusern bei Champignons und Rosen.

Die Eltern sind nicht geradezu und ungezwungen wie sonst. Eine Lehrerin bringt der Sohn geschleppt! Sie denken leicht widerwillig an ihre Lehrer. Ißt das Fräulein Kardümpfel als Vorsuppe? Müßte die Bratensoße nicht städtischer und kurz sein?

Den Eltern stehen nicht Berge an Unterhaltungsstoff zur Verfügung. Die Mutter erzählt, sie könne ihren Brigadier zuweilen nicht ausstehen. Manchmal komme ihr vor, als legte er es nur drauf an, in der Zeitung gelobt zu werden; dann lebe er, dann glänze er wie angebratener Speck.

Das Fräulein Besuch verhüttet die ganze Erzählung zu einem einzigen Fremdwort. „Idiosynkrasie", sagt es lächelnd und sonst nichts. Soll da ein sterblicher Mensch Lust behalten, etwas ausführlich zu erzählen?

Der Vater rettet sich in neutralere Zonen: Er erzählt von der Dorfwasserleitung, die nun doch noch gebaut werden soll.

Die Lehrerin fand gerade das Wasserschöpfen aus umheckten Brunnen „so reizend". Es gibt den Landfilmen das „gewisse Air. Soll die Romantik passé sein?"

Die Eltern werfen sich Nachsicht ausdrückende Blicke zu. Es ist ihnen nicht unlieb, daß der Sohn mit dem gelehrten Fräulein nach dem Essen zum Spaziergang aufbricht.

Sie schaun sich das Dorf an. Aus dem alten Gebetshaus kommen acht alte Frauen, die unter Aufsicht eines schwarzberockten Mannes eine Stunde lang ihrem Gott dienten, einem Gott, den im Dorf fast niemand mehr kennt. Der Wetterhahn auf dem Turmdach hält den Kopf schief, als ob er Einfälle aus den Wolken erwarte. Die Wahrheit ist, daß er invalid ist. Der Kopf wurde ihm im letzten Kriege schief geschossen.

Im Kirchturm die Glocken, im Spritzenhaus die zum Trocknen aufgehängten Schläuche der Feuerspritze – eine Sehenswürdigkeit hinter der anderen. Der rote Backsteinbau – die Schule, von besiegten Franzosen um die Jahrhundertwende bezahlt. Und dort, hinter dem ersten Fenster, stand damals das Fräulein Camilla.

Jetzt hat er seine eigene Lehrerin, die ihm niemand versetzen kann. Er führt sie in jene verkommene Dorfecke, voll Brennesseln und Holunderstauden. Hier saß er zwischen den Sandmulden der Hühner im herb duftenden Holunderschatten und sah wehmütig zu den Störchen auf dem Dach der jetzt nutzlos gewordenen Großbauernscheune hinüber. Sie brauchten nur die Flügel auszubreiten, um in ferne, ferne Länder zu gelangen. Ja, das war damals, als man das Fräulein Camilla versetzt hatte.

Noch sind die Sümpfe beim Dorf nicht melioriert, noch starren die Teichmännchen, die Frösche, aus den Tümpeln auf die Störche wie auf ein Schicksal.

„Störche!" Die Lehrerin ist entzückt. Ihr Entzücken strämmt seinen Stolz. Sein Heimatdorf hat mehr zu bieten, als sie ahnt:

Am Waldrand liegt das Haus des Malers Weingard. Nichts Außergewöhnliches, klein und nieder wie alle Häuser am Dorfrand. Die Wände weiß getüncht, die Fenster-

164

läden rot gestrichen. Der Hochwald kreist die Kate mit seinen Sämlingen ein, jederzeit bereit, sie zu überwuchern und zu verschlingen.

Die Lehrerin klatscht in die Hände. „Daß mir das vergönnt ist!" Das Licht des Soldaten leuchtet. Er ist es, der es ihr „vergönnt" hat!

Maler Weingard, im hellgelben Hemd, häufelt am Ende des Gartens die Stockrosen, wippt wie ein großer Zitronenfalter zwischen den Stauden auf und nieder. Auf den Wangen der Lehrerin erscheinen rote Flecke.

Sie reißt den krokodilsledernen Bauch ihrer Handtasche auf und kramt ein Pappkärtchen und einen Kugelschreiber hervor. „Gibt er Autogramme?"

Der Soldat weiß es nicht.

Sie schiebt den Riegel der Gartenpforte zurück, öffnet gewissermaßen den Knopf zu einem Stück Landschaft, in das sich Weingard wie in einen Mantel verkroch. Sie geht ohne Zittern und Zagen den Gartenweg hinunter.

Das Gesicht des Soldaten wird dumm vor Staunen. Gehört seine Lehrerin zu jenen Menschen, die ihre Ausfahrten in vorzeigbare Dokumente – Fotos, Speisekarten, Bieruntersetzer oder handgeschriebene Namenszüge berühmter Leute verwandeln? Ich – im Hintergrund die Roßtrappe? Mein Fuß auf der Schwelle der Lomonossow-Universität? Ich – vor Goethe und Schiller in Weimar? In Berlin traf ich den berühmten Fernsehautor; hier die Beglaubigung – sein Autogramm?

Einmal hat er selber vorgehabt, zu Weingard zu gehen. Das war, als er die Bäume der Heimat zu malen hatte und mit seinem Fräulein Camilla nicht einig war. Damals war Weingard im Zeichnen eine Art Autorität für ihn gewesen. Später betrachtete er den Maler, wie die meisten Dorfbewohner, vom Hochsitz des körperlich Arbeitenden aus. Für sie führte Weingard ein leichtes Leben, malte, wenn er Lust hatte, und verkaufte, wie erzählt wurde, seine Bilder teuer in der Stadt. Bilder, was waren überhaupt Malerbilder? Wunderbrillen, durch die man gewahr werden konnte, wie ein Nachbar die Welt sieht? Weingard zeigte seine Bilder in Fabriken, sogar in anderen Genossenschaften, doch niemals in seinem Dorf. Man traf ihn auf der Dorfstraße und im Konsumladen. Durchaus kein Mensch, der in der Stille mit Göttern verkehrte, wie etwa der Pfarrer, nicht einmal so selbstbewußt wie der Bürgermeister oder der Genossenschaftsvorsitzende. Einmal kam Weingard hilflos ins Haus der Eltern. Da war der Soldat noch Motorenschlosser auf der Landmaschinenstation. Der Maler bat um Hilfe: Ein Defekt an seinem Auto. Unterwegs sprachen sie über die Ernteaussichten.

Der Soldat geht zwischen Weingards Kate und dem Wald hin und her. Seine schwarzen Halbschuhe tummeln sich auf dem Entwurf eines Weges, einem Pfad, den die Waldarbeiter und das Wild benutzen. Er stampft seinen teuren Sonntagsurlaub in die Wegandeutung, und sein Schlendern wird zum Marschieren.

Als er das viertemal an den Zaunlatten wie an einer Front von Soldaten vorübermarschiert ist, steht nur noch Weingards Hacke an einer Stockrosenstaude. Der Maler und die Lehrerin verschwinden im Bildergewächshaus, dem Atelier, hinter der Kate im Obstbaumwäldchen.

Der Soldat geht fiebrig hin und her, her und hin. Keine gelehrten Gespräche, die ihn mit Stolz auf seine Lehrerin erfüllen. Keine Gesprächspausen mit stummen Umarmungen. Sein Urlaub vergeudet.

Hin und her, her und hin: Es ist ein Zittern in ihm, ein dickes Zittern wie von einer Kontrabaßsaite, ein wühlender Ton, ein Grollen. Noch redet er sich ein, daß er der Lehrerin nicht seinetwegen zürnt. Sie mißachtet ihre Gastgeber, seine Eltern. Der Kaffee, jener brasilianische Strauch, hat den meisten Dorfbewohnern eine bestimmte Sonntagsnachmittagszeit vorgeschrieben, zu der er seine halbverbrannten, zermahlenen, in Wasser aufgelösten Früchte verzehrt wissen will.

Er ist zum neunten Male am Waldrand, da klirrt der Riegel der Gartenpforte: die Lehrerin. Ihre Augen glänzen. Ihr Gesicht ist gerötet bis hinter die Brillenbügel. Sie bemerkt seinen Unmut nicht. Ihr Erlebnis kocht über: glühende Worte, qualifizierende Adjektiva: ein schlichter, origineller, tiefgründiger, großartiger Mann. Weingard und Weingard.

Er sieht vor sich hin und schweigt. Ein Seitenblick, ungefiltert vom Brillenglas, trifft ihn. Sie will ihn beruhigen und versieht Weingards Qualitäten mit zwei weiteren Adjektiven: wohlanständig und keusch.

Er also unanständig und unkeusch? Soll er aufheulen?

Sie nippt am Kaffee, zerkrümelt den Napfkuchen. Beim Aufbruch erzählt sie der ratlosen Mutter (dem Himmel sei Dank!), daß sie in einem Waisenhort aufwuchs. Hier im Hause ihres (sie sucht nach der passenden Bezeichnung und sagt:) „Freundes" habe sie einen Hauch Familienleben gespürt. Danke, Dank!

Auf die Mutter wirkt das Geständnis wie die Moritat vom „kleinen Kinde", das „so zart schon eine Waise ward". Sie ist gerührt. Ein Waisenkind und so gelehrt, ein Wunder von heutzutage! Der Vater setzt die Mütze wieder auf und geht die Hühner füttern. (Der Erfinder des Anstands schmunzelt im Grabe!) Die Erde hat sich halb um sich selber gedreht. Die Sonne hängt als Feuerkürbis über dem Wald. Ein Kuchenpaket für das Fräulein. Die Lehrerin ist in die Familie aufgenommen. Ein unzuverlässiges Glücksgefühl für den Soldaten, dazu ein Wurstpaket von der Mutter. Er hängt beide Pakete an sein Koppel, wenigstens bis zur Bahnstation. Der Wald beherbergt keine Vorgesetzten.

167

Sie gehn. Ihre Gangart beherrscht der Kleinbahnzug. Sie sind über vierzig Kilometer Raum hinweg schon mit ihm verbunden. Am Wege Baum an Baum. Jeder eine Individualität, zusammengesehen ein Wald, Kulisse für ein schweigendes Paar. Sie ist bei ihrem Erlebnis. Er fühlt es. Wieder das Zittern wie von einer Kontrabaßsaite in ihm. Er erträgt es nicht mehr. Er muß reden. Schließlich hat er seine Dorfzeit Wand an Wand mit dem Maler verbracht. Ist der wirklich ein so berühmter Künstler? Er fragt es behutsam. Sie hört ihm unwillig zu. Nirgendwo, in keiner Stube, in keinem besseren Lokal sei ein Bild von Weingard zu sehen. Dagegen seien *Der Junghase* und ein *Gräserstück* von Dürer überall anzutreffen. Im möblierten Zimmer seiner Lehrerin Camilla hätten Bilder des Franzosen Gauguin gehangen, der in Tahiti malte: braune Menschen auf weißen Pferden.

Seine Zweifel sind Petroleum für ihre Begeisterung. Sie stampft mit dem Fuß auf. Ihr Pfennigabsatz zermalmt eine rote Waldameise. Sie beschreibt Weingards Gemälde *Erde vom Kosmos aus gesehen*. Er kennt es nicht. Sie schildert ihm Weingards Bild *Rothaariges Mädchen*. Ihre Schwärmerei erreicht die Höhe eines trigonometrischen Punktes. Sie beschreibt sogar die Sommersprossen in diesem Mädchengesicht und wie behutsam ihr Weingard dieses Porträt gezeigt habe, wie ihre Begeisterung ihn veranlaßte, ihr weitere Bilder zu zeigen, „mindestens fast alle". Sie fährt sich erregt durch das Haar und seufzt: „Was für ein Glück wär's, gemalt zu werden!"

„Wie?" Er denkt an Aktmodelle. Er hat einen schlechten Künstlerroman gelesen.

Sie springt wie damals im Park drei Schritte voraus. Sie sieht ihn an. Ihre Brillengläser blitzen, sie hebt sogar den Zeigefinger. „Einmal gemalt worden sein, heißt einmal verstanden worden sein!" Ein Satz – wohl aus einem Lehrbuch.

Die Erde dreht sich trotz allem. Die Sonne scheint zu sinken. Ein Kleinbahnzug befährt seinen eisernen Privatweg vom Land in die Stadt.

Sie schauen aus dem Abteilfenster und sehen doch nichts. Ihr erster Sonntagabend liegt sieben Wochen weit in der Vergangenheit.

Trotzdem steigen sie in ein Abteil für *Lasten und Hunde* der Stadtbahn, als könnten sie nicht genug bekommen, allein zu sein.

Vor dem blatternarbigen Mietshaus, in dem sie wohnt, erlebt er eine Überraschung, mit der er lange nicht fertig werden wird: Sie bittet ihn, sich ihr Zimmer anzusehn.

Sie ersteigen mit Hilfe gebohnerter Holzbohlen den sechsten Stock, die Höhe eines mittleren Kirchturmes, und betreten eine Kammer mit schrägem Glasdach, ein Atelier. Aussicht auf Dächer, Schornsteine, Fernsehantennen und Sterne. Reproduktionen von Gemälden stehen, liegen, hängen umher wie in der Kunstabteilung einer schlecht geführten Buchhandlung. Ein Diwan mit einer Schaffelldecke, eine Stehlampe, groß wie ein Birnbäumchen, die Büste der Nofretete. Ein roter Teppich mit bunten Ornamenten, die an Land gespülten Tiefseefischen gleichen. Bücher liegen umher, aufgeschlagen, geschlossen, manche lauschen mit Lesezeichen wie mit Papierohren in den Raum, andere stehen Rücken an Rücken im Regal wie eine Schafherde im Pferch.

Zwanzig Quadratmeter gelehrtes Land und eine verwandelte Lehrerin mittenin, locker und wie berauscht. Ihr Schaukelstuhl wippt, ihre Blicke verwirren ihn. Sind ihre Schenkel nur durch das Sitzen im Schaukelstuhl so weithin entblößt, oder fiel ihr der Rock von den Hüften?

Dunkel blieb auch, was sie stammelte, als sie noch eine Weile auf der Schaffelldecke nebeneinanderlagen: Sie sei nicht mehr so sicher, sagte sie, ob alles Wissen nur in den Werkstätten der Künstler zusammenflösse.

Dann muß er gehen. Die Nachtzeit, die für ihn Zapfenstreich heißt, ist längst vorüber. Die Strafe, die er erhalten wird, fällt wie ein Habicht ins Lerchennest seiner Gedanken.

Die Strafe erhält er. Seinen Dienst versieht er trotzdem wie ein Schwebender. Eine Woche. Sie sehen sich nicht wieder. Zwei Wochen. Sie sehen sich nicht wieder. Er schreibt ihr. Sie antwortet nicht. Er steigt zwölf Halbtreppen zu ihrer Kammer hinauf. Sie ist nicht da. Er schwebt nicht mehr. Kummer zieht ihn herab. Er weiß nicht, was denken.

Die Sache ist, daß er sich nicht auf Psychologie, auf Seelenkunde, versteht, die in Rechnung stellt, daß jemand sich jemandem hingibt, ohne den jemand, dem er sich hingibt, zu meinen. Regeln außerhalb seiner Welt, erfundene Rechtfertigungen.

Die Erde dreht sich, läßt es Tag und Nacht werden und altert. Er wird kein Romeo, kein Werther, erst recht kein Othello. Gelobt sei unser Zeitalter!

Fünf Abreißkalender sind verbraucht. Ihre Blätter liegen auf den Müllkippen bei Schildow: Ihr Mann, der Zeichenlehrer und Kunsterzieher für die Oberstufe, legt ihr eine Zeitschrift auf den Schreibtisch und geht wieder. Er geht stets sehr leise. Er benutzt in der Wohnung stets Roßhaarsocken. Er ist stets sehr beschäftigt. Er trinkt stets Tee. Er nennt sie stets „Liebste". Er bringt ihr stets, was er an Interessantem in Zeitschriften findet.

Sie hat keine Zeit. Sie korrigiert Schüleraufsätze. Einer ihrer Zwillinge versucht soeben, den ersten Zaun seines Lebens, die Wand des Laufgitters, zu übersteigen. Er ist in der Kinderkrippe gereift. An der Wand über dem Laufgitter hängt wie ein Heiligenbild die Reproduktion eines weithin bekannten Weingard-Bildes: *Die Lehrerin.* Sie.

Es ist schon sehr Abend, als sie sich die Kunstzeitschrift

besieht. Ihr Mann hat eine Tempera-Arbeit mit dem Rotstift angekreuzt. Er kreuzt stets rot an. Sie betrachtet die matte Reproduktion: Leicht, wie etwas Zufälliges, liegt ein Dorf in der Landschaft, als ob es sich jederzeit auflösen und in etwas anderes verwandeln könnte: in Wolken und Wald, in Bohrtürme oder glänzende Aluminiumhallen. „Wie dialektisch", flüstert die Lehrerin. Es ist eine Arbeit aus einem Malzirkel der Armee. Sie liest einen Dienstgrad. Sie liest einen Namen. Sie erlebt eine Überraschung, mit der nun *sie* lange nicht fertig werden wird.

Ihr Mann kommt herein. Er kommt stets sehr leise herein. Er hat ein Buch in der Hand. Er liest ihr stets interessante Stellen aus Büchern vor. Sie ist beschäftigt. Er darf sie wohl nicht stören. Er wartet stets, bis sie aufschaut und ihn bittet. Sie bittet ihn. Er liest: Und manchmal will mir scheinen, als ob zwei Menschen wie Billardkugeln aufeinander losrollen, sich treffen und nach einem peitschenartigen Knall auseinanderprallen, ohne sich bewußt zu sein, daß ihr Weg hinfort von diesem Zusammenstoß bestimmt wird.

Sie schließt die Augen. Sie ist wohl sehr müde? Ihr Mann will sich zurückziehen. Er ist stets sehr rücksichtsvoll. Sie sagt, ohne die Augen zu öffnen: „Lies es noch einmal!"

Der Stein

In dieser Geschichte wird ein Stein bewegt.

Im Straßengraben blüht der Löwenzahn, gelb und munter wie vor tausend Jahren. Er kümmert sich nicht drum, als was man ihn schätzt: als frühen Salat, als milchtreibendes Kaninchenfutter oder als appetitanregende Droge.

Hinterm Straßengraben beginnt das Feld, macht sich breit und ist so lang, daß einem die Augen tränen, wenn man zum hellen Horizont hinschaut, um festzustellen, wo es aufhört.

Der Raum über dem Feld ist an diesem Tage ein von der Sonne aufgehelltes Schwarz, also schlicht blau, einfach einfach, und er gehört, weil man die Sterne nicht sehen kann, hauptsächlich den Lerchen und den Flugzeugen.

Die Flugzeuge überwinden nicht anders als die Lerchen und die Lerchen nicht anders als die Flugzeuge mit geeigneten Schwingen und Bewegungen den Druck der Luft, steigen auf und halten sich im Raum über der Erde – Himmel genannt. Die Flugzeuge lärmen bedrohlich, und die Lerchen singen appetitlich, und für ein Überohr ist das Lerchentrillern nichts und der Flugzeuglärm das beruhigende Summen einer dicken Sommerfliege.

Auf dem Felde schält der Traktorist Werner Wurzel mit dem Vierscharpflug die graugrünen Stoppeln des Futterroggens. Er hört weder die Lerchen noch die Flugzeuge, weil er seinen eigenen Lärm macht, eine stundenlange Folge von Flintenschüssen, hinten zum Auspuffrohr des Traktors hinaus.

Der Mensch Wurzel paßt nicht auf seinen Namen; er ist

weder verknöchert noch krumm. Er sitzt schlank und aufrecht in Breecheshosen und Gummistiefeln, das breite Koppel mit goldenen Tapezierernägeln verziert, die Hutkrempe auf Cowboyart hochdressiert, mit einer schwarzen Hahnenschwanzfeder hinterm ledernen Zierband, wie eine Reitergestalt aus der romantischen Literatur, auf seinem blechverschalten Traktor wie auf einem Roß norischer Rasse. Von seinen Kollegen wird Wurzel *der Rüßler* genannt, weil er die bäuerliche Abendakademie regelmäßig besucht und Bücher liest.

Der Löwenzahn blüht, die Lerchen trillern, die Flugzeuge dröhnen, und Wurzel zieht unter den Flintenschüssen des Traktors je vier Pflugzeilen das Feld hinauf und herunter, als ob er eine graugrüne Papierfläche mit Strichen von jeweils vier Pinseln auf Graubraun umtusche. Gleichzeitig ist er der Anführer einer gemischten Vogelprozession. Stare suchen hinter ihm nach Würmern, jenen lichtscheuen Versuchen der Erde, ihren Bewegungen zeitgerafft Ausdruck zu geben, denn ein Wurm bewegt und krümmt sich im Sekundentempo, was die Erde nur in einer Zeit, die für ein Menschenleben zu lang ist, andeutungsweise zustande bringt.

Auch drei Nebelkrähen wackeln in der Prozession mit, und die Stare halten Abstand zu ihnen, weil Körpergröße und Schnabelhiebe, genannt Macht, das gebieten.

Eine Wachtel läuft im überzüchteten Wanzentempo ein Stückchen vor dem Traktor her und sucht sich in den graugrünen Stümpfen der Halme zu verstecken, was schwer ist.

Es wird Zentimeter um Zentimeter wärmer, und hinten, wo das Feldstück endet, flimmert es, und über Wurzels Hut mit der hochdressierten Krempe steht ein Gekräusel aus Gedanken, das aufsteigt und sich in zehn Meter Höhe entwirrt, weil jeder Gedanke mit seiner vorbestimmten Richtung in den Raum hinausstrebt. Wurzel denkt an die

173

Wachtel, die sich im halbhohen Futterroggen schon sicher geglaubt und Vorbereitungen zum Nestbau getroffen hatte. Jetzt muß sie, denkt er, anderswo unterschlüpfen und neu beginnen. Er, Wurzel, wird auf diesem Felde morgen nicht neu beginnen, er wird es heute zu Ende schälen, kein Streifchen Graugrün soll stehengeblieben sein, wenn er abends ins Dorf zurückfährt.

Er schaut auf die Uhr, die an seinen linken Arm geschnallt ist und in einem Nest rötlichblonder Haare sitzt, und er wischt über das Deckglas, das überwrast ist, weil Wurzel fein schwitzt.

Er wird, wenn er das Feld zu Ende schält, spät heimkommen, und es wird am Monatsende Arbeitseinheiten klappern. Aus dem Lesen am Abend wird nicht viel werden, aber ein bißchen vielleicht doch. Er denkt an das Buch, das er gerade liest, von einem Manne, der sich Kant nennt, geschrieben, kernig ironisch, so daß Leute wie Lehrer Kopp, die keine Antennen für Ironie haben, Kant einen Zynisten heißen, weil sie nicht wissen, daß es Zyniker heißen muß und etwas mit Hunden zu tun hat.

Es geht putzig zu, wenn wahr ist, was Wurzel jetzt denkt, nämlich, daß jedes gute Buch unter den Blickwinkeln von tausend verschiedenen Lesern tausend verschiedene Erfahrungslegierungen ergibt. Die Legierung, die bei Wurzel beim Lesen von Kants Buch entstand, ist jedenfalls die, daß er Lust verspürte, studieren zu gehen und mit Menschen zusammen zu sein, mit denen er über seine Beobachtungen sprechen könnte, zum Beispiel über Erfahrungslegierungen, die beim Lesen von Büchern entstehen. Aber dann denkt er, daß er lieber nicht studieren gehen will, weil er seinen Entdeckungen mißtraut; sie sind vielleicht nichts weiter als Gespinste aus Ackerduft und Benzingestank.

Und schon denkt er an seinen Großvater, der sagte: Ein Wurzel bleibt an seinem Fleck, weil er dort, wo er auf-

174

wuchs, findet, was er braucht. Der Großvater bewies das an der Maispflanze, die nicht weiterwächst und verkümmert, wenn man sie umsetzt, aber an den Rübenpflanzen, die nach dem Umsetzen weiterwachsen und dick und saftig und alles werden, was sie zu werden haben, bewies der Großvater es nicht.

Wurzel lacht auf, daß der Hut mit der Hahnenfeder auf seinem Kopfe verrutscht: Ja, die listigen Lehren des Großvaters! Sie hatten als einziges zum Ziel, seine Nachkommen zu bestimmen, auf dem vom Urgroßvater begründeten Hof sitzenzubleiben wie Grünspan an der kupfernen Denkmalsplatte. Dieser Großvater, der aus dem beliebten Menschenirrtum, alles auf der Welt habe gesicherten Bestand, eine Tugend zu machen suchte. Er stampfte hinter seinen zwei Pferden und dem Einscharpflug her, gestaltete das Bild *Pflügender Bauer* aus dem Schullesebuch nach und nannte Krampfadern, dick wie Bleistifte, sein eigen. Wie mißtrauisch würden seine Augen mit den abgewetterten Wimpern auf seinen Enkel schaun, der lässig, vor vier Pflugscharen sitzend, ohne Pferde über das Feld gezogen wird! Gegen das Gebrüll von Wurzels Traktor wäre das Peitschengeknall des Großvaters nichts als ein Mückenpfiff. Und schon rankt sich ein neuer Gedanke ins Gekräusel über Wurzels romantischem Hut, nämlich der, ob die Zunahme der von Menschendingen herrührenden Geräusche dem Donner gleichzusetzen sei, mit dem ein von Neuem angereichertes Alte in eine neue Qualität umschlägt. Er würde wohl doch studieren gehen müssen.

Es wäre bei Wurzel wahrscheinlich zu Kopfschmerzen gekommen, wenn's nicht ein Klirren gegeben hätte, dem ein Ruck folgte, der ein Stöhnen im Leibe des Traktors auslöste, das in einer Stille endete, wie sie leere Kirchen produzieren.

Wurzel ist aufgefahren. Der Pflug blieb hängen. Der

Motor wurde abgewürgt. Das geschieht, wenn die Gedanken eines Traktoristen gekräuselt den Hut umtanzen, anstatt geradlinig wie die Pflugzeilen die Arbeit zu begleiten. Aber das mach mal einer mit einem unruhigen Wurzel-Hirn bei einer mechanischen Arbeit, wie sie das Pflügen ist! Natürlich kann man jede Tätigkeit mit so viel geradlinigen Gedanken begleiten, jeden Tag und immer wieder, bis sie in eine unüberbietbare Meisterschaft umschlägt, aber es liegt nicht in Wurzels Absichten, die Weltmeisterschaft beim Schälen von Stoppeläckern zu erringen, für eine Weile vielleicht, aber nicht für ein verknöchertes Immer.

Während Wurzel vom Traktor klettert, schwärmen seine Gedanken, gekrümmt wie feine Wolle, zum Großvater zurück, der sich nie hat vorstellen können, daß sich die Oberhaut der Erde anders als mit einem Einscharpflug, zwei Pferden und einem Bauern ritzen ließe, einem Bauern, der gleich einer Saatkrähe in der Furche marschierte, nur mit dem Unterschied, daß die Krähe beim Marsch durch die Furche sofort erntete, während der Bauer, mit der Erkenntnis über Ursache und Wirkung ausgestattet, ein halbes Jahr auf das Ergebnis seines Furchenmarsches warten mußte.

Wurzel fühlt sich seinem Großvater überlegen. Er kann sich vorstellen, daß man einmal nicht mehr auf dem Traktor wird hocken müssen, weil das Pflügen mit ferngesteuerten Aggregaten von einem Dispatcherpult aus betrieben werden wird. Wurzel denkt *Aggregat*, weil man jede Maschine, von deren Arbeit man noch keine genaue Vorstellung hat, am besten Aggregat nennt.

Aber jetzt muß er feststellen, woran er sich festfuhr. Es handelt sich um einen Stein, um eine Klamotte, einen Felsen gar, was das großartigste wäre: Traktorist stieß auf Hünengrab. Sensationeller Fund. Unsere Vorfahren kannten schon Eßgabel.

Aber ehe Wurzel an die Eßgabel der Vorfahren heran

176

kann, muß er den Traktor zurücksetzen, den Pflug ausheben und ein Stück zur Seite fahren. Dann nimmt er einen Spaten und prüft, wieviel obere Ausdehnung der Stein besitzt. Er kommt zu einem nicht alltäglichen Ergebnis. Der Stein beginnt ihn zu reizen. Er legt die Oberfläche frei und geht damit in der Urahnenarbeit hinter seinen Großvater zurück.

Als Wurzel das drittemal verschnauft, fällt ihm was ein: Er ortet zweimal, dreimal, und es wird nicht anders: Er befindet sich auf einem Feldstück seines Großvaters, das sein Vater in die Genossenschaft einbrachte. Es handelt sich um das Feld mit der unfruchtbaren Stelle. Sie tauchte früher in den Familiengesprächen auf und erschien dort als etwas Gegebenes, als etwas Teufelgegebenes, und sie gab diesem Ackerbeet seinen Namen: Das Brandstellenfeld. Der Großvater achtete streng darauf, daß die Brandstelle weder mit Stallmist noch mit Kunstdünger bedacht wurde, denn es wuchs dort so und so nichts, und der Einscharpflug mußte beim Pflügen vor der Brandstelle zwanzig bis dreißig Mal ausgehoben und hinter ihr wieder eingesetzt werden, weil's gegen die Bauernwürde gewesen wäre, für den Teufel zu arbeiten.

Wurzel will was über die Mächtigkeit des Steines erfahren und stößt in die Tiefe. Die Farbe der Erde geht in ein mattes Grau über. Er schippt und schippt, und die Grabarbeit mündet in ihr mechanisches Stadium. Wurzels Gedanken benutzen die Gelegenheit davonzuschwärmen: Er entsinnt sich, daß er als Junge der gewesen ist, der auf diesem Brachstück etwas erntete. Wenn er die trockenen Halme mit den aufdringlichen Grannen an den Ähren oder das nasse Kartoffelkraut hinter sich hatte, fand er auf der Brandstelle seine Belohnung: ein Fasanennest zum Beispiel, und einmal krochen die jungen Fasanen gerade aus den Eiern; ein Wachtelnest zum anderen Male, und wer in der Welt hat schon ein Wachtelnest gefunden? Und wenn kein

Fasanen- oder Wachtelnest – mit einem Lerchennest konnte er auf der Brandstelle fast rechnen.

Wurzel hat den unteren Rand des Steines erreicht: Es handelt sich um einen Backenzahn der Erde, einen von denen, die die Behauptung seines Großvaters, die Steine wüchsen, erhärten. Wurzel weiß, daß man die Behauptung seines Großvaters in neuerer Zeit durch neuere Behauptungen widerlegt hat, auch daß sich die Geologen bisher noch auf keine der neuen Behauptungen geeinigt haben; die eine behaupten, die Steine gelangen durch die Zentrifugalkraft bei der Erdumdrehung an die Oberfläche, die anderen schreiben den Steintransport „nach oben" dem Wasser, den Frösten, kurzum der Erdzerklüftung zu.

Wurzel verschwindet beim Graben hinter einem Wall gelben Sandes. Mit den Augen eines Riesen gesehn, gleicht er einem Ameisenlöwen in seinem Sandtrichter. Über dem Feld steht knisternde Hitze, und Wurzel wirft sein Hemd ab, und die goldenen Tapezierernägel an seinem Gürtel werden blind. Er denkt nicht an die Arbeitseinheiten, die ihm durch die Beschäftigung mit dem Stein verlorengehen; er scheint vergessen zu haben, daß er das Feld bis zum Abend schälen wollte; denn es fällt ihm ein, daß die Brandstelle ein Ort war, an dem er sich als Junge versteckte. Er sollte zum Beispiel Kartoffelkäfer ablesen, die ihn nur insofern interessierten, als sie auch Coloradokäfer genannt wurden. Aber Colorado hin, Colorado her, der Kartoffelkäfersammelauftrag hinderte ihn, ein Indianerbuch von Cooper zu Ende zu lesen. Die Brandstelle verschaffte ihm Gelegenheit dazu; die fütternden Feldlerchen störten ihn beim Lesen nicht.

Es machte ihn wehmütig, daß er einen so guten Ort jetzt zu zerstören vorhatte, aber er würde ihn wohl nicht mehr benötigen, er, Wurzel, nicht, denn er gehörte jetzt schon zu denen, die sich damit abgefunden hatten, daß man erst eine Tagesarbeit hinter sich gebracht haben mußte, ehe man sich ans Lesen machen durfte. Aber jetzt hinderte ihn wenigstens nach Feierabend niemand mehr daran, nein, es wurde behördlicherseits geradezu gern gesehen, und was seine Kollegen anbetraf, so sollten sie ihn nur hänseln!

Früher sagte der Großvater, wenn er Wurzel lesend betraf: „Du verdirbst dir nichts als die Augen mit dem dämlichen Lesen." Der Vater: „Laß das mit den Indianern; sie sind eine minderwertige rote Rasse!" Die Mutter: „Sieh mal an, fünfzig Kilometer mußte dein Wildtöter reiten, um an Wasser zu kommen? Was hast du's da leicht mit den paar Schritten zum Brunnen, wenn du mir jetzt das Tränkwasser für die Kühe anschleppst."

Er ist froh, kein Kind mehr zu sein. Oder wäre es gut, jetzt, da sich die Zeiten geändert hatten, es noch einmal mit einer Kindheit zu versuchen?

Was für ein Unsinn übrigens, daß sich die Zeiten ändern! Sie machen Frühling, Sommer, Herbst und Winter, aber dann ist's schon aus mit ihrer Kunst; alles andere, was an den Zeiten zu verändern ist, fällt den Menschen zu.

Wurzel gräbt und gräbt und schont sich nicht, und endlich ist der Stein freigelegt und hockt da in seiner nackten Steinheit und scheint Wurzel zuzublinzeln: Was nun, Kleiner?

Was tut der Mensch, wenn er etwas zu bewältigen hat, das seine Kräfte zu übersteigen scheint? Er tut, als ob noch ein zweiter Mensch bei ihm wäre und redet mit dem. „Die Hauptsache ist, ich hab mein Abschleppseil dabei", sagt Wurzel, und er sagt es laut.

Das Abschleppseil ist da, auch eine Brechstange ist da. Wurzel ist ein ausgezeichneter Traktorist, was das Vorausbedenken von Situationen anbetrifft, die eintreten können. Er fädelt das Seil mit der Brechstange wie mit einer großen Nähnadel unter dem Stein hindurch. Er versucht, eine

Schlinge zu machen, doch das Stahlseil ist starr und zeigt wenig Neigung mitzutun. Wurzel spricht mit dem Seil wie mit seinem zweiten Mann: „Beweg dich, du siehst, daß er uns herausfordert!" Er zerrt und zwingt dem Seil eine Schlinge auf, fährt den Traktor heran und hängt ihm den verschnürten Stein an.

Bevor er aufsitzt, prüft er die Verschnürung nochmals, gebietet dem unsichtbaren zweiten Mann Schweigen, atmet, wie ein Artist vor dem Haupttrick, tief ein und fährt an.

Traktoren steigern ihren Radau, bevor sie sich an eine schwere Arbeit machen. „Bellen" ist ein unzureichender Vergleich für einen anziehenden Traktor. Also, ein unvergleichliches Geräusch, es sei denn, man vergleicht es mit dem Geräusch von einem anderen Menschending, mit dem eines Flugzeugs vor dem Aufsteigen.

Der Stein bewegt sich, soweit ihm die ausgehobene Grube Spielraum läßt, dann gibt's einen Ruck und Stillstand, und das überlegene Lächeln in Wurzels Gesicht erlischt.

Es fehlt eine Schiefebene, auf der der Traktor den Stein mit weniger Hemmnis aus der Grube ziehen kann, und Wurzel schaufelt die Schiefebene. Er achtet drauf, daß sie sanft, aber stetig ansteigt, und er schaufelt leise, so, als wollte er es vor seinem Gegner, dem Stein, verheimlichen.

Der Stein liegt da, atmet ein und macht sich schwer vor dem neuen Angriff. Hundert Meter über Wurzel, dem Traktor und dem Stein hängen die Lerchen als Kampfrichter frei im Raum.

Der Stein atmet aus, und Wurzel fährt an. Am Grubenrand versucht sich der überrumpelte Feind zu verklemmen, aber Wurzel gibt Gas, und der Gegner gleitet auf die Schiefebene, kommt in Bewegung wie seit der Eiszeit nicht mehr, doch der Traktor greift viel zu kraftvoll und siegesbewußt aus, und seine Räder geraten auf einen von Stoppeln getarnten Sandfleck, drehen sich auf der Stelle, und Stoppelrasen fliegt nach allen Seiten.

Wurzel hat die Göttin des Steins, die Schwerkraft, nicht einkalkuliert und steigt ab. „Nur ruhig!" sagt er zum unsichtbaren Nebenmann und geht quer übers Feld, über geschälte und ungeschälte Erde in den Wald. Er ist so breit geschwitzt, daß die Mücken ihn schon haben, bevor er den Wald erreicht. Sie fallen über ihn her und versuchen in ihrer Gier, die Rüssel sogar in den schweißdurchtränkten Ledergürtel mit den goldenen Tapezierernägeln zu stecken.

Wurzel sammelt eine Bürde armdicker Knüppel, wirft sie dem Traktor als Treppe vor das linke Hinterrad und geht noch dreimal in den Wald, und jedes Traktorenrad bekommt seine Treppe.

Der Stein liegt auf der Schiefebene, zwinkert und wird nicht fertig mit dem Tageslicht, das er seit Jahrtausenden nicht mehr sah. Die ersten Käfer erklettern und erkunden ihn, er ist an die Öffentlichkeit gezerrt, er liegt auf ihrem Wege.

Wurzel denkt noch immer nicht daran, wieviel Arbeitseinheiten ihn der Kampf mit dem Stein kostet, denkt auch nicht dran, daß er diesen Abend wird keine Zeile mehr lesen können. Seine Gedanken laufen so geradlinig wie den ganzen Tag nicht. Es ist nichts anderes in ihnen als der Stein und die Maßnahmen, die nötig sind, ihn zu besiegen. Er spuckt alle Zweifel aus und spürt den Durst nicht, der der Begleiter so klebrigen Speichels ist. Wieder fährt er an. Es knackt unter den Rädern. Der Traktor nimmt die angebotene Treppe an, arbeitet sich aus der Wühlstelle und bekommt ein härteres Feldstück zu fassen. Hoho, der Stein bewegt sich zügig, und Wurzel steigert das Tempo, um die Pläne der steil von oben nach unten wirkenden Göttin des Steins zu durchkreuzen. Sein überlegnes Lächeln ist wieder da.

Er fährt einen großen Bogen aus und richtet die Schnauze

des Traktors auf den Straßenrand zu. Ein Ringer stemmt den besiegten Gegner hierhin und dorthin, um ihm seine Überlegenheit nachdrücklich zu beweisen. Wurzel pfeift Takte eines Liedes, das es nicht gibt. Zwei Lerchenhähne kämpfen über dem Traktor, sinken ab, wenn sie sich zausen, steigen auf, wenn sie sich loslassen. Die Bordkanone eines Flugzeuges spuckt Feuer auf einen Ballon, den ein anderes Flugzeug hinter sich herzieht. Der Löwenzahn kämpft mit gelben Plüschblüten um die Erhaltung seiner Art.

Der Stein liegt im Straßengraben und wird von zwei besenhaften Sauerkirschbäumen eskortiert. Wurzel rollt das Seil auf, verstaut's und geht um den Stein herum. Ein Denkmal von einem Stein! Er sagt es nicht laut, er braucht sich auf keinen zweiten Mann mehr zu berufen.

Er fährt zum Kampfplatz und wirft den Schützengraben zu, doch es bleibt eine Mulde im Felde, eine boshafte Mulde ein wenig Steinrache. In der Mulde wird sich im Herbst das Regenwasser sammeln und die Pflanzen auswintern.

Wurzel beschließt, daß er am nächsten Tage Muttererde herfahren und die Mulde zuschütten wird. Er reibt sich mit dem verknüllten Hemd den eintrocknenden Schweiß von Brust und Rücken, zieht das Hemd an und beginnt wieder zu schälen, und schon steht wieder Gedankengekräusel über seinem Kuhjungenhut: Einen verflucht privaten Spaß hast du dir geleistet! Er hat in der Zeitung gelesen, daß so private Geschichten unerwünscht sind, jedenfalls in der Literatur. Weshalb eigentlich? Er denkt an Hebel, Schiefebene, Stier, Elefant und Pferd, mit denen der Mensch, seit er auf Erden ist, seine Kräfte zu vervielfachen sucht, und daß er's jetzt mit Maschinen tut, und daß kein Ende abzusehen ist.

Dann denkt er wieder an den Großvater, und was der für ein Gesicht machen würde, wenn er ihm sagen könnte: Da, im Straßengraben – deine Brandstelle.

Die Sonne setzt auf. Die Lerchen sind heruntergefallen, nur die Flugzeuge schiffern brummend durch die Luft und zwinkern grün und rot aufs Feld herunter, wo das Licht der Traktorenscheinwerfer in die Furchen fällt. Ein Buch in einer Traktoristenstube empfindet das Lesezeichen aus einem heruntergerissenen Stück Packpapier als Fremdkörper zwischen seinen Seiten.

Später halten des öfteren Autos an Wurzels Stein am Straßenrand, und sogar junge Damen staken auf ihn hinauf und lassen sich urgeschichtlich durchschauern.

„Denkmal eigener Art. Findling aus der zweiten Eiszeit in unseren Breiten entdeckt", melden die Heimatforscher in der Bezirkszeitung, und die Meldung wird sogar von der Redaktion der Hauptzeitung unter *Neues aus aller Welt* übernommen.

Aber für uns, die wir mit Wurzel waren, ist nur die Überschrift der Meldung von Belang: *Denkmal eigener Art.*

Bedenkzeit

„Unaufhörlich fließt der Strom des Lebens; wir sind heute nicht, was wir gestern waren, und ehe die Sonne aufgeht, werden wir andere sein." Der Elektriker suchte und suchte. Dumpfe Luft stand im Flur. Es wurde ihm heiß, und er setzte die blaue Schiffermütze ab. Sein Gesicht war sonnverbrannt, doch die Halbglatze, die die Mütze verdeckt hatte, war winterblaß. Als ich seine Ohren sah, an denen die Randwülste abgefroren waren, stutzte ich; ich mußte den Mann schon gesehen haben.

„Auf Sitzungen im Kreistag", bestätigte der Elektriker. Da fiel mir ein, daß er einmal ein berühmter Genossenschaftsvorsitzender war, dessen Tüchtigkeit auf Bestellung bedichtet wurde, und daß er Kienast hieß.

Ich hätte gern gewußt, weshalb er jetzt Elektriker war. Er gab zu bedenken, daß es Zeit kosten und die Elektrikerrechnung erhöhen dürfte, wenn er's mir erzählen würde. Ich bin gewohnt, für meine Neugier zu zahlen, und ich ermunterte ihn. Er lächelte. Ein Lächeln von hinter sieben Bergen, und seine starke Nase hockte zwischen den Wangen wie ein Baumstumpf auf der Schneise:

„Mit dem Genossenschaftsvorsitzenden, das ist all lang her. Damals war die Genossenschaft klein und arm und mit einem Manne von Mittelmaß (einssechzig Länge und Stiefelgröße fünfundvierzig) als Vorsitzenden zufrieden.

Ich wurde von einem jungen Genossenschaftsbauern aus dem Süden abgelöst; Glante heißt er, wenn's interessiert. Glante hatte Landwirtschaft studiert, ein Diplom erhalten und sich verpflichtet, aus Klein-Klütz etwas zu machen. Als ob unser Dorf nichts gewesen wäre, ehe jener goldgezahnte Glante herzurannte. Er schien sich für den Schöpfer Himmels und der Erden zu halten.

Aber ich war es, der die Genossenschaft im Jahre dreiundfünfzig mit einigen Gleichgesinnten gründete. Die sanft treibende Kraft beim Zusammenschluß war meine Frau, aber das gab ich nur zu, solange ich es als Vorwurf gegen sie verwenden konnte.

Nicht alle Bauern, die meiner Genossenschaft beitraten, waren fleißig, es gab Glücksritter unter ihnen. Die erste gemeinsame Ernte war dürftig, und im Viehstall gab's Krankheiten und Kümmerlinge.

,Da hast du deine Genossenschaft!' sagte ich zu meiner Frau. Ich war ihr gram, das bekenne ich, weil ich heute über den Dingen zu stehen glaube, aber glauben ist nicht wissen.

Ich haderte nur ein paar Tage, das muß ich mir lassen, dann begann ich zu schuften. Eines Wintertags war ich so eifrig mit dem Kontrollieren der Kartoffelmieten beschäftigt, daß ich mir die Ohren abfrieren ließ. Ich nahm die kleinsten Dinge in acht wie früher auf meinem Bodenreformhofe und hielt die anderen Mitglieder an, es auch zu tun. Ich zahlte kleine Prämien nach Gutdünken, war der größte Quälgeist auf der Maschinenausleihstation und sparte nicht mit Butterbroten und Bier für die Traktoristen. Das Leben quietscht, wenn es nicht geschmiert wird, glaubte ich damals.

Im dritten Jahr konnte sich *meine* Genossenschaft sehen lassen, und im vierten Jahr wurde sie von der Kreisverwaltung in der Zeitung gelobt. Das hob mich mächtig an. Ich vergaß mit Schwung, daß meine Frau, auch andere Mitglieder an diesem Erfolg beteiligt waren.

Ein guter Landwirt, ein glänzender Organisator, ein politischer Kopf, ein kunstbegabter Mann sogar – alles das erfuhr ich über mich aus den Zeitungen, deren Redaktionen den Drang oder Zwang verspürten, mich anderen Genossenschaftsvorsitzenden als Mustermenschen vorzuführen.

Das Hochhudeln besteht aus zwei Vorgängen – hudeln und sich hudeln lassen. Mein Leben schien mir damals Glanz zu haben. Ich dachte nicht dran, mir hin und wieder selber zu mißtrauen. Ein Wunder, daß ich den Ehrungen gewachsen war und nicht dran starb wie ein gewisser Grieche namens Sophokles.

Aber der Baum, der aufschießt oder aufgeschossen wird, bekommt's früher mit den Stürmen zu tun als die anderen. die beharrlich wachsen. Mein Sturm kam im Jahre neunundfünfzig: Einige Bauern aus dem Nachbardorf Groß-Klütz, nicht die besten, wollten in meine Genossenschaft *Rote Scholle*. Zusprung ist kein Zuwachs, diese Bauern würden den Schwung *meiner* Genossenschaft lähmen, dachte ich, die anderen Mitglieder dachten auch so, weil ich so dachte, und wir nahmen die Groß-Klützer nicht auf.

Da erschien in der Kreiszeitung meine verschandelte Fotografie. Man hatte mir Krebsbeine an den Leib gemalt, und in der rechten Krebsschere trug ich ein Zepter. Alles zusammen nannte sich Collage, und es sollte Kunst sein.

Ich brachte die Zeitung aufs Herzhäuschen, um darzutun, welchen Wert ich der Karikatur beimaß, und nahm mir vor, den guten Zustand *meiner* Genossenschaft nicht zu zerstören, auch auf Befehl nicht.

Damit wurde ich der *Held* der Glossenecke und fand meinen Namen häufiger in der Zeitung gedruckt als den des Präsidenten der Republik.

Als sie mich mürbe gemacht hatten, riefen sie Glante. Er kam angehastet, und ich trat zurück, weit zurück bis in die Feldbaubrigade. Eine Wahl in die neue Leitung der Genossenschaft lehnte ich ab.

Die neuaufgenommenen Bauern aus dem Nachbardorf sahen lächelnd auf mich herab, und ich knirschte, tat aber, als ob ich das Spießrutenlaufen leicht ertrüge, und prahlte in der Feldbaubrigade: ‚Fünfzig Zentner Verantwortung weniger; von nirgendwoher Undank zu erwarten.‘ Ich ließ mir meine Arbeit zuweisen, verrichtete sie gewissenhaft und nannte mich Privatmann."

Wir gingen vom Flur in die Wohnstube, und Kienast überprüfte dort mit einem Instrument, das wie ein kurzer Füllfederhalter aussah, die elektrische Leitung. Er pries sein Glück, weil die Leitung nicht „unter Putz" lag, und versicherte, daß er den „Kurzen" schon finden würde.

„Ich weiß nicht, ob du's begreifst", erzählte er weiter, „aber für seine Umgebung versucht man nach so einem Sturz noch der Kerl zu sein, der man war, gibt sich unbeeindruckt und läßt durchblicken, daß die da, die da *oben* schon sehen werden, was sie gemacht haben! Aber wenn man sich allein und unbeobachtet wähnt, räsoniert und flucht man, und auch ich fluchte und machte die, die mich hochgelobt hatten, für mein Elend verantwortlich. Adrenalinschwermut. Immer wieder fragte ich mich, ob die Art, mit der man mich zu belehren versuchte, gerecht und menschlich war, und noch heute meine ich, daß sich hinter dieser Methode Faulheit oder mangelnde Intelligenz verbergen.

Langsam, langsam läßt du den Kerl, den du noch eine Weile für die anderen aufgerichtet hattest, fallen, denn es kümmert sich niemand mehr um dich, die *Tröster* ziehen sich zurück; du kannst ihnen nichts liefern, du bist entmachtet, und deine Frau betrachtet dich wie einen Kranken.

Nach und nach schlugen sich alle zu Glante. Er war es jetzt, der den Versammlungen Glanz und Ründe gab, der Vorschläge machte, Leitungssitzungen abhielt, sich seine Vorschläge bestätigen ließ und tat, als ob er engelreine Demokratie walten ließe.

Irgendwo in einer Ecke saß, ob in Partei-, ob in Genossenschaftsversammlungen, ein gewisser Kienast, der einmal

187

Vorsitzender gewesen war. Bescheiden saß ich da, doch ich haßte Glante, haßte alles an ihm, seinen Goldzahn, seine sächsische Sprache, seine Reden, seine Gesten, die so waren, als ob er nicht nur unsere, sondern die Mitglieder von sechs Dorfgenossenschaften umarmen wollte.

Was hatte Glante wirklich geleistet? Er hatte das von mir eingeführte Prämiensystem vervollkommnet, war freundlicher zu den Mitgliedern, als ich es gewesen war, war scheißfreundlich und herrschte.

Haß verfälschte mir den Blick, ich sah einen Kienast in Glante hinein; nach außen hatte ich mich mit meinem Schicksal abgefunden, aber ich lauerte gierig auf Glantes großen Fehler, für den man ihn stürzen würde, wie man mich gestürzt hatte.

Aber die Zeit vergeht, weil wir alle vergehn und vergessen. Ich tat, was ich bisher zugunsten der Genossenschaft vernachlässigt hatte, richtete vor meinem Hause einen Blumengarten, hinter dem Hause einen Gemüsegarten ein, pflanzte Obstbäume, hielt Hühner und Tauben, mästete ein Schwein und hatte meine Freude dran, alles wie geleckt zu haben. Ich trug mich mit dem Gedanken, wieder eine Kuh einzustallen, denn unser Statut, das ich noch ausgearbeitet hatte, versagte es den Mitgliedern nicht, sich eine Kuh zu halten. Damals als Vorsitzender sah ich es nicht gern, wenn sich einer eine Kuh hielt, aber jetzt war Glante Vorsitzender, und ich hätte ihn damit ärgern können. Glücklicherweise begann ich um diese Zeit Bücher zu lesen und verlor dadurch die Kuh aus den Augen.

Ich hatte seit meiner Schulzeit außer der Parteipflichtliteratur kaum ein Buch angesehn, aber jetzt versuchte ich es wieder mit Büchern, denn ich hatte Zeit.

Große Zeit, kleine Zeit, deine Zeit, meine Zeit – gemessen wird sie am Menschenleben. Ich hatte zuvor nicht gewußt, was Bücher einem Beleidigten an Trost herbeizuschaffen vermögen. Bücher, dieser Schnaps der Intellektuellen, ich trank ihn, wurde selig und schwebte und begann die zu bedauern, die keinen Sturz getan hatten wie ich.

Überdies machte es mir Vergnügen, in meiner Freizeit umherzugehen und die einfachsten Dinge zu betrachten, bis sie sich verwandelten. So etwas Alltägliches zum Beispiel wie ein Baum, war er nicht ein Stamm mit einem über- und einem unterirdischen Astwerk, und war sein Astwerk unter der Erde geringer als das Astwerk der Krone? War der Baumstamm nicht die Spannung zwischen zwei Polen, jene Spannung, aus der alles Leben sich hernimmt?

Ich hatte Freude an solchen Entdeckungen, und ich lernte mich wieder wundern, wie ich mich als Kind zu wundern vermochte, weil der Mond nicht auf die Erde stürzte.

Und was war der Sinn des Lebens, was war er doch gleich? Ein jeder schien ihn zu kennen, solange man ihn nicht danach fragte. Und die Bedürfnisse der Menschen, wie stand es um sie? Gab es neben den echten nicht auch solche, die die Menschen sich aufschwatzen ließen?

Ich hätte gern in der Parteigruppe darüber gesprochen, aber ich sprach nicht darüber, denn ich war verprellt und hörte das Adrenalin in mein Herz tropfen, und ich will auch jetzt nicht darüber reden, sonst werden wir den Kurzschluß nicht finden. Ich hütete mich überhaupt, zu jemand über meine Erfahrungen zu reden, weil ich fürchtete, daß sie mir von Besserwissern zerredet werden könnten.

Allmählich vergaß ich Glante, und mein Haß gegen ihn verloderte; mochte er das Seine tun, ich tat das Meine. Ich hatte ihn überwunden, von mir aus Frieden mit ihm gemacht, obwohl ich ihm nach wie vor aus dem Wege ging.

Aber alle Erkenntnis ist Papier, wenn du sie nicht im Getümmel des Lebens zu Gold härtest, und sieben Tage des heurigen Frühlings erschütterten mein Leben aufs neue.

Der Frieden, den ich gewonnen zu haben glaubte, war eine Täuschung, und ich wurde trotz meiner Erkenntnisse zu einer lächerlichen Figur.

Der Himmel war an einem dieser Vorfrühlingstage durchsichtig, nur eine Wolke hing überm Dorf, ein aufgeschütteltes Deckbett. Die Wiesen waren noch steppengrau, aber eine Amsel sang, doch sie sang nicht für mich, wie ich wußte. Ein Traktor blaffte, sein Blaffen ging mich nichts an, denn ich fuhr ihn nicht. Was mich anging, war das Geschlurr meiner Schaufel, mit der ich am Rande der Wiesen Düngekalk von einem Lastwagenanhänger in einen Düngerstreuer schippte, vor den ein Traktor gespannt war.

Auf dem Traktor hockte Werner Wurzel, pfiff eine Melodie, behauptete, es wäre Beethovens Frühlingssonate, und ich konnte ihm nicht beweisen, daß sie nicht von ihm war. Wurzel rückte seinen Kuhjungengürtel zurecht, gab Gas und fuhr mit dem gefüllten Düngerstreuer davon.

Ich hatte Pause, lehnte mich an eine geköpfte Weide, rauchte, sah auf die Deckbettwolke überm Dorf und war nicht bei bester Laune: Meine Frau war am Vorabend spät aus der Klubratsitzung gekommen, hatte es am Morgen verschlafen, und ich war gezwungen gewesen, selbsttätig zu erwachen. Beim Hühnerfüttern stellte ich fest, daß mir der Fuchs eine Legehenne (Jahresleistung zweihundertzehn Eier) geholt hatte, und das veranlaßte mich, über den Sinn von Raubtieren nachzudenken. Ich kam, nur halb abgefrühstückt, eine Viertelstunde zu spät zur Arbeit, zur unangenehmsten Arbeit, die in der Landwirtschaft anliegen kann, zum Kunstdüngerstreuen.

Lange hatte ich nicht an Glante gedacht, aber nun war ich über und über verstaubt, meine Naslöcher waren verstopft, und wenn ich zwinkerte, stiegen Wölkchen von meinen Wimpern auf. Ob Glante je Kalk für normal bezahlte Arbeitseinheiten geschaufelt haben mochte? Mein alter Haß begann zu glimmen, und ich sah in meiner Not zu der einsamen Wolke hinauf, sah sie zergehn.

,Wenn man einen Esel nennt, kommt er schon dahergerennt', sagt man im Dorf, doch ich bin der Ansicht, es gibt Telefonleitungen, die man noch nicht kennt, weil ihre Drähte zu dünn sind.

Glante schlich auf seinem rotbäuchigen Motorrad heran. Ich war überzeugt, daß er mich kontrollieren wollte, weil ich am Morgen zu spät zur Arbeit gekommen war. Die Kontrolle sollte nicht auffallen, deshalb fuhr er ohne Sturzhelm und knispelte am Vergaser seiner Maschine; eine kleine Probierfahrt, sollte man denken. Er nickte mir zu, hielt auf meiner Höhe, sein eierschalenfarbenes Haar war vom Winde zu Strähnen gedreht, seine Maschine tuckte weiter, sein Goldzahn leuchtete auf.

Ich wußte, daß ich aussah wie der weiße Clown im Zirkus, und fühlte mich ausgelacht. Glante nickte abermals, sah mich an und sagte: ,Du müßtest in den Schweinestall!' Aha, dachte ich, weil ich so, wie ich aussel, in den Schweinestall paß. Aber Glante schien zu spüren, daß ich kurz vor dem Platzen war, ließ seinen Goldzahn verschwinden und fragte ernstlich, ob ich nicht Lust hätte, im Schweinstall zu arbeiten.

Ich rieb mir die Stirn, rieb mir Kalk in die Augen, daß sie tränten; es schien mir nötig, hellwach zu werden, um herauszubekommen, was hinter Glantes Vorschlag steckte.

,Klappt's nicht im Schweinestall?'

,Klappt, aber wir bräuchten dich trotzdem dringend.'

Ich sah an Glante vorbei, sah einen Wolkenturm hinterm Wald aufsteigen und beklopfte mein bekalktes Arbeitszeug. Jemand mußte Glante, diesem Herläufer, erzählt haben, daß ich früher als Einzelbauer die besten Ferkel auf den Markt gebracht hatte, und das schmeichelte mir.

Glante redete auf mich ein, ich antwortete widerstrebend

191

und borstig, hustete und ging hin und her. Das Motorrad tuckte lockend wie eine große Glucke, ich wurde nachgiebig und sagte zu. Eine kleine Schwäche, die ein fremder Wunsch benutzte, um in mich einzuschlüpfen.

Glantes Goldzahn blinkte auf. Das Motorrad reckte seinen roten Bauch, tat einen Sprung nach vorn, wickelte sich den Weg um die Bereifung, wickelte ihn hinten, mit Auspuffgas vermischt, wieder ab, das eierschalenfarbene Haar des Vorsitzenden flatterte im Fahrtwind, und er war weg.

In der Vollversammlung, in der meine Abkommandierung zum Schweinestall bestätigt werden sollte, wurde von großen Plänen gesprochen. Große Glante-Rosinen, dachte ich; denn was Glante anschaffte, gefiel mir grundsätzlich nicht, woher er seine *Winke* auch bezogen haben mochte: Unsere Genossenschaft wollte oder sollte, vielleicht auch beides, ich kannte das zu gut, die Schweinemast für drei Nachbargenossenschaften mit übernehmen. Die Nachbargenossenschaften sollten uns Getreide und Kartoffeln liefern, und wir wollten uns verpflichten, für sie Schweinefleisch auf den Markt zu bringen. Nur immer recht verwickelt, dachte ich, damit die Buchhalter sich austoben können!

Auf dem zerrillten Eichentisch, der einmal ins Gutshaus gehört hatte, lagen Bauzeichnungen, Pläne zu einem Stall für fünfhundert Mastschweine. Es sollte der erste einer Serie von Ställen sein. Man beschloß, diesen Stall zu bauen, und auch ich fühlte mich gedrungen, bei der Abstimmung meine Hand zu heben, weil es sich um mein künftiges Arbeitsgebiet handelte.

Schließlich machte das Beschlüssefassen eine unangenehme Wendung auf mich zu: Ich sollte zu einem Facharbeiterlehrgang für Schweinezucht delegiert werden.

Das also hatte Glante mit mir vor! Es traf mich wie ein

Hieb aus der Hölle. Ich sah hilfesuchend zu meiner Frau hinüber. Sie unterhielt sich eifrig mit dem Traktoristen Werner Wurzel, hob dabei mechanisch die Hand und urteilte mich zum Lehrgang ab. Auch alle anderen, die die Hände hoben, sahen irgendwohin, unterhielten sich und taten sonstwie beschäftigt. So wie mir mußte einem zumute sein, der fern von Weib und Freunden erschossen werden soll. Keiner sah mich an, keine Stimme erhob sich: Wie, Eddie, der alte Schweinezüchter, auf einen Lehrgang?

Ich machte irgendwas mit dem Kopfe, was ja, aber auch nein bedeuten konnte, und das Ergebnis war, daß ich zum Lehrgang delegiert wurde.

Von diesem Augenblick an lief die Versammlung ohne mich weiter. Ich saß in einem Ruderboot, hatte mein Ruder eingezogen, und das Boot gewann auch ohne meine Ruderschläge die offene See.

Am Schluß der Versammlung benutzte ich das allgemeine Füßescharren und Stuhlschrummen, um mir bei der Leitung eine Woche Bedenkzeit auszubitten. Ich sprach mit dem Zootechniker, aber Glante war sofort zur Stelle. ‚Gut‘, sagte er, ‚aber wir rechnen mit dir – aus prognostischen Gründen, versteh!‘

Es gibt Worte, die an höheren Partei- und Verwaltungsstellen der Luft übergeben werden, umherschwirren und in fremdworthungerige Hirne fahren. Aus manchen dieser Worte entsteht Greifbares, aus manchen nicht. Was aus dem einstigen Modewort ‚Genossenschaft‘ entstand, kann man allerwärts sehen, während das ‚Durchziehen‘ von Versammlungen zu keinerlei Erfolgen führte.

Politische und ökonomische Modewörter werden von manchen Zeitgenossen benutzt wie Fahnen, andere putzen sich fortschrittlich mit ihnen heraus, noch andere behandeln sie wie Taschentücher.

Jetzt durchwucherte das Wort ‚prognostisch‘ allmählich

die Zeitungsartikel und die Reden der Kreisfunktionäre, ohne daß man es je erklärte. Prognostisch war eben prognostisch und breitete sich im Bazillentempo aus. Der Kreisredakteur fiel in Prognose wie andere Leute in Hypnose. Prognostisch gesehen würde sich der Anglerverband nicht nur mit dem Herausholen, sondern auch mit dem Einsetzen von Fischen zu beschäftigen haben. Prognostisch gesehen sei über die Damenriege bei den Kreiskegelmeisterschaften das letzte Wort noch nicht gesprochen.

Ich klopfte abends die Gemeindesekretärin heraus. Sie verwaltet die Dorfbibliothek. ‚Bücherausgabe war gestern‘, sagte sie und benestelte das blaue Seidenband an ihrem griechischen Haarknoten. Sie war ungehalten, denn sie war dabei, sich einen jener UFA-Filme anzusehen, die man wöchentlich im Fernsehn zeigt, um die Erinnerungen an ‚gute, alte Zeiten‘ wachzuhalten.

Aber ich war seit meinem Sturz ein guter Ausleihkunde, und die Sekretärin wollte mich nicht verprellen. Sie ging mit mir zur Bibliothek, und ich verlangte ein Lexikon.

‚Den zwei- oder den achtbändigen Meyer?‘

Ich verlangte den achtbändigen. Die Sekretärin wurde zugänglicher, ihr Freundlichkeitsanzeiger, ein Löchlein auf der linken Wange, erschien. Sie dachte an die Statistik.

‚Waschkorb oder Handwagen?‘

Ich wollte nur mal hineinsehn und blättern. Das Wangenlöchlein der Sekretärin verschwand. Ich begann zu suchen: Prognostik mußte zwischen *Muskat* und *Ribot*, also im sechsten Band, zu finden sein.

Dieses Lexikon, welch ein Klappenschrank für Wortverbindungen! Was für eine Kooperationsgemeinschaft von Wortgewaltigen mußte daran gearbeitet haben! Ob sie wirklich alle Wörter zusammengeschleppt hatten, die einem im Leben begegnen konnten?

Pragmatismus, Printe, Professorenroman, pro forma –

Prognose, da hatte ich's – Prognose (griech., ‚das Vorherwissen‘) f. Voraussage, Vorhersage (des voraussichtlichen Verlaufs, z. B. einer Krankheit, des Wetters). – Verb prognostizieren. – Schluß. Und was war mit ‚prognostisch‘? Das Lexikon gab keine Antwort."

Kienast suchte den Kurzschluß jetzt im Keller. Es duftete dort dumpf nach Kartoffeln, und ich fand ein Hundehalsband, das ich seit langem suchte, aber den Kurzschluß fanden wir nicht.

„Du gingst also nicht auf den Lehrgang?"

Wieder das Lächeln von weit hinten her. „Ich schaufelte Kalk wie die Tage vorher. Leiser Wind ging, quirlte den Kalk, und ich sah aus wie etwas vom Winter Übriggebliebenes. In den haarigen Blütenknospen einer Weide, deren Ruten seit Jahren als Kinder-, Wasch- und Hundekörbe in den Städten der Republik von sich reden machten, orgelten die Bienen. Soll's möglich sein, dachte ich, daß all die Schlauberger ein Wort benutzen, das es nicht gibt? Oder sollte das Wort ‚prognostisch‘ der wissenschaftliche Begriff für ökonomische Prophetie sein, mit dessen geheimer Tiefe man nur auf Lehrgängen vertraut gemacht wurde?

Glante schien einen seiner Goldzahntricks mit mir vorführen zu wollen. Ich konnte mir die entsprechende Stelle im Leitungsbericht für die Genossen beim Kreissekretariat schon ausmalen: „. . . Sogar der ehemalige Vorsitzende, Genosse Kienast, der lange abseits stand, hat sich entschlossen, seinen Qualifizierungswillen zu steigern, und zwar auf Grund prognostischer Arbeit mit den Menschen durch die Leitung, Glante.‘

In Wirklichkeit verhöhnte mich Glante. Ich, der ich früher Hunderte Ferkel und Mastschweine zu höchsten Preisen auf den Markt gebracht hatte, sollte jetzt das Schweinepflegen gelehrt bekommen?

Wurzel, der spürte, daß ich mich festgedacht hatte, pfiff

seinen Beethoven oder Mozart und wollte mich aufmuntern: ‚Wirst froh sein, wenn du die Dreckarbeit los bist, wie?'

Seine Frage trieb mir eine willkommene Ausrede zu: Jemand müßte den Kunstdünger ja ausstreuen, sagte ich, und ich würde mich nicht so unkollegial verhalten, zum Lehrgang zu gehen und die Dreckarbeit anderen zuschieben.

Wurzel erkannte meine Kollegialität nicht an und ereiferte sich. Man würde den Kunstdünger doch auch hier nicht ewig, wie zu Adams Zeiten, mit dem Teelöffel verprisen, ein Bagger, ein Greifer müßte her, ein Transportband, Mechanisierung, Rationalisierung, Spezialisierung, und die Sierungen entflogen diesem Kerl wie dem Propheten die Weissagungen.

Die Sonne ging unter, und ich fand auch daran etwas auszusetzen; schließlich war es nicht die Sonne, sondern der Mensch, der mit seiner Erde auf- und unterging.

Am Nachmittag wechselten wir den Wiesenplan und fuhren durchs Dorf. Ich freute mich an den schönen Schatten, die die Sonne mit Hilfe der noch unbelaubten Linden auf die Dorfstraße warf, aber da hörte ich mit eins unser individuelles Schwein quietschen, als ob ihm der Metzger auf dem Rücken säße.

Ich sprang ins Haus, sah, daß meine Frau auf Mittag nicht heimgekommen war und daß die Kinder am Wohnzimmertisch einander Fratzen schnitten. Ich rührte gekochte Kartoffeln, Getreideschrot und Kleie mit Wasser zu einer Schlempe zusammen und schüttete sie, lauwarm, weil das Schwein sie nur in diesem Temperaturzustand nahm, in die Krippe. Ich fütterte auch die Hühner und sah schnell nach den Schularbeiten der Kinder, während Wurzel vorm Fenster zum Geblaff seines Traktors pfiff, sicher Bach oder Haydn.

Wenn ich jetzt also schon fern und auf dem Lehrgang gewesen wäre? Das Schwein ohne Futter, die Hühner ohne Körner, die Kinder ohne Schularbeiten; Fleisch-, Ei- und Lernverluste! Du glaubst nicht, was für lächerliche Ausreden dir einfallen, wenn du an eine Sache nicht aus eigenem Trieb herangehst.

Den nächsten Tag war's ein Stück Papier, das mich vom Lehrgangsbesuch abhielt. Das Papier war mein Schulabgangszeugnis. Es war nicht so prachtvoll gewesen, daß man es hätte eingerahmt in die Wohnstube hängen können wie jenes Diplom, das mir für die Erzüchtung eines Elite-Ebers ausgestellt wurde.

Die Lehrgangsleitung würde mein Schulabgangszeugnis sehen wollen, mich danach beurteilen – das stand für mich fest, und vielleicht wollte Glante gerade das, um den Mitgliedern zu beweisen, von was für einem unwissenschaftlichen Kader sie sich hatten regieren lassen.

Aber sollte ein Schulabgangspapier bezeugen können, was ich jetzt war und wußte? Im Rechnen hatte ich mein Schulwissen mindestens verdreifacht; das Leben, besonders als Bodenreformbauer, hatte es von mir verlangt. Und was hatte ich nach meiner Schulzeit, besonders nach meinem Sturz, nicht alles gelesen und durchdacht!"

Wir waren jetzt in der Speisekammer, ohne den Kurzschluß gefunden zu haben. „Wenn ich so weitererzähl, finden wir ihn überhaupt nicht", sagte Kienast, „aber es geht nicht, daß ich zurückkomm, ohne ihn gefunden zu haben."

Er erzählte trotzdem weiter, denn ich war wie stets ein guter Zuhörer und verleitete ihn zu Offenbarungen: „Fünf Tage vergingen, und meine Ausreden rankten in ethische Höhen: Sollte ich die schöne Zeit der Heuernte nicht genießen, nachdem ich die Wiesen bedüngt und bemuttert hatte? Was würde aus meinen schnittigen Rollertauben werden, wenn meine Frau abends vergaß, den Taubenschlag

197

zu schließen? Plumpe Eulen würden sie kröpfen und das schillernde Taubengefieder irgendwo in den Wald speien. Sollte ich meine Anbauversuche mit frühreifendem Mais, die ich im Gemüsegarten betrieb, unabgewartet lassen?

Der Frühling bewegte sich im Fünfundzwanzig-Kilometer-Tempo, durchwanderte die Republik von Südwesten nach Nordosten und erreichte Klein-Klütz an meinem sechsten Bedenktag. In den Vorgärten öffneten sich zitronengelbe Märzbecher, an geschützten Stellen begrünte sich das Gras, und die Abendluft trug Kinderlachen durch die Gärten.

Ich wartete aufs Abendbrot, vertrieb mir die Zeit und lockerte die Erde um die Märzbecher mit den Fingern. Ein dürrer Schwarm Mücken umsummte meinen Kopf.

Meine Frau war noch in den Konsum getrabt. Man hatte auf Abend an der schwarzen Tafel vor der Ladentür frischen Sauerkohl angekündigt. Ich wußte nicht, was ich eifriger erwartete, meine Frau oder den frischen Sauerkohl.

Ob dir meine Frau gefallen würde? Mir gefällt sie heute mehr als früher: mittelgroß, eine Art Doppelpony, drall, aber nicht kuchenpappig. Ihr Mund – etwas breit geraten, aber rot und lebendig, die Wangen frisch – und das alles von innen her. Sie arbeitet in der Genossenschaftsgärtnerei, Abteilung Rosen, versorgt den Haushalt, die Kinder, ist die meistbetanzte Frau bei Genossenschaftsvergnügen, weil sie meint, daß das Menschenleben nicht nur abgewickelt wird, um Fleisch, Milch und Eier zu erzeugen. Deshalb sitzt sie neben Glante und Wurzel im Klubrat.

Mir war dieser Dorfklub ein verdächtiges Unternehmen. Vielleicht hatte ihn Glante nur gegründet, damit seine Genossenschaft ab und zu in der Zeitungsrubrik *Dorfklubleben* genannt und hervorgehoben wurde. Zum Vorsitzenden hatte Glante diesen Himmelsstürmer Wurzel gemacht, der den Kunstdünger mit einem lahmen Traktor auf die

Wiesen kleckerte und so tat, als ließe er ihn bereits aus einem Flugzeug regnen.

‚Ein aufgeschlossenes Weib‘, sagte man von meiner Frau. Und ich – zugeschlossen? Hatte nicht auch ich früher das Meinige für die Kultur getan und alle diesbezüglichen Anordnungen, soweit sie nicht zu sehr ins Geld liefen, beachtet? Kultur war für mich damals ein Feld, dessen Erträge sich nicht absacken und wiegen ließen. Trotzdem richtete ich im alten Gutshaus den Kulturraum ein, ließ ihn mit Fahnen und Losungen ausstatten, wie es sich gehörte, und sorgte dafür, daß man dort bei feierlichen Gelegenheiten Brause, auch scharfe Getränke, sogar Sekt trinken konnte; Witzbolde ließ ich aus der Hauptstadt kommen und einmal einen Mann, der wissenschaftlich hypnotisierte.

Aber all das schien nichts gewesen zu sein, es war vergessen, seit dieser Dorfklub mit seiner Theater- und Singegruppe, den Briefmarken- und Steinsammlern und dem, was sie hochtrabend Dorfakademie nannten, sein Wesen trieb.

Seit ich Bücher las, ließ meine Frau es nicht an Versuchen fehlen, mich für den Dorfklub zu gewinnen. Es war ihr nicht recht, daß ich umherging, mich zerdachte und meine Umgebung vergaß. Aber hätte ich vielleicht auch noch im Dorfklub unter Glantes Regie arbeiten, sogar denken sollen?

So kam's, daß mir auch meine Frau allmählich fremd wurde. Mir schien, sie bewertete, was mir geschehen war, recht oberflächlich. Allein die Tatsache, daß sie, wie die anderen, an Glante nichts auszusetzen fand, befremdete mich. Nachdem sie mich leichtfertig in die Fremde delegiert hatte, sprach ich mit ihr auch nicht über das Unbehagen, das mir diese Delegierung verursachte. Wir lebten wie zwei Länder, die die diplomatischen Beziehungen zueinander nicht abbrechen, weil sie noch einige gemeinsame Interessen haben, in unserem Falle waren das unsere Töchter.

Ein schwerroter Mond kam am Himmel herauf, und ich dachte mit Wehmut daran, daß ich auch ihn würde entbehren müssen, wenn ich zum Lehrgang ginge, den Mond von Klein-Klütz, da kam meine Frau um die Straßenbiegung. Sie kam nicht allein. Sie und Glante blieben an der Milchrampe stehn, und auch am Spritzenhaus blieben sie stehn, und noch was, und immer noch was.

Ich atmete tief, und ich spie, glaube ich, gar aus. So, so, meine Frau ständerte mit einem Junggesellen auf der Dorfstraße; es war meine Pflicht, beleidigt zu sein, und ich ging ins Haus und durchs Haus hindurch, nach hinten in den Gemüsegarten.

Ich grub einige Quadratmeter Gemüseland um, sah beim Verschnaufen hungerig zum Küchenfenster hin und wartete auf den Ruf: ‚Zum Abendbrot!'

Das Küchenfenster wurde geöffnet, der Ruf kam nicht, aber ich hörte in der Küche einen Mann geschwollen, wie aus einer Tonne, reden: Glante.

Von diesem Augenblick an war ich nicht nur pflichtgemäß und der Leute wegen eifersüchtig, und ich warf die Erde beim Graben in die vier Windrichtungen, als ob ich den Garten an alle Welt zu verteilen gedächte.

Gut zu leiden – appetitlich – knusperig – so kennzeichnete man im Dorf meine Frau; allerdings nicht nur die Männer, auch die Mitfrauen, und das will was heißen, aber für mich kamen in diesem Augenblick nur die Männer in Betracht. In meiner Abwesenheit würden sie nicht mit kleberigen Worten für meine Frau sparen. Immerhin war sie zehn Jahre jünger als ich; wer weiß, wie wenige Wochen nötig waren, aus einer untadeligen Frau eine Gefallene zu machen? Sollte ich mein Familienleben aufs Spiel setzen, um Schweine pflegen zu lernen?

Ich grub wieder eine Weile, aber Groll und Hunger drückten mich, und ich warf den Spaten weg und ging aufs

Haus zu. Glante stand am geöffneten Küchenfenster, starrte mich an, tat, als ob er mich nicht sähe, und sagte mit seiner Tonnenstimme: ‚Ich war nicht hier, aber wenn man Eddie damals nicht so derb aufgepumpt hätte – hätte man ihn nicht so herb platzen lassen müssen!'

Wie bitte? Glante erlaubte sich in meiner familieneigenen Küche, über mich, den Hausherrn, zu Gericht zu sitzen? Der Zorn gab mir einen Stoß, und ich näherte mich der hinteren Haustür, und ich hörte meine Mädchen in der Küche plappern. War meine Frau denn von Sinnen, die Kinder zu Zeugen ihres Ehebruchs zu machen? ‚Wie es auch kommt, du gehst auf die Kulturbundschule', sagte Glante.

‚Wir können nicht beide weg', antwortete meine Frau.

‚Eddie denkt nicht dran.' Dieser Goldjunge Glante benahm sich, als ob er Herr in meinem Hause wäre, und entschied sogar schon für mich. Das Blut trieb mir zu Kopfe. Ich ging in die Küche, packte Glante, knirschte, sagte kein Wort und schob ihn zur Tür hinaus.

Glante ließ sich willig hinauswerfen, und ich spürte, wie er zitterte, dieser Feigling, war das alles, was er für seine Geliebte zu tun gedachte?

Draußen auf der Straße wandte er sich um, und ich sah den verhaßten Goldzahn. Glante lachte. Hatte man schon etwas so Abgebrühtes gesehn?

Ich schüttelte mich wie ein Hengst nach einem Kolikanfall und ging zum hinteren Gartentürchen hinaus.

Abend, Wald und das Geknispel und Geweb in den Baumkronen. Da standen sie nun vor mir, die Stämme mit den ober- und unterirdischen Astwerken! Ich hatte mir solche Waldspaziergänge in der letzten Zeit oft geleistet. Ich brauchte sie. Der Erfinder des Zeitmangels ist der Mensch. Die Gedanken wurden im Wald leicht wie Düfte, aber jetzt waren alle zusammengepreßt in nebensächlichen

Hirnzellen, und das Gift des Zorns breitete sich ätzend aus. Ich starrte die alten Kiefern an, stolperte über die Blumentöpfe der Harzerbrigade, ein feines Sirren im Kopf und Stiche, Stiche: Wunderbar, grandios! Ich hatte nicht bemerkt, was sich zwischen Glante und meiner Frau anspann. Einem gewissen Privatgelehrten Kienast, der sich aufgemacht hatte, die Welt neu zu entdecken, wuchsen die Hörner, und andere Dorfleute sahen gewiß längst die entsprechenden Ausbuchtungen auf meiner Stirn.

Eine frühe Fledermaus flog auf mich zu und erschrak vor meinen weißen Hemdärmeln. Himmel und Erde flossen zu einem schwarzen Teig zusammen, und ich arbeitete mich durch diesen Teig und atmete hitzig: Glante wollte mich also zum Lehrgang schicken, um mit meiner Frau kramen zu können. Aber weshalb wollte er jetzt *sie* zum Lehrgang senden, wenn ich daheim blieb? Meine Eifersucht fand auch darauf eine Antwort: Er konnte sie auf dem Lehrgang besuchen, er war frei, während ich als ‚treusorgender Vater‘ bei den Kindern hockte.

Und meine Frau? Sie würde beim Lehrgang vielleicht unter hundert Männern sitzen, unter hundert Süßholzrasplern, die Kultur absolvierten und wer weiß nicht, was noch!

Weshalb verbot ich meiner Frau nicht, diesen Poussierlehrgang zu besuchen? Ach, da gab's, wenn ich mich erinnerte, so etwas wie einen Frauenförderungsplan! Weg vom Kochtopf, ran an fremde Männer! Schließlich würde ich wieder als Krebs in der Kreiszeitung sichtbar werden.

Es war meist Nacht, als ich frierend heimzu strebte, Hunger hatte und heiligenblaß war. Ich aß in der Küche wie ein normaler Mensch, vielleicht etwas mehr, aber der Sauerkohl schmeckte nach Faß.

Meine Frau kam. ‚Was ist dir?‘

Meine Unterlippe schob sich über die Oberlippe. Keine Antwort. Ich ging nicht zu Bett, sondern las die Bauernzeitung, immer mit vorgeschobener Unterlippe, las die Mätzchen der kleinbürgerlichen Witzecke dort unter der Rubrik *An der Witztheke*, las aber auch mehrere Fachartikel, und einen Artikel las ich zweimal. Schließlich schlief ich ein und machte den Fernsehsessel zum Bett.

Meine Unterlippe ruhte sich aus, aber am Morgen war sie wieder dort, wo sie bei einem Beleidigten hingehört. Auch der übliche Morgenkuß meiner Frau brachte sie nicht herunter. Ich hatte an diesem Kuß mehr auszusetzen als am Faßgeschmack des Sauerkrautes.

Sonst gingen wir gemeinsam von Haus fort, die Kinder in die Schule und wir zur Arbeit. An diesem Tage ließ ich meine Frau mit den Kindern allein gehn, stieg in den Taubenschlag, streute Futter für zwei Tage, aber öffnete den Schlag nicht.

Sodann zog ich meinen grauen Sportanzug an, bemerkte, daß seine breiten Hosenbeinlinge aus der Mode gekommen waren, und band mir deshalb einen Schlips mit einem Fettfleck um und hoffte, damit die Blicke eventueller Modebeurteiler von den unmodernen Hosenbeinlingen abzulenken. Aus dem gleichen Grunde setzte ich auch meinen braunen Teledhut auf, der mit seiner grünen Kordel und einer bunten Entenbürzelfeder Aufmerksamkeit erregte.

Als ich meinen *Spatz*, jene Kreuzung zwischen Fahrrad und Motorrad, aufpumpte, wickelte sich der Schlips heimlich um die Speichen, und als ich mich aufrichtete, riß ich den *Spatz* um. Schlechte Vorzeichen, dachte ich, hängte den Schlips über eine Zaunlatte, ging noch einmal in die Küche, prägte mir eine Adresse aus der Bauernzeitung ein und schrieb auf den Zeitungsrand: ‚Komme – wer weiß – erst morgen wieder. Hochachtungsvoll Eddie.'

Der *Spatz* schnurrte, und die Sonne schien nach der Schnur. Ich fuhr durchs Mecklenburgische: sanfte Hügel, sattgrüne Saaten, Katendörfer und Kleinstädte mit alten

Toren. Der Frühling und seine Äußerungen drängten Gedanken und Bedenken, die mich mit zu Hause verbanden, zurück; es wurde mir leichter und leichter.

Man wollte mir nicht erlauben, den großen Mastschweinestall im Rostocker Bezirk zu besichtigen, aber ich ließ durchblicken, daß ich Lehrgangsaspirant wäre, und das machte den diensthabenden Schweinemeister geneigter.

Ich mußte einen sauberen Arbeitsmantel überziehen und mit meiner Unterschrift versichern, daß ich aus einem seuchenfreien Gebiet käme. Ich unterschrieb mit gutem Gewissen, denn die einzige Seuche, die mich plagte, war meine Eifersucht, und die war nicht meldepflichtig.

Desinfizierte Gummistiefel in meiner Schuhgröße fünfundvierzig waren nicht vorhanden, aber sie wurden beschafft. Sie trieben's dort mit der Hygiene wie in einem Kreiskrankenhaus.

Der Stall hätte einen Zeppelin beherbergen können, denn er war hundertfünfunddreißig Meter lang, war aus Aluminiumplatten erbaut und glänzte in der Sonne. Das einzige, was mich in diesem Stall an die Ställe daheim erinnerte, waren die Schweine, aber auch die benahmen sich unschweinsgemäß genug. Viermal hundertfünfunddreißig Meter Schweine, dreitausend Stück, und man hörte sie weder quieken noch grunzen. Das einzige Geräusch in der Halle war das Deckelklappen der Selbsttränkebecken, eine Symphonie für tausend chinesische Becken. Entweder sind die Schweine satt oder krank, dachte ich und versetzte mich reaktionär in die Psyche eines Schweines, das auf herkömmliche Weise gemästet wird: Unmöglich, daß es sich ohne feuchten Mist, auf Lattenrosten bei pulverigem Trockenfutter wohl fühlen konnte.

Ich ging einhundertfünfunddreißig Meter auf der eisernen Wärterbrücke entlang, besah die Schweine rechter und linker Hand und setzte als Motto und Maßstab die alte

204

züchterische Faustregel an: ‚Ist das Schwein rundum gesund, trägt's den Schwanz geringelt rund.'

Alle Schweine trugen den Schwanz geringelt. Ich sparte nicht mit Anerkennung. Der Wärter, ein Mann mit dem Gesicht eines Langstreckenläufers, lachte. Er machte sich einen Spaß daraus, mich von einer Überraschung in die andere zu stürzen. Er drückte zum Beispiel auf einen Schaltknopf, und zwei Futterwagen, etwas größer als Feldbahnloren, wurden unter der Rinne eines Futtersilos automatisch mit einem Gemisch aus Getreideschroten und Mineralien gefüllt. Knopfdruck – die Wagen setzten sich in Bewegung und verteilten das Futter in abgemessenen Portionen in die Futterkrippen der vergitterten Schweineboxen. Knopfdruck, Knopfdruck – ich hätte mich nicht gewundert, wenn der Mann mit einem weiteren Knopfdruck die Zeppelinhalle ins Nachbardorf versetzt hätte.

Wir stiegen von der eisernen Wärterbrücke wie von einer Schiffsbrücke in das Schweinemeer. Der Wärter ließ mich in den Speck eines Schweines greifen und die Mastzeit ermitteln, die das Tier noch nötig haben würde. Ich packte zu und ermittelte vier Wochen Mastzeit. Der Wärter maß mit einem Elektroschallgerät und kam auf zwei Wochen. Jeder weitere Masttag wäre Futterverschwendung.

‚Hat man dir das auf einem Lehrgang beigebracht?' fragte ich.

‚Das ja, aber anderes nicht', sagte der Wärter und wies unzufrieden auf die große Halle mit all ihrer Elektrik und Mechanik.

Es wurde mir taumelig, und es knickte in meinen Ohren, als ob Eierschalen in meinem Kopfe zersprängen. Vielleicht waren's meine Hirnzellen, die vor Hunger knackten, weil ich seit dem frühen Morgen nichts gegessen hatte. Aber das merkwürdigste war, daß ich mich nun, da ich dieses Hallenmonstrum gesehen hatte, Glante überlegen fühlte.

Auf dem Heimweg mußte ich an ein Küken denken, das vor dem Ausschlüpfen im Ei sitzt und fürchtet, es müsse sterben, wenn die Enge seiner Ei-Heimat zerschellt. Unlustig wirft es seinen Kopf hin und her, während ein kieselscharfer Dorn an seiner Schnabeloberhälfte dabei die Eischale von innen her anritzt, bis sie platzt. Das Wunder geschieht, die kleine Heimat wird gesprengt, das künftige Huhn steht der großen Welt gegenüber, die weniger schrecklich ist, als sie die dumpfe Ahnung des Kükens spiegelte.

Ich hatte vergessen, daß mich Eifersucht auf die Fahrt getrieben hatte, und hielt meine Ausfahrt für ganz natürlich. War ich es nicht gewesen, der nach dem Zeitunglesen beschlossen hatte, gerade diese Genossenschaft bei Rostock aufzusuchen?

Es begann zu regnen, und mein Sonntagsanzug weichte durch. Je mehr ich mich dem Zuhause näherte, desto gegenwärtiger wurde mir, was mich dort erwartete: Meine Wiederbegegnung mit Glante, den ich aus meinem Haus geworfen hatte.

Meine Eifersucht erwachte wieder und färbte meine Gedanken gelb: Wie wär's, wenn du Glante den veralteten Stall bauen ließest, den er projektierte? Laß ihn auflaufen! Es könnte sein großer Fehler werden, auf den du lange lauertest. Glante aus dem gleichen Grunde gestürzt wie du, weil er die *Perspektive* nicht sah!

Ich fror, und die Zähne klapperten mir. Es gelüstete mich nach einem Schnaps, und ich hielt doch nicht an; vielleicht hockte Glante schon wieder bei meiner Frau!"

Wir waren wieder im Flur, und den Kurzschluß hatten wir nicht gefunden. Kienast war aufgeregt, und seine Hände zitterten, als er die Deckel von jenen Kapseln unter der Raumdecke entfernte, in denen die Drähte aus zwei verschiedenen Räumen zusammenstießen. Ich aber war begierig auf den Fortgang seiner Erzählung.

„Was gibt's noch zu erzählen? Nach meiner Fahrt lag ich eine Woche im Bett. Fieber. Meine Frau bepflegte mich mit beruhigenden Worten und Lindenblütentee.

In meinen Fieberphantasien hatte ich es mit Glante zu tun: Ich sah ihn auf meine Frau zugehn, und er bemerkte die Grube, die sich vor ihm auftat, nicht. Lauf doch, dachte ich, eine Grube ist keine Treppe, du wirst es unten erkennen!

Meiner Frau aber sagte ich im Fieber: ‚Wozu erst einen Lehrgang, wenn du Glante nehmen willst? So klug, wie du glaubst, ist er nicht.‘

Sie erwiderte nichts.

Krankheiten sind Verwandlungen, Umschichtungen finden in uns statt. Ich weiß nicht, ob sie stattfinden, weil man krank ist, oder ob man krank wird, weil sie stattfinden.

Als mich das Fieber verließ, gewann ich den abgeklärten Zustand zurück, in dem ich mich befunden hatte, bevor Glante mit seinem Lehrgang auf mich losging. Ich vergegenwärtigte mir, daß ich während der Krankheit hätte sterben können, und wurde dankbar gegen das Leben, wurde milder und versöhnlicher. Wie lange würde mein Triumph währen, wem würde er nützen, wenn man Glante stürzte, wie man mich einst gestürzt hatte?

Auf unsicheren Beinen schwankte ich zu Glante. Ich suchte ihn nicht im Büro, sondern abends in seinem möblierten Zimmer auf.

Glante saß und schrieb etwas in ein Schulheft. Als ich auf ihn zuging, verschwamm er und bekam Ausdehnungen, die er im Alltag nicht besaß. War das die Fiebernachwirkung, oder sah ich nach dem Fieber klarer als sonst? Vielleicht endet der Mensch nicht dort, wo seine Haut ihn begrenzt, dachte ich.

Glante sprang auf und schob mir einen Stuhl unter. Sah er, wie es um mich stand?

‚Ich möchte dich warnen‘, sagte ich.

Er sah mich verwundert an. Ich entriß ihm den Bleistift, warf mit wilden Strichen eine Skizze aufs Papier seines Schulheftes und versuchte ihm klarzumachen, daß er auf dem Wege sei, einen veralteten Schweinstall bauen zu lassen.

Er hörte sich's an, war sanft und lächelte nicht. ‚Was aber meine Frau anbetrifft‘, sagte ich, ‚so brauchst du sie nicht erst zum Lehrgang zu schicken, wenn ihr miteinander ins reine kommen wollt!‘

Er entblößte auch jetzt seinen Goldzahn nicht, und wenn er's getan hätte – ich galube, es hätte mich nicht einmal gestört."

Kienast hatte jetzt gefunden, was er den Vormittag über suchte. „Da kannst du sehen, auf wie merkwürdige Weise Kurzschlüsse entstehen", sagte er. Er wies mit dem Schraubenzieher auf einen Spinnfaden, der zwei unisolierte Leitungsenden verband, und er nahm den Spinnfaden vorsichtig mit dem Schraubenzieher ab, ließ sich von mir einen Pinsel reichen und säuberte die Kapsel.

Ach, dieser Kurzschluß, er war für mich ganz unwichtig geworden! Immer wußte ich noch nicht, ob Kienast den Lehrgang besucht hatte.

„Den Lehrgang? Du siehst mich mittendrin. Drei Tage nach meinem Gang zu Glante wurde in einer Leitungssitzung aufs neue über das Schweinstallprojekt gesprochen, und man sandte eine Abordnung, zu der auch ich gehörte, in die Genossenschaft bei Rostock.

So kam's, daß ich, ohne gewählt worden zu sein, wieder zur Leitung gehörte, und ich bestand drauf, daß man mich zum Elektriker ausbilden ließ. Verkürzte Lehrzeit. Das war heute so etwas wie eine Zwischenprüfung. Sie ließen mich das erstemal allein auf Montage gehn. Du verstehst, daß es peinlich gewesen wäre, wenn ich den Kurzschluß nicht gefunden hätte."

„Und deine Frau?"

„Meine Frau? Ein fünfzackiger Stern!"

Kienast stieg von der Leiter, packte sein Handwerkzeug zusammen und feierte das Auffinden des Kurzschlusses wie einen Sieg. „Hättest du für möglich gehalten, daß ein Spinnfaden ..." Er richtete sich auf und lächelte. „Meine Erzählung wirst du bezahlen! Aber denk nicht, daß ich vorhab, mein Leben als elektrisch geschulter Mäster im Schweinstall zu beenden! Der Mensch wird nicht bis in alle Ewigkeit Schweine mästen, sie abmurksen und auffressen, um seinen Kopf über Wasser zu halten!"

Ein kurioser Kerl, dachte ich.

Er setzte seine Mütze auf. Die winterblasse Halbglatze verschwand, und sein Gesicht glänzte. In diesem Augenblick schien er mir Glante überlegen zu sein, der vielleicht mit dem Bau des großen Stalles am Ziel seiner Wünsche angelangt war. Aber was wußte ich von den Möglichkeiten des wirklichen Glante? Ich kannte nur den, den Kienast vor mir aufgebaut hatte.

209

Ein Dienstag im September

Begründung des Traktoristen Werner Wurzel

Man verlangt, daß ich begründe, weshalb ich fernzustudieren begann.

Meinen mageren Lebenslauf kennen Sie aus der Erzählung *Der Stein*. Ein Schriftsteller schrieb sie. Die Erzählung ist echt, bis auf einige Übertreibungen, natürlich. Schriftsteller nennen Übertreibungen Überhöhungen.

Soviel habe ich schon erspitzt: Aufs Übertreiben, Weglassen und Auswählen scheint es in der Kunst mächtig anzukommen. Bei diesen Arbeitsgängen tritt das Talent in Tätigkeit, wie man hört. Ich hoffe, ich werde während des Studiums erfahren, was Talent ist. Aus den Zeitungen kriegt man es nicht zu wissen. Die Leute, die ihr Brot aus dem Erklären von Literatur backen, erzählen einem, was in den Büchern steht, aber über Talent schreiben sie nicht. Vielleicht tun sie recht daran, denn andere Zeitgenossen scheinen neidisch auf Talente zu sein. Wenn das Talent nun ein Bazillus ist? Dann wären sie neidisch auf einen, der Tuberkeln hat – zum Beispiel.

Aber zu mir! Ich habe lange überlegt, ob studieren oder nicht, doch mein Leben erstickte zuletzt fast in Fragen und Mutmaßungen. Den Ausschlag für den Entschluß, mich aus den Verstrickungen durch ein Studium herauszuarbeiten, gab schließlich ein Erlebnis an einem Dienstag im September:

Eddie Kienast, Elektriker auf Zeit (siehe die Erzählung *Bedenkzeit* von oben genanntem Schriftsteller), ließ mir keine Ruhe: Ich sollte mit ihm auf den Heirats- und Pferdemarkt fahren.

Also, wir fuhren. Es war Vorherbstzeit. Spinnweben hingen in Sträuchern und Gräsern; voll Tau am Morgen, voll Mücken am Abend. Unsere Mopeds schnurrten. Ich pfiff, und Kienast kaute auf einem kalten Zigarrenstummel.

Wir kamen an die Havel. Die Havel trödelt durch Wiesen und Luche, schleppt Lastkähne auf ihrem Rücken, und dort, wo sie Bögen schlägt, sich buchtet und dichtes Gebüsch nährt, erzeugt sie Idyllik – bis auf die Mücken. Jedes Idyll – seine Mücken. Gut, was?

Die Havel ist die Mutter märkischer Kleinstädte. Zu einer dieser Kleinstädte schnurrten wir hin. Ihre angeschimmelten Burgbauten spiegelten sich im moorigen Flußwasser. Außer uns flogen andere Menschen auf Motorrädern, in Autos und Omnibussen dorthin, wie Bienen auf ein honigversprechendes Feld.

Bauerntöchter verkuppelt man auf dem Heiratsmarkt nicht mehr, und auf dem Pferdemarkt werden nur noch wenige Pferde verkaupelt. Das Marktfest hatte wie ein leerer Sack in der neuen Zeit gelegen, und da stopfte man es mit modernen Vergnügungen: mit einer Landmaschinenausstellung, einem Springreiten, einer Jagdtrophäenausstellung, mit Karussells, Autoskootern und einem Lachkabinett, mit einer Modenschau, mit hautlosen Bockwürsten und dergleichen Genüssen.

Manche Marktbesucher kamen von weit her, um einen Tag ohne Programm und große Reden zu verfeiern. Nicht daß sie was gegen große Reden hatten, aber lang ist nicht groß.

Die abgestellten Autos und Motorräder der Marktbesucher bedeckten Wiesenflächen von vielen Hektaren am Stadtrand. Dem Boden entwachsene Blechrüben. Wenn man's genau nahm, war's wohl auch so.

Eddie Kienast hatte sich für den Ausflug modernere Hosen mit engen Beinlingen angeholfen. Unter seinem braunen Teledhut mit der Entenbürzelfeder hinterm Band sah er tief keck aus.

Um auf den Krammarkt zu kommen, mußten wir uns durch das Gefitz des Pferdemarktes fädeln. Kienast vorweg, ich hinterher. Der Pferdehandel war ein Lustspiel. Für das Gefeilsche und Gehabe der Pferdehändler gab es keine wirtschaftliche Notwendigkeit mehr.

Am Marktrand standen drei Deutsche Kaltblüter von der Größe mittlerer Elefanten. Ihre Fesselhaare waren lang und struppig wie Strauchwerk. Man hatte die Pferde nachts über verkehrsarme Landwege im Fußmarsch zum Markte gebracht. Jetzt waren sie verkauft worden und sollten eine der Wohltaten der Technik genießen und auf das Viehauto der Käufergenossenschaft steigen.

Die Hinterwand des Transportwagens war heruntergelassen und mit Stroh bestreut worden. Die Pferde sollten sie für einen Stallgang halten. Die beiden ersten Kaltblüter gingen widerstandslos über die Brücke, wie Menschen manchmal auf strohbestreuten Wegen ins Unbekannte tappen. Das dritte Pferd, ein mächtiger Rotschimmelwallach, wollte nicht hinauf. Der Wallach hatte eßtellergroße Hufe, und die Bohlen schwankten unter seinem Gewicht. Er wähnte, man wolle ihn in einen Sumpf zerren, retirierte und riß den Kutscher vom Steg.

Der Kutscher war blaß und sanft. Er beruhigte das Pferd. Schaulustige Marktbesucher sammelten sich. Einige gaben vor, gewalkte Pferdekenner zu sein, und schlugen den Kutscher mit allerlei Rat:

„Kein Problem, das Pferd da raufzukriegen!" rief ein kleiner Mann, eine vertrocknete Brennessel. Sein Haar hing lang unter der Mütze hervor und hatte den Kragen seiner karierten Sportjacke speckig gewetzt. Wie eine Hornisse den Elefanten umtanzte das Männchen das kolossale Pferd. Schließlich knotete er einen langen Strick in die Pferdetrense, ging über die Zugbrücke und legte das Seil über das Planengestänge des Lastautos. Mit dieser Flaschenzugvorrichtung glaubte der Zwerg, die Kraft seiner dürren Arme vervielfacht zu haben. In der Steinzeit mochte das eine große Erfindung gewesen sein, die Tat eines Neuerers. Aber hier sah es aus, als zöge ein Glöckner am Glockenstrang.

Der Wallach tat zwei, drei kleine Schritte, bemerkte, wohin die Zugbewegung ging, und prellte zurück. Das Männchen hing einen Meter über dem Boden des Autokastens, spreizte die Beine und fiel ab.

Die Zuschauer lachten. Ihre Sympathien waren beim störrischen Pferd. Der kleine Mann, dem nicht vergönnt gewesen war, Mittelpunkt einer Menschenansammlung zu werden, verwieselte sich im Marktgetümmel.

Mir scheint, wir sind alle drauf aus, dann und wann ein bißchen Aufsehen zu erregen. Wenn es uns mit nützlichen Taten nicht gelingt, begnügen wir uns mit breiten Hochzeiten, sogar Begräbnisfeiern für Angehörige müssen herhalten. Im Menschen steckt ein Urdrang, sich hervorzutun.

Jetzt drängte sich ein jüngerer Mann zum Wallach vor. Er ließ seine Mundwinkel mächtig hängen und schwitzte vor Überheblichkeit. Das schien einer zu sein, der das Pferd in einen schwebenden Hubschrauber bringen würde, wenn es sein mußte. Er zog sein kurzärmeliges Sporthemd aus, breitete es über den massigen Pferdekopf, befestigte die Hemdzipfel hinter den Trensenstruppen, wartete ein wenig und zog das Pferd dann am Zügel zum Auto hin.

Der Wallach bewegte sich mit tastenden Schritten voran, doch als er das linke Vorderbein auf die Zugbrücke gesetzt hatte, übernahm sein Huf das Sehen, und er warf sich zurück wie vorher.

„Falsch, wie du das machst! Der Schinder muß erst Himmel und Erde verwechseln!" Das rief ein schwarzhaariger Mann. Er sah ägyptisch aus, trug eine blauschillernde

213

Schießbudenblume am Rockaufschlag, nahm dem jungen
Mann die Zügel aus der Hand und ließ das blindgemachte
Pferd kreisum tanzen; rechts herum, links herum, wieder
rechts und links herum, bis das Tier taumelte, seinem Tanz-
meister benommen folgte und mit beiden Vorderhufen auf
die Bohlenbrücke trat. Verhaltener Beifall – zu früh, weil
das Pferd wieder stehenblieb. Es schwankte in sich von
rechts nach links und von links nach rechts, aber vorwärts
ging es nicht mehr.

Der junge Mann fürchtete, ein anderer Pferdebewältiger
könnte mit seinem Hemd Erfolg haben. Er forderte es zurück, lächelte – immer noch überheblich – und verschwand.

Ich bekam selber Lust, es mit dem Pferd zu versuchen.
Aber Pferde waren nicht meine Sache. Als Junge hatte ich
zu häufig Wasser für die Pferde des Vaters vom Brunnen
schleppen müssen. Immer zur Unzeit, meist, wenn ich mich
in einem Buche festgelesen und in fernen Ländern ange-
siedelt hatte. Doch in der Dorfakademie hatten wir uns vor
Monaten mit der Lehre von Pawlow vertraut gemacht und
dabei über die Psyche des Pferdes gesprochen. Danach war
das Pferd ein Steppentier, ein Fluchttier.

„Das wird langweilig", sagte Kienast, und wir gingen
zum Krammarkt. Quietschblasen plärrten wie sterbende
Kaninchen. Das ekelte mich an, und ich hatte eine neue
Frage, auf die ich mir mühsam würde Antwort verschaffen
müssen: Ist der Dudelsack eine höher entwickelte Quietschblase, oder ist die Quietschblase ein heruntergekommener
Dudelsack?

Vom Rummelplatz wellte die programmierte Lochkarten-
musik der Karussellorgeln über das Menschengewimmel
hin. Wir gingen zur Maschinenausstellung. Ich beguckte mir
den neuen Traktor ZT 300, stieg hinauf und paßte ihn mir
an wie einen Anzug.

ZT 300 – ich kann diese beziehungslosen Maschinen-

214

numerierungen nicht ausstehen! Es gibt Leute, die eine Kuh am liebsten K 4 und eine Ziege Z 2 nennen würden, um die Zahl der Euterstriche und die Milchleistung zu kennzeichnen und um weniger Platz in den Spalten ihrer zahlreichen Berichtsbögen zu verbrauchen.

Für mich sind Maschinen Lebewesen mit Herzschlag und Verdauungsbeschwerden, und für mich hieß der neue Traktor *Mammut*. Seit der Mensch sich als Erfinder betätigt, holt er die Kräfte ausgestorbener Riesentiere in Form von Maschinen auf die Erde zurück. Ganz klar. Die Hinterbeine des *Mammut*-Traktors schienen mir unterentwickelt zu sein. Nicht nur die Natur kann sich keinen Pfusch leisten, und wenn unsere Techniker die Hinterradbereifungen des neuen Traktors nicht den Erfordernissen anpassen, stirbt auch dieser Traktorentyp aus.

Soweit zum Traktor. Obwohl ich für Pferde, wie ich schon sagte, wenig übrig habe, trieb es mich wieder zum Pferdeverladen. Die Technologie des Verladevorgangs interessierte mich.

Das Wallachverladen hatte den Charakter einer Schaubudenvorstellung angenommen. Sie wissen: Ein starker Mann steht vor der Rummelbude und fordert Leute aus dem Publikum auf, ihn zu besiegen.

Es meldete sich ein Pferdebezwinger, der aussah wie ein noch nicht erkannter Dichter: Häßliches Gesicht, eine Schülerbrille mit dicken Gläsern auf unausgereifter Nase. Bei ihm war eine kurzberockte Frau. Sie schien älter zu sein als er. Eine Frau mit flotter Vergangenheit, die sich nach heißer Geliebtinnen-Karriere einen reinen Toren zum Manne genommen hatte, taxierte ich. Obwohl die Sonne nicht blendete, bedeckte sie ihr rechtes Auge mit der Hand. Es war ein eigensinniges Auge, es schielte.

Der unentdeckte Dichter schien zum Pferdebezwingen in die Arena gestiegen zu sein, um seiner Frau zu imponieren.

Er gab bekannt, daß Pferde die stummen Brüder des Menschen wären, und verbat sich jede Hilfeleistung, auch eventuelle Zurufe. Die Roßkenner lachten. Der Mann mit der Schülerbrille wunderte sich über das Gelächter. Für einen Dichter scheint nichts selbstverständlich zu sein.

Er rupfte auf dem versteppten Marktplatz ein Büschel Gras und hielt es dem Wallach vor das Maul. Das Pferd versuchte das Grasbüschel mit ausgestülpten Lippen zu greifen, und der unentdeckte Dichter sorgte dafür, daß es dem Tier nicht gelang. Er spielte Pferdeschicksal. Der Grasmagnet zog das Pferd nach sich, und die kleine Frau war stolz auf die Klugheit ihres Mannes. War es überhaupt Klugheit, war es Güte, war es List? Jedenfalls vergaß die Frau vor Begeisterung ihr eigensinniges Auge und gab es zur Besichtigung frei.

Aber am Verladesteg hörte die duftende Macht des Grases auf. Das Pferd reckte den Hals, und seine Oberlippe wurde zu einem angelnden Finger. Den erwarteten Schritt auf die Brücke tat es nicht.

Gelächter. Die kleine Frau war enttäuscht von der Verführungskunst ihres Mannes, ging zur Seite, hinkte vor Peinlichkeit und schirmte ihr Auge wieder ab. Vom Rummelplatz flogen die Fetzen eines Drehorgelschlagers herüber: „Ich will ein' Cowboy als Mann . . ."

Verdammt, dachte ich, sollte von diesen gesottenen Roßbändigern nicht einer den Fluchttier-Charakter der Pferde kennen? Hatte ich mein Lebtag unnützen Respekt vor Pferdekennern gehabt? Ich ging Kienast suchen.

Eddie Kienast hatte sich rotisolierten Elektrodraht gekauft, war mit dem Kopf durch die Drahtrolle gefahren und hatte sie umgenommen wie eine rote Schärpe. Er kam fluchend aus dem Konsumzelt *Schmücke dein Heim,* in dem neben Wohnungseinrichtungen auch Gegenstände verkauft wurden, die Liegen und Leuchten genannt wurden. Kienast hatte sich über die Leuchten geärgert. Ihr Sinn schien ihm darin zu bestehen, Licht von 200-Watt-Glühbirnen durch einen dunklen Lampenzylinder gegen die Zimmerdecke zu strahlen, um eine Art Schummerigkeit zu erzeugen.

Aber die Leuchtenschöpfer hatten es schließlich mit der Mode und nicht mit Kienasts unterentwickeltem Geschmack zu tun. Sollten sie unter das Weltniveau gehen und einfach Lampen herstellen?

Ja, der Rummelplatz! Im Sommer war er eine brave Kuhweide mit Wiesenschaumkraut, Hahnenfuß und kurzem Klee, doch jetzt waren innerhalb einiger Tage kuriose Einfälle zum Anheben der Kleinkultur darauf gewachsen.

Wir standen vor dem Vergnügungszelt, das man Autoskooter nennt. Ich beobachtete dort einen Mann. Er trug eine graue Blasermütze, fuhr in seinem funkensprühenden Elektrokarren am Rande des Fahrzeuggewimmels entlang und versuchte sich der Freude des Lenkens und Fahrens hinzugeben. Aber immer wieder schossen andere Fahrer aus dem Gewimmel und rammten sein Fahrzeug; die meisten aus reiner Rammlust. Abbild des Lebens für Pessimisten, dachte ich. Danke für diese Art Welt! Es schien mir besser, in einer Welt zu leben, in der nur mehr Dummköpfe hin und wieder die zügige Fahrt hemmten. Wo war Kienast schon wieder, mit dem man über so was sprechen konnte?

Kienast beguckte sich Bilder. Ein Stubenmaler hatte sich das Haar lang wachsen lassen und trug eine Samtjacke, um so auszusehen, wie sich Tante Anna einen Künstler vorstellt. Er hatte Motive von süßlichen Postkarten mit Ölfarben auf Leinwand übertragen und verkaufte sie als Gemälde. Rauch von einem Bratrost wehte über die Szene und ging auf die Speicheldrüsen der Kunstbetrachter los. Trotzdem kaufte ein jungverheiratetes Paar das Gemälde *Pflügender Bauer vor Abendhimmel,* weil der Himmel so naturgetreu getroffen war. Der Ölfarbenverteiler füllte die ent-

217

standene Lücke aus dem Fonds seines *Wolgas* mit dem Gemälde *Pflügender Bauer bei aufziehendem Gewitter.*

Kienast kaute an einer hautlosen Bockwurst und war streitsüchtig. Er wollte von mir wissen, was Kunst und was Kitsch wäre, und das sofort und womöglich auf Lebenszeit.

An der *Wolga*-Frontscheibe des Leinwandverwüsters stand ein besonders wuchtiges Werk, ein zeitnahes Aushängeschild. Es zeigte einen Arbeiter, denn die Figur trug einen Hammer. Ein Bauer war durch eine österreichische Militärschimütze charakterisiert. Die dritte Figur trug einen weißen Arbeitskittel und sollte offenbar keinen Molkereiarbeiter darstellen. Alle drei Figuren gingen unter einer elektrischen Hochspannungsleitung hindurch, stürmten mächtig vorgeneigt nach links, und ihre Wegweiserarme zeigten auf den bronzierten Rahmen des Bildes. Der bronzierte Rahmen war nach Kienasts Meinung die Zukunft. „Du wirst doch nicht behaupten, daß dieses Bild von den drei Schrittmachern Kitsch ist", sagte er.

Wir wären vielleicht verstritten vom Markte gefahren, wenn uns nicht Frauenschreie erschreckt hätten.

Drüben beim Pferdeverladen war etwas los. Alle Kunstbetrachter liefen dorthin, und obwohl der Stubenmaler uns nachschrie: „Hersehn, Leute, mal hersehn: Alles in reine Ölfarben gemaln!", liefen auch wir zum Pferdemarkt hinüber.

Der Wallach war frei. Seine Trense war geplatzt. Zwanzig Männer hatten zugleich gezerrt und sie zerrissen. Das Tier rannte mit dicken Schaukelpferdschritten auf die Zuschauer zu. Die Menschen suchten sich in Sicherheit zu bringen, rannten davon und rissen einander um.

Das Pferd respektierte die liegenden Menschen und ließ sich bei der Mähne packen. Es wurde eine haltbarere Trense gebracht. Die Katastrophe fand nicht statt; daß sie aber hätte stattfinden können, versetzte die Pferdebändiger in

Zorn. Die Rohlinge unter ihnen erspähten ein Zipfelchen Berechtigung, gewalttätig zu werden.

Wutgeschrei wie von eingesackten Teufeln ertönte. Latten und Pfähle eines Schrebergartenzaunes sausten splitternd auf die breite Kruppe des Kaltblüters nieder. Vorn wurde gezerrt, hinten wurde geschlagen. Frauen klagten und wendeten sich ab. Die flotte Frau des unerkannten Dichters hielt einem Schläger den Arm fest, doch die anderen Prügel pfiffen weiter, und Splitter und Späne surrten umher, bis der Wallach mit beiden Vorderbeinen auf dem Verladesteg stand. „Drauf, nur drauf, jetzt hat er's begriffen!"

Striemen und Schmielen erschienen am Pferdehinterteil, und Blut tropfte aus Platzwunden, da stieg der Wallach baumgerade, verlor das Gleichgewicht und fiel in die Gruppe seiner Peiniger.

Hinkend und an Handwunden saugend, trollten sich die verletzten Männer, während sich der Wallach weißgeschwitzt von der Erde erhob.

„Das Pferd hat Fluchttiercharakter. Bei jähem Schreck verfällt es in Panik." Ich hörte die Stimme des Dozenten aus der Dorfakademie. Aber das war vielleicht nur Theorie.

Ein faßbäuchiger Rohling riß dem Wallach das Maul auf, packte die Pferdezunge und suchte das Tier dran vorwärtszuziehen. Das Pferd riß trotz der Schmerzen den Kopf hoch. Seine schleimige Zunge entglitt der Hand des dicken Peinigers. Da schlug ein glatzköpfiger Oberrohling dem Wallach mit einem Knüppel über den Kopf. Das Pferd stöhnte, statt den Schläger niederzutrampeln. Man riß dem Glatzkopf, der eine viereckige Stirn sein eigen nannte, den Knüppel aus der Hand. „Verrückt, auf den Kopf schlagen! Er muß ja zurückprellen, Dummkopf!"

Aber Dummkopf hin, Dummkopf her – jeder der vorgeblichen Roßkenner mochte mit seinem Trick irgendwann

219

bei einem Pferd, das nicht hinwollte, wo es hinsollte, Erfolg gehabt haben, verallgemeinerte den Trick, hielt ihn für verwendbar bei allen Pferden. Auch der Kopfschläger berief sich auf eine einmal gemachte Erfahrung. Ein Tier, das etwas auf den Kopf bekäme, erklärte er, stürme unweigerlich nach vorn.

„Das werden wir sehn!" schrie Eddie Kienast und schlug dem Dummkopf zweimal mit der Faust auf die viereckige Stirn. Der Glatzkopf taumelte zurück.

Die Zuschauer johlten und klatschten, doch die Freunde des Kopfschlägers gingen auf Kienast los. Ich riß Eddie aus dem Gewimmel und suchte ihn zu verstecken, doch er war durch die rote Drahtschärpe weithin kenntlich. Es nutzte nichts, daß ich mir in diesem Augenblick wünschte, der verfluchte Elektrodraht wäre schon von Laserstrahlen abgelöst. Die Luft im Umkreis von fünfzig Metern war von Rachewünschen durchzittert. Die Rohlinge suchten ihren Mißerfolg beim Pferdeverladen mit einer erfolgreichen Menschenschlägerei auszutilgen. Ich mußte handeln.

Während ich meine Jacke auszog, beschloß ich, einen Betrunkenen zu spielen, für den Fall, daß die Formel vom Fluchttiercharakter des Pferdes unverwertbare Theorie sein sollte. Taumelnd schwang ich die schwarze Lederoljacke über dem Kopf, heulte wie ein Wolf, wankte aufs Hinterteil des Pferdes zu und schlug mit der Jacke auf die Kruppe.

Nach allem, was vorangegangen war, konnte das für das zerschundene Pferd nicht mehr als ein kühlender Luftzug sein, doch es erschrak. Und ob es nun vor meiner schwarzen Jacke und dem weißen Hemd oder vor meinem Wolfsgeheul erschrak, die Erinnerung an die schützende Herde erwachte in ihm, und es sprang mit einem Satz ins Viehauto zu den anderen Pferden.

Da stand ich, war wider Willen Mittelpunkt einer Menge,

220

und die flotte Frau des unerkannten Dichters versuchte mir die Hand zu küssen. Die Zuschauer klatschten Beifall und wußten nicht, daß sie ihn einem berühmten Wissenschaftler spendeten, von dessen Erkenntnissen in einer Abendstunde, da andere Dorfleute Skat spielten oder sich von einem Kriminalfilm überwältigen ließen, ein Quentchen in mir hängengeblieben war.

Ich hoffe, daß ich ausreichend begründet habe, weshalb ich ein Studium begann, doch ich fürchte, daß nach seiner Beendigung mehr Fragen und Mutmaßungen in mir sein werden als vorher.

Literarische Spaziergänge mit Büchern und Autoren

Das Kundenmagazin der Aufbau-Verlage.
Kostenlos in Ihrer Buchhandlung

Aufbau-Verlag   Rütten & Loening   Aufbau Taschenbuch Verlag   Gustav Kiepenheuer   Der >Audio< Verlag

Oder direkt: Aufbau-Verlag, Postfach 193, 10105 Berlin
e-Mail: marketing@aufbau-verlag.de
www.aufbau-taschenbuch.de